NERI POZZA
I NARRATORI
DELLE TAVOLE

Della stessa autrice:
*Marta nella corrente*
*Ognuno riconosce i suoi*

Questo romanzo è un'opera di finzione, fatti e personaggi sono frutto dell'invenzione dell'autrice e non appartengono quindi al mondo reale; pertanto eventuali corrispondenze sono da considerarsi casuali. Per le coordinate storiche entro cui la narrazione si svolge si rimanda alla nota finale sulle fonti.


ISBN 978-88-545-2912-0

www.neripozza.it

# ELENA RAUSA

# LE INVISIBILI

NERI POZZA EDITORE

*Alle donne della mia famiglia (passato, presente e futuro)*
*e, ancora una volta, a D., che lasciandomi sola*
*ha rotto le acque della scrittura.*

PRIMA PARTE
# Terra

E gli angeli, figli del cielo, le videro, se ne innamorarono, e dissero fra loro: «Venite, scegliamoci delle donne fra i figli degli uomini e generiamoci dei figli».

*Libro di Enoch*, VI, 1-2

## Primi fantasmi: Vittorio ed Ekelé

*Addis Abeba, 19 febbraio 1937*

Il cimitero conta poche pietre su cui sono incisi i nomi di uomini che vengono quasi tutti da lontano. A quelle pietre arrivano le autorità, dopo aver calpestato la terra battuta dei viali alberati e sostato davanti alla Casa del Fascio, per assistere, fieramente quanto si conviene, agli esercizi ginnici dei piccoli indigeni, per l'occasione in divisa bianca.

Vittorio è lì, e più tardi all'ippodromo, per la cerimonia dell'Epifania, quando l'abuna Cyrillos, circondato dai fedeli, impartisce una lunga benedizione. I notabili la ricevono ritti su una tribuna di legno che li stacca da terra per lo spazio di sette gradini, poco meno della statura media di un uomo. La polizia coloniale bada alla folla, ma senza troppo rigore. Gli agenti hanno espressioni da viaggiatori poco curiosi, un paio di questi gli sorridono come a qualcuno di familiare perché la faccia di Vittorio è la faccia di uno di loro, anche se non porta la divisa ma una camicia sudata con le maniche arrotolate fin sopra ai gomiti. Risponde al sorriso con un cenno – l'operatore si volta verso di lui e la sua espressione stupita fa capolino dallo schermo per un decimo di secondo. Scoprendosi inquadrati, gli agenti allineano i loro corpi sull'attenti. Vittorio proprio in quell'istante si volta e dal modo in cui guarda la telecamera è chiaro che avrebbe molto da dire.

A febbraio la città è in fiamme e il sangue tinge di rosso le acque dei fiumi, si raccolgono corpi di uomini come si raccolgono pesci avvelenati. Vittorio Gargano non ha mai visto tanto sangue prima d'ora, l'odore della morte invade le narici, il colore rubino non si leva dagli occhi neppure dietro alle palpebre chiuse, non c'è modo di scappare. Ha dimenticato che da bambino gli piacevano le storie antiche, più di tutte quelle in cui si dice del pugnale che uccide il fratello e il suo sangue bagna il solco che segna il perimetro su cui saranno edificate le mura, mentre il sopravvissuto posa senza pianto pietra su pietra. Così è e così sia: pensa a Romolo, pensa al bastone di Caino.

Febbraio dunque, e di notte. Portava agli occhi i lembi della camicia per tamponare il sudore che bruciava tra le palpebre – sudore e lacrime anche tra la lingua e il palato. Forse la febbre era tornata e quello che credeva di vedere era soltanto un sogno spaventoso. Si voltò rispondendo a un richiamo, ma alle sue spalle c'era solo il buio.

La mente, come una vecchia radio, restituiva le parole sussurrate con rabbia da sua madre al paese. Stringendola alle spalle si era reso conto di quanto era piccola. Non la stringeva mai e non s'aspettava che lei volesse levarsi di dosso il suo abbraccio proprio quando era sul punto di partire. Aveva giurato di tornare e adesso che la morte lo incalzava si sentiva mordere le viscere come un traditore.

Eppure, se continuava a sentire la voce di lei che non c'era, potevano essere un miraggio anche le fiamme che lambivano la casa di Tsegaye e di sua figlia Ekelé. Forse nessuno piangeva davvero e anche le urla erano un effetto della febbre che faceva ribollire il sangue e riempiva la testa di suoni spaventosi.

Fu costretto a sedersi sui talloni e a posare le mani a terra. Tremava. Chiuse gli occhi, il rumore della paglia consumata dal fuoco e la luce che filtrava dalle palpebre non lasciavano speranza. Cercò nel fumo la capanna di Tsegaye, affondò naso e bocca nell'incavo del gomito ed entrò.

Tsegaye, disteso sulla branda, era avvitato in una posa innaturale. A chiamarlo non rispondeva, così Vittorio si inginocchiò e da quella distanza l'odore del sangue divenne più distinto. Sul pavimento di terra battuta si allargava una pozza che in principio non aveva visto, ma che ora gli bagnava le ginocchia. Di Ekelé invece non c'era ombra, la cercò nella stanza accanto premendo la camicia sul naso perché il fumo corrodeva le mucose, annebbiava la vista, lo faceva piangere.

Quando era entrato per la prima volta in quella casa di fango, legno e paglia, Tsegaye aveva le croste agli occhi, secrezioni che attiravano le mosche e costringevano le palpebre. Era rassegnato alla cecità. Al viaggio successivo Vittorio era arrivato con le garze e una polvere disinfettante, poi aveva istruito Ekelé: bisognava bollire dell'acqua pulita, unire la polvere, lasciare che si intiepidisse, posare sugli occhi del vecchio impacchi di cotone e alla fine coprirli con le garze pulite. Aveva spiegato ogni cosa accompagnando con le sue le mani della ragazzina. Ekelé era stata zelante, Tsegaye aveva ripreso a vedere e lui si era guadagnato fama di guaritore e un'ospitalità da principe, che l'aveva costretto a convertire in provviste l'affitto che era solito pagare e che Tsegaye non voleva più.

Si guardò intorno nella stanza fiocamente illuminata: siccome Ekelé non era accanto al padre, sperò che fosse salva da qualche parte e l'avrebbe chiamata, se la prudenza non lo avesse fermato. Chi aveva colpito il vecchio poteva essere poco lontano e avrebbero rischiato inutilmente entrambi. Le fiamme intanto stavano divorando il tucul; pochi minuti al capezzale di Tsegaye potevano costare la vita anche a lui. Prese la mano del vecchio che penzolava dalla branda e sfiorava il terriccio, lo fece rotolare sulla schiena e ricompose il corpo supino con le braccia lungo i fianchi. Cercò una stola e lo coprì fino alla fronte, quindi scappò prima che fumo e calore lo stordissero del tutto.

Anche all'aperto, non riusciva a smettere di tossire: il fumo, penetrato nelle viscere, irritava le mucose e la pelle era colpita da migliaia di spilli, il corpo pareva un pallone tanto gonfio da esplodere lacerando il cuoio. Piangeva senza averne coscienza, il calore aveva bruciato le ciglia.

Le gambe non lo reggevano, cadde, gli mancava la forza di rialzarsi, ma tutto quel fuoco illuminava lo spiazzo fino ai primi alberi, poco più che cespugli al di là dei quali il sentiero che conosceva bene girava attorno alla collina e poi scendeva fino al fiume, a meno di un paio di chilometri. Pensò che non fosse il caso di restare dove le fiamme lo rendevano visibile anche a distanza nonostante la foschia. Calcolò il percorso, raccolse la rabbia che serviva ad alzarsi e barcollando fece qualche passo in direzione del fiume. Lo sorprese scoprire che poteva ancora farcela.

Il fiume, da dove si trovava non poteva vederlo né sentirlo, ma aveva ben chiara la direzione e si infilò nel buio più fitto, tenendo le gambe un poco flesse per guadagnare agilità quando il piede scivolava sui sassi. Seguiva con la memoria una mappa, lo guidava un bisogno disperato di immergersi e bere. Avrebbe rischiato il colera per un sorso d'acqua. Siamo in fondo animali mossi da istinti primari: la sopravvivenza innanzitutto, e forse per quella, insieme alla sete, si sarebbero spente anche le voci che lo incalzavano: «Potevi restare, potevi scegliere di non partire».

Dove il sentiero era più scosceso l'equilibrio si basava su sensibilità minime e per non cadere serviva concentrazione. Mentre calcolava di aver quasi raggiunto l'argine, sentì un verso difficile da definire, pensò a un cane o a qualche altra bestia, proprio dalla direzione a cui tendeva il cammino, e si mise in allerta. Avanzava un passo alla volta e, a ogni passo, il suono si faceva meno opaco. Riconobbe in modo più definito il pianto e l'ansimo che non erano animali. Mise a fuoco l'ombra di un uomo riverso a terra e impegnato in un movimento furioso, come di lotta. Restò impietrito. La scena durò meno di un minuto e finì in un urlo di bestemmia.

«Gargano!» si sentì chiamare poco dopo, mentre, nella figura che si staccava dall'altra rannicchiata a terra, riconosceva Elvio Zanetti, per nulla disturbato d'essere stato sorpreso a chiavare una donna, come avrebbe sicuramente detto se gliene avesse lasciato il tempo. «Ce n'è per te adesso».

Era tornato, dunque, pensò, cercando di comprimere la rabbia che gli contraeva lo stomaco. Il giorno prima lo aveva cacciato e quel bastardo era tornato indietro. Rimase dov'era: senza il richiamo di Elvio avrebbe ripercorso i suoi passi pur di non dover scegliere cosa fare di quello che aveva visto. Non era stato bello scoprire nell'altro l'uomo che poteva diventare.

Elvio Zanetti nel frattempo si era tirato in piedi e già tornava a raccogliere la cintura rimasta a terra. Allora gli riuscì di distinguere meglio la figura rannicchiata: Ekelé, addossata a un masso, si premeva le nocche sulla faccia. Era suo il pianto che aveva scambiato per il verso di un animale. Il suo corpo nudo era accartocciato in una posa stretta, contorta come quella del cadavere di suo padre, con l'unica differenza che il suo petto e i singhiozzi attestavano che era ancora viva.

«Non guardarmi con quella faccia. L'ho solo presa in prestito». La voce impastata, lo stesso sarcasmo della prima volta che aveva visto la ragazza: «Fammi un po' capire: è già tua quel bel musetto?»

Con la cinta in mano e già con le mani ai calzoni, Zanetti ebbe un ripensamento e schioccò la cintura nell'aria fino a terra solo per il gusto di farsi grosso, terrorizzando, con quella frustata a un pelo dal viso, Ekelé, che intanto aveva stretto con più forza le ginocchia al petto, affondato la testa tra gli avambracci e tremava.

Da lì in poi neppure per una frazione di secondo ci fu un pensiero o un gesto di cui Vittorio si sentisse padrone. Succede, quando l'anima si ritira spaventata e il corpo, lasciato solo, sperimenta senza comprenderla l'inconciliabile condizione d'essere allo stesso tempo il soggetto che guarda e quello che è guardato. Per questo si è soliti dire: come in sogno oppure come in un film.

Notò accanto al piede destro una pietra di media grandezza, frastagliata e appuntita, la raccolse, la soppesò con entrambe le mani, quindi si lanciò sull'uomo che incautamente gli dava le spalle. Per la sorpresa, prima che per il colpo che lo raggiunse alla nuca, Zanetti cadde senza nessuna resistenza, quasi che a farlo crollare non fosse stato l'impeto di Vittorio, ma una gravità sua, materiale, che per esprimersi domandava soltanto una scusa.

Nel fotogramma successivo Vittorio si rivede a cavalcioni sul dorso dell'altro, in un accanimento di colpi che il ricordo vuole infiniti e certamente sproporzionati all'intento. La verità, però, è che non c'era stato alcun intento: le sue mani si erano aggrappate al sasso come a uno scoglio e tutto l'impeto veniva da una forza che non aveva mai saputo di avere, per non averla mai misurata.

La sequenza girerà ininterrottamente negli anni a venire, potrà scordarla, ma solo nel modo in cui un acufene si mimetizza agli altri suoni e poi torna a disturbare il sonno la sera. La furia di quei minuti arriverà ogni notte a terrorizzare i suoi sogni. Allora si dirà d'essere arrivato a quel gesto come alla fine di un'onda lunghissima che, orrore dopo orrore, aveva investito anche lui per non essere stato abbastanza veloce a scappare. Mentre il cranio di Elvio Zanetti si rompeva come una noce di cocco sotto i colpi pesanti e spargeva ovunque la sua polpa densa, Vittorio aveva scoperto di essere lui stesso quell'onda.

«Perché sei voluto partire?» Di nuovo la voce di sua madre, più triste, più lontana.

Sasso, carta, forbice. Perdeva una mano che non avrebbe mai voluto giocare. Il sasso ebbe la meglio sulla materia fragile di un corpo vivo. Allora anche il vento si fermò, il fiume tacque e fu silenzio vero.

Ekelé, statua di pietra, aveva smesso di tremare. Teneva ancora le nocche piantate sugli zigomi, ma spalancava i suoi occhi di orrore su quel che restava del suo aguzzino.

Questione di secondi: Vittorio ebbe il tempo di guardare il risultato della sua furia quanto bastava perché non passasse invano e la colpa rimanesse impressa nella mente, come infatti è poi stato. Ma nel silenzio, arrivò anche il suono rassicurante della corrente, che gli permise di tornare in sé, qualsiasi cosa volesse dire a quel punto tornare in sé. Si tirò in piedi, raggiunse il fiume con il fiato corto, finì carponi sulla sponda, poi in ginocchio e, per prima cosa, immerse le mani a conca, portò acqua al viso e dalle labbra passò il sapore ferroso del sangue dell'altro. Quindi si addentrò tanto da sentire il livello del fiume fino alla cintola.

La corrente lentissima fu la prima carezza dopo tanto tempo. Vi sprofondò con tutta la testa e, in quella specie di consolazione, che non poteva durare, gli sembrò di capire perché la parola fiume fosse femminile nella lingua di quelle genti. E, finalmente, pianse, come avrebbe pianto tra le braccia di sua madre.

Certi eventi si incistano in una parte così oscura dell'anima che non c'è cura e chi è toccato dal male non la cerca. Si sopravvive piegati e induriti come succede alle piante costrette da un muro o da un sasso a crescere annodate a sé stesse. Succede alle vittime come ai carnefici, perché il male è bestemmia e sacramento, affraterna e fa di due sorti un unico destino.

Dopo tanti anni, il figlio di Vittorio, Arturo, serra le labbra e manda indietro il sapore amaro dell'ultima eredità. Lo ascolta Tobia, che è appena un ragazzo eppure nell'ascolto ha la forza di un uomo. Non hanno lo stesso sangue, ma se fosse suo nipote non sarebbe più attento il suo ascolto, perché ha deciso di raccogliere il testimone.

«Queste sono state le ultime parole di mio padre. Il mattino dopo era già morto». Sarà per questo che Arturo ricorda tanti dettagli: che stavano sotto la pergola nell'aria ferma, che la vespa si era posata sul torsolo della pesca e lo esplorava, che lo lasciava per compiere piccoli voli sulle stoviglie bianche striate di sugo, che la cerata era lisa, ingiallita dal sole, perché stava lì da prima che sua madre morisse.

C'era qualcosa di meschino in quella confessione? Il padre obbligava il figlio a una lealtà che non avrebbe scelto, potendo? Arturo s'era sentito costretto a mentire: «Sono cose vecchie, altri tempi, hai fatto quello che potevi». Vittorio, suo padre, annuiva, incapace di distogliere gli occhi, che teneva spalancati nell'espressione di chi ha già visto la morte e si aspetta di incontrarla di nuovo.

Adesso che può parlarne e che l'eredità non è più solo sua, anche con gli occhi chiusi Arturo avverte la presenza di Tobia e la vibrazione del suo corpo teso nell'ascolto.

«Capisci cosa cerco di dirti?» Il ragazzo lo fissa concentrato. Ha deciso di raccogliere il testimone, certo che capisce.

# Vittorio e la rovesciata

*Eritrea, 1932-1934*

L'avventura di Vittorio era partita cinque anni prima di quella notte di fuoco, una mattina di luglio, oppure di giugno, ma già molto calda. Piegato sul tavolo da lavoro, stendeva la pezza di cuoio sotto l'occhiellatrice. Aveva imparato a lavorare le pelli nella bottega dello zio: valigie, scarpe, selle di cavallo, da ultimo poltrone imbottite per il salotto di casa De Judicibus, proprietari di palazzi e vaste tenute sulla strada che portava al mare.

In famiglia i figli erano undici e la terra bastava sì e no al consumo d'olio e di vino, non ne usciva abbastanza da farne mercato. Restava il mestiere dei craunari: ma lui proprio non si vedeva a rovinarsi i polmoni soffiando sui cumuli di legna per farne carbone. Conosceva il sacrificio, perché il carbone era il mestiere di suo nonno e di suo padre, li aveva seguiti fin da bambino: mettere la legna a cerchio attorno al bastone verticale, formando un tappeto circolare, impilare il resto, uno strato alla volta, fino a dare alla catasta la forma di una cupola. Fatto questo, coprirla con uno strato di calce, quella usata per i muri a secco, quindi dare fuoco al bastone, lasciare che le fiamme intacchino prima le fascine centrali, infine i pezzi più grossi. Lasciarli fumare e, quando la fiamma è estinta, spaccare la calce che copre la legna, scoprire finalmente i carboni, permettere alla brace di sfogarsi al contatto con l'aria.

Lui però sui tizzoni non ci voleva stare, si portava dentro la diffidenza del fuoco, come un presentimento. Fortuna che era sveglio e aveva buone mani, così gli toccò una sorte migliore, da sellaio, poi da tappezziere. Fu in virtù dei salotti che lo chiamarono: «Mena mé, che l'ingegnere ha chiesto di te».

Dovettero ripeterlo, perché giusto in quel momento le sue mani facevano quel che andava fatto, ma la testa andava all'illustrazione che apriva a tutta pagina la *Domenica del Corriere*: l'acrobatico virtuosismo balistico di Leônidas da Silva, attaccante brasiliano noto come il Diamante nero o anche l'Uomo di gomma. È sua la prima rovesciata della storia calcistica. Il disegno lo dipingeva sospeso in aria, la schiena inarcata, il corpo orizzontale, una sfida alla forza di gravità che ti costringeva a fissare tutta l'attenzione sul piede incollato al pallone. Sarebbe riuscito lui a fare la stessa cosa?

Vittorio aveva un destro che a quindici anni gli aveva fatto guadagnare la maglia della dilettantistica e da allora si divideva tra il lavoro in bottega e gli allenamenti serali sotto la guida di Giuseppe Capozza, molfettese di origine, segretario comunale e, nello sport, un'intelligenza pionieristica che faceva sognare. Sognava infatti, Vittorio, quando chiamarono; dovette sollevare lo sguardo in direzione della porta del laboratorio, dove stava l'ingegner Emilio De Donati, trentenne pallido, allampanato e quasi sempre vestito di lino. Non era difficile vederlo da quelle parti, la bottega campava con i soldi suoi, ma Vittorio si accorse che questa volta l'ingegnere puntava addosso a lui il suo sguardo fermissimo dietro agli occhiali tondi dalla montatura sottile e diceva qualcosa che, da dove stava, non gli riuscì di capire – parlava sempre con un tono basso e aveva un accento guadagnato al Nord negli anni dell'università, particolare che bastava a farlo non solo più nobile ma più italiano di tutti i notabili della provincia. Seguendo il cenno del capo officina, Vittorio lasciò la leva della macchina e si avvicinò.

Era un lunedì di scirocco che fiaccava le gambe e non dava pace nemmeno la notte. Il capo officina era suo zio, Vittorio gli lesse negli occhi un'espressione che non necessitava di parole e si mise sull'attenti: era chiaro che questa volta la visita era un esame e che l'esaminato era lui. Teneva le spalle strette, lo sguardo basso nell'illusione che chi non vede non è visto. Intanto lasciava che si parlasse di lui in terza persona: lo zelo, la puntualità, la resistenza, il buon carattere... Come un cavallo in fiera, pensò ascoltando, e gli venne spontaneo passarsi la lingua sui denti.

Ma quando parlarono d'Africa, si sentì nascere sulla faccia un sorriso.

«Stanno i leoni?» gli uscì.

«Ma quali leoni, dipinti magari» fece lo zio con un sorriso di scorno, perché non ci teneva a passare per fesso. L'ingegnere aveva vinta la commessa di certi lavori, spiegò, bisognava ripensare le tappezzerie del teatro di Asmara.

«Moschettiere o mitragliere?» domandò l'uomo per capire quanti anni avesse dall'inquadramento nell'Opera Nazionale Balilla. Di nuovo fu lo zio a rispondere, mentre, rosso in faccia, lui si sforzava di tenere un contegno che non tradisse il cuore impazzito. Gli sarebbe toccato faticare lo stesso, ma nella più bella città dell'Africa, con le stazioni di servizio progettate a forma d'aereo e, soprattutto, nel teatro in cui Rascel cantava *È arrivata la bufera.*

O forse nessuno menzionò Rascel allora, e lui ci pensò anni dopo, davanti all'inconfondibile sorriso che campeggiava dal cartellone d'ingresso del teatro. Era il giorno in cui vi accompagnò in auto l'ingegnere e la signora e poi ne ascoltò i commenti distaccati sulla via del ritorno, ricavandone l'idea che la troppa istruzione fosse un danno che toglieva il gusto delle risate. Non sapeva ancora che quel che spegneva le risate sul fondo della gola era precisamente la bufera in arrivo.

La proposta dell'ingegnere incontrò non pochi ostacoli: il padre di Vittorio mise tutto il suo impegno nel dissuaderlo, la madre si vestì a lutto e al cognato sensale tolse la parola per anni. Però la voglia di partire era troppa e la terra di famiglia non dava abbastanza frutto per tutti. Lo spiegò all'unica che avrebbe potuto fermarlo, Nicoletta. Si parlavano da un annetto, di nascosto perché era sorvegliata stretta, ma poteva circolare con il fratello piccolo, devoto a Vittorio per via del pallone. Pochi centesimi e quello si levava di torno.

«Ora che me ne vado lo faccio per tutti e due, e pure per i figli che verranno» le aveva detto all'orecchio cercando di ammansirla, mentre una parte di lui tremava con lei. «Non si può non partire se l'occasione capita. Quello che non parte è un mezzo uomo».

Provò a baciarla, sperando di quietare con le labbra il suo pianto e anche il tumulto che si sentiva dentro. Lei lo scansò ma non ci mise abbastanza forza: la verità è che stava bene tra le sue braccia e, anche volendo, non avrebbe saputo chi altro amare. Era affare di tutti che Vittorio l'aveva segnata e non poteva essere più di nessun altro, pure se tra loro non c'era stato altro che qualche bacio. E ora nel cedere alle sue tenerezze tratteneva un poco di invidia: sarebbe piaciuto pure a lei svegliarsi davanti alle distese di mare e di sabbia, sentire la libertà che aveva conosciuta da bambina, quando correva scalza per la campagna, prima che la buona educazione le imponesse il riserbo e l'umiltà che nessuno pretendeva dai fratelli maschi.

Vittorio le prese la faccia tra le mani, puntò serio i suoi occhi in quelli di lei. «O torno o vengo a prenderti. Lo giuro» gli sentì dire Nicoletta, e allora lo guardò dritto nel fondo, dietro al nero delle pupille, dove le menzogne vanno a nascondersi.

Si imbarcò a dicembre: terza classe di sole maestranze civili sul piroscafo *Cesare Battisti* della Citra, Compagnia Italiana Transatlantica, in partenza da Napoli. Un bestione per lui che, sino a quel punto, aveva navigato solo poche ore raso costa. A bordo centonovanta uomini d'equipaggio, altrettanti civili, quasi cinquecento militari. Era un viaggio destinato a durare ben oltre i sei mesi del contratto, ma non poteva ancora saperlo nella notte illuminata da una luna gigante, scivolando sull'acqua tra le sponde opposte di Reggio e Messina.

Per come il piroscafo era grande lo si sarebbe pensato anche imperturbabile alle onde, ma la prima notte in mare aperto fu tempesta. Per non rischiare, ciascuno raggiunse la propria cuccetta e da sotto coperta l'effetto delle onde, che si scagliavano violentissime contro lo scafo, pareva centuplicato. Non era mai stato così male. Poi il cielo si schiarì, la tempesta scemò e ai primi coraggiosi che raggiunsero il ponte apparve Candia rosata dall'alba – la città del Minotauro, disse qualcuno e lui poté annuire orgoglioso, perché Teseo, Arianna e il labirinto stavano in uno dei pochissimi libri che aveva letto.

Facevano otto giorni di navigazione fino a Porto Said, con i suoi imponenti palazzi, il lungargine dalle alte palme, la statua di Ferdinand de Lesseps, imponente tributo al Grande francese che promosse l'apertura del canale. E poi le cave di pietra, la ferrovia, i Laghi Amari. L'Africa vera si palesò come una sterminata distesa di sabbia, puntellata da palme e da teorie di cammelli che avanzavano tanto piano da sembrare dipinti.

Porto Said non esisteva prima del canale, buttò lì il cappellano militare: attraversava la laguna salmastra per la seconda volta e sapeva cosa aspettarsi. Vittorio ascoltava senza guardarlo, ipnotizzato dalla lenta navigazione notturna, diciotto ore tra il Mediterraneo e il Mar Rosso, ogni scusa buona per rompere il tempo e la noia con chiacchiere e lamenti: per il progetto tutto italiano misconosciuto al dunque dagli inglesi, per l'iniqua compagnia privata che si faceva grossa violando i patti a furia di imposte, insomma per tutti quei particolari da cui si deduceva l'ennesimo oltraggio al prestigio italico. Ma quei discorsi lo raggiungevano soltanto a metà, perché tutta la sua attenzione era negli occhi: lo stesso colore del mare di casa, pensò, mentre l'ultimo tratto del canale, dopo il Piccolo Lago Amaro, li spingeva nel mare che dicono Rosso.

In prossimità dell'approdo la velocità fu ridotta al minimo e il piroscafo silenzioso e quasi immobile si inoltrò nella rada di Massaua, tra le navi in attesa di approssimarsi alla banchina. Tacquero le vibrazioni dei motori che erano state il sottofondo di quei dieci giorni e lui si arrampicò a prua per seguire le manovre d'attracco. Sul ponte si preparavano i legionari, in tenuta coloniale e casco di sughero, e le alte autorità in sahariana bianca. La banchina ancora lontana, gremita di merci e materiale bellico, era un enorme magazzino a cielo aperto. I carabinieri regolavano il traffico portuale.

Siccome lo sbarco era lungo, alcuni civili supplicarono il comandante di farli scendere tra i primi, avrebbero ritirato i documenti al comando del porto. Vittorio sfilò con loro sotto l'ultima luce, annusando l'aria ferma, ancora calda. Aveva la testa piena di promesse esotiche, alimentate dalle storie ascoltate durante il viaggio: strade profumate di spezie che correvano tra le case bianche e basse, il muezzin che invocava il suo dio dal balconcino ricamato posto in cima al minareto, i palazzi dei notabili con i portici di legno colorato e, soprattutto, le botteghe buie e odorose del quartiere Mercato, dove giovani donne poco più che bambine (abiti sgargianti e occhi magnifici) vendevano frutta e spezie, mentre i nuovi arrivati osavano con loro parole che in patria andavano bene per le donne dei postriboli: tu dare a me un bacio, io comprare i tuoi frutti. Oppure, sollevando una banana: mai provato quella italica? Risate, versi grossolani anche tra chi ascoltava i racconti sulla nave, quando si arrivava al punto in cui, tra le venditrici, si facevano avanti con passo sicuro le sciarmutte. Pareva che fossero già tutti pronti a passare dalle parole ai fatti.

Delle donne abissine si sapeva che erano creature incantevoli: occhi enormi e una pelle di bronzo o di ebano che luccicava sotto la luce aranciata della luna, corpi che parevano scolpiti. Vittorio si disse che quelli erano i fiori che non avrebbe mai colto, perché non erano fioriti per quelli come lui e perché alla sua età la fedeltà non poteva essere quel delitto di cui gli aveva parlato beffardo l'ingegnere, neppure se c'era un mare di mezzo. Nel viaggio che lo aveva portato lì, ogni sera e ogni mattina aveva passato le dita sulla foto dell'unica che credeva di amare e la grafia di lei, ordinata e tonda, lo aveva commosso persino più del sorriso. Scorreva con lo sguardo i caratteri, pronunciava sottovoce le parole e gli pareva di sentirle scandite dalla voce di lei, mentre assaporava, come nel loro ultimo bacio, suoni pensati apposta per lui. Quel sapore tondo e fruttato (le parole di Nicoletta trattenevano a pronunciarle il suo stesso sapore) ravvivava la promessa fatta di notte nell'aia dietro casa e custodita silenziosamente di giorno: non sarebbero bastati mare né terra a dividere due che si amavano come loro. E non importava allora che ogni promessa avesse, come ha, una radice buona che si intreccia con una possibilità bugiarda; si può ignorare, giurando, di avere ragione e torto allo stesso tempo. Salutandosi non potevano sapere che la partenza tesseva un futuro che non avrebbe riguardato soltanto loro.

Era la vigilia di Natale, Vittorio pensava già alla lettera che avrebbe mandato a casa, quando improvvisamente si sentì un boato e senza riflettere si gettò a terra. L'esplosione veniva proprio dal *Battisti*. Le luci di bordo non brillavano più, si diffuse ovunque un odore acre di fumo e da ultimo arrivarono le fiamme. La gente gridava, si mossero i soccorsi, ma lui restò in piedi sulla banchina, pietrificato davanti all'enorme colosso che aveva traversato in passato anche l'oceano e che ora si piegava piano su sé stesso. Le scialuppe di destra erano impossibili da raggiungere, quelle di sinistra rischiavano di cadere sulla nave che continuava a inclinarsi sul lato, fino a inabissarsi del tutto. I più disperati cercarono la salvezza gettandosi dall'alto per poi essere risucchiati dai flutti. Nessuno poté impedire la morte di duecento passeggeri, per lo più civili, tra cui molte donne e bambini che non sapevano nuotare.

Sconvolto e impotente, Vittorio aveva assistito al naufragio e alle difficili operazioni di soccorso; non era superstizioso, ma sentì un pronostico nello spettacolo che si era aperto davanti ai suoi occhi. Tradiva un appuntamento, fu certo di dover pagare prima o poi il suo pegno alla buona sorte.

## Dove nasce il colore

*Asmara, 1934*

Il lavoro di tappezziere inaugurò per Vittorio la stagione africana, meno avventurosa di quanto avesse temuto e sperato, ma anche piena di una bellezza che i suoi occhi non erano preparati a vedere. Quando il nuovo teatro fu pronto, si era già guadagnato la fiducia di chi lo aveva trascinato fin lì: fu per quella fiducia che imparò a guidare e divenne autista personale dell'ingegnere, ruolo che risultò prezioso quando, nell'inverno del 1934, questi fu raggiunto dalla giovanissima moglie Lea.

Quando la vide scendere dalla littorina, Vittorio ne fu deluso: non si aspettava la donna minuta e spiccia che portava con sé un solo bagaglio. Pantaloni larghi e bianchi, una casacca stretta da una cinta color ocra, indossava quel giorno quello che sarebbe stato anche in seguito il suo abbigliamento preferito, comodo e adatto alle esplorazioni. Lo completava un cappello di paglia dal quale scendeva una retina trasparente che avrebbe dovuto proteggerla dagli insetti e che invece le toglieva il respiro, costringendola al gesto continuo di fissarla sulla corona. Abbracciò con slancio lo sposo e, quando fu la volta di Vittorio, gli porse la mano con un'espressione divertita. Lea De Donati era colta, determinata, gentile e l'inconsueto impasto di decisione e cortesia (vera decisione e vera cortesia) si univa a una meraviglia capace di spettinarle i pensieri più di quanto le sarebbe accaduto se fosse rimasta in patria.

Nata in una famiglia piemontese di importatori di

cacao, era nipote d'un artista le cui opere, si diceva, abbellivano anche gli appartamenti papali. Aveva studiato pittura e al nonno doveva il talento immaginifico e forse anche una qualità dell'animo che la rendeva incontentabile e umorale. Asmara l'annoiò: fremeva all'idea delle vastità naturali che si aprivano a pochi chilometri dalla città e soffriva le premure del personale di servizio, fin troppo sollecito nel colmare le assenze del marito. I figli poi tardarono ad arrivare e non c'era di che riempire la noia, tanto più che non aveva alcuna propensione per la mondanità. Cadde in una prostrazione che le tolse sonno e appetito e, esile com'era, si ridusse a un'ombra. Un medico inglese definì mal d'Africa la sua depressione senza nome e la cura a cui l'ingegnere si lasciò convincere fu una vigilata libertà, per mitigare il senso di solitudine con l'immersione nella natura. «L'Africa» ripeté da allora in poi «si cura con l'Africa».

Perché Lea potesse uscire dalla sua bolla di tristezza, serviva appunto qualcuno che le permettesse di muoversi senza correre troppi rischi. Scelsero Vittorio perché era stato lesto a imparare la lingua e, secondo l'ingegnere, aveva mani salde sul volante e testa sulle spalle. Poco meno che ventenne, divenne autista e, di necessità, anche confidente della creatura più bizzarra fra tutti gli uomini e le donne italiani che popolavano l'altipiano.

A quel tempo aveva alle spalle poco studio e una lingua che era stata sempre attaccata agli oggetti, dato che al paese le parole finivano dove finiscono le mani e non c'era mai stata ragione di imparare a dire di più; anche per questo era stato svelto ad assimilare della parlata locale quel che serviva a spicciare la giornata. Lea De Donati fu la sua università, imparò a dare un nome a ciò che i suoi occhi vedevano e non avevano mai dovuto spiegare. Gli pareva di aver vissuto e sognato fino a quel momento in una scala di ombre grigie, simili a quella delle proiezioni del cinematografo, ignorando le gradazioni nel cielo di Asmara: dal blu di Prussia ai pigmenti del giallo di zinco, tanto ostinato che era impossibile diluirlo. «Lo vedi da dove nasce il colore del sole» incalzava la donna «e perché non lo si può attenuare?»

Così l'Italia, il paese, la madre, i fratelli divennero ricordi opachi, in cui si distinguevano appena gli occhi di Nicoletta, che sapeva verdi. «Ma verdi come?» chiedeva Lea con il sopracciglio alzato e un sorriso che voleva mettere alla prova la sua dedizione. Con sorpresa, scopriva che non avrebbe più saputo dirlo. «Mossi come le acque increspate del mare» avrebbe voluto rispondere, concentrando il pensiero sulla foto più recente, che però era un primo piano seppiato e sbiadito. «Belli» rispondeva invece con un'espressione timida che faceva tanto ridere la sua signora.

La signora portava sempre con sé una valigia di colori a olio, cavalletto e tele. Se qualcosa la colpiva, lo invitava a fermare l'automobile e a scaricare l'occorrente per dipingere. Lavorava intensamente per poche ore, chiusa in un silenzio concentrato, poi sondava le impressioni di Vittorio e quelle dell'eritreo armato che li accompagnava nelle aree più desolate – estremo scrupolo del marito, guardia inutile per lo più e, nelle poche occasioni in cui sarebbe servita, quasi dannosa. Le domande erano un gioco a cui il primo si prestava volentieri. Al contrario la guardia, come un vecchio leone, non si distraeva mai. Lea lo studiava seriosa, annuiva alle ingenue parole di Vittorio e tornava alle sue tele.

Seguendo gli interessi dell'ingegnere, lasciavano l'altipiano e volavano fino al confine con il Sudan, a bordo di un piccolo aereo. Nei campi di cotone di Aligider li sorprese il verde rigoglioso che a ottobre esplode nella distesa di sabbia dorata e da vicino lo si scopre puntellato di bacche viola, pronte a sbocciare in una bambagia morbida e spumeggiante. La bellezza della natura colpiva la vista, l'olfatto e anche l'udito, quando di notte le iene cessavano i loro spaventosi ululati. Allora si zittiva il canto dei tucani e il silenzio non era che silenzio, per Vittorio vertiginosa intuizione: doveva esserci stato un silenzio così l'istante prima della creazione del mondo.

Avrebbe riconosciuto quello stesso silenzio, nei giorni più bui, seduto accanto al vecchio e cieco eremita che gli offrì protezione e insieme un monito: «L'uomo sciocco crede di vedere Dio nella bellezza variopinta del creato, ma lì Dio si nasconde. Il buio anche inganna. Che faremo allora? Andremo in cerca di Dio come di un libro da leggere? Oppure confesseremo che tace il Creatore perché tu non sia mai stanco di cercare? Il Signore abita le profondità del tuo cuore inquieto e là pretende che tu lo riconosca».

Nei migliori ricordi di allora, Lea De Donati era china sulla rena asciutta, setacciava piccole pietre colorate da tagliare con la martellina per ricavarne tessere da mosaico. Lui intanto si scopriva esperto di suoni, imparava a distinguere dalla lingua e dai tratti le diverse etnie, a non fidarsi delle distinzioni, perché il Corno d'Africa è dalla notte dei tempi terra di lunga vocazione meticcia e il sangue dell'Africa nera si mischia a quello orientale, alle genti semite provenienti da nord e da est. Le acque del Nilo e il mare uniscono il cuore di quella che gli antichi chiamavano Terra di Punt, all'Egitto e all'Oriente yemenita. Dall'estremo lembo della penisola arabica veniva la mitica regina di Sheba, la Saba della Bibbia, che dominò sulle terre di Axum e su tutto l'altipiano etiope. Nel *Kebra Nagast*, il libro che celebra la Gloria dei Re, è la mitica Makeda: raggiunse Gerusalemme attirata dalla fama del re Salomone e da lui ebbe un figlio, Menelik, capostipite di imperatori. E il sangue di Makeda e del re Salomone scorreva anche in Hailé Selassié, il Negus Neghesti, re dei re.

Vittorio avrebbe voluto raccontare la leggenda di Makeda e Salomone a Nicoletta, ma per lettera sarebbero serviti troppi fogli. A lei scriveva storie di tutti i giorni: «Domando come stai e l'uomo risponde sto come tu mi vedi. Non è per mancare di rispetto e neppure una scusa per non rispondere. L'uomo vuol dire che si rimette al giudizio di chi lo vede, lui sa che non si sfugge allo sguardo, le parole non aggiungono e non tolgono niente». E ancora: «Pare che qui le parole siano più pesanti che da noi. Ogni madre dice alla figlia di stare zitta, per non comportarsi come quelle pecore dei bianchi, che non fanno altro che belare. Io penso ai mesi che ho penato prima di poter sentire la tua voce. Si capisce che le madri badano ovunque alle figlie, non le vogliono trascurate e che si perdano. Per il resto non passa un giorno senza che ti penso. Se tu fossi qui io non avrei più cose da dire e passerei il tempo a guardarti e così non ci sarebbe niente altro a cui pensare».

# La bufera

## *Etiopia, 1935-1936*

La bufera d'Africa precedette di qualche anno quella europea, ma non fu meno cruenta: centinaia di migliaia di uomini armati si riversarono nel porto di Massaua per riscattare, a decenni di distanza, l'umiliazione di Adua. Il disegno era chiaro: nuove terre da civilizzare e per quelli che in patria si sentivano diseredati la buona carta che non avrebbero mai immaginato di poter giocare.

Nel dicembre 1935 le truppe del ras Immirù, cugino dell'imperatore, videro piovere dal cielo strani fusti che espandevano un liquido quasi incolore che odorava di aglio e di senape. Penetrando le stoffe e la gomma, senza procurare alcun dolore al primo contatto, il liquido piagava la pelle dei soldati fino a corroderli e condannava chi beveva acqua contaminata a un'agonia fatale che poteva durare anche un'intera giornata.

Gli uomini del ras morirono senza scampo, insieme ai contadini e alle loro mandrie, così il terrore si diffuse in fretta. Poi cominciò l'impiego aereo di fosgene, un gas per il quale le poche maschere di vecchia generazione in possesso dei capi etiopi risultavano pressoché inutili. Fu a tutti gli effetti un'azione di sterminio, ma i politici e la stampa patria, con pochissime eccezioni, non spesero parole. Le guerre moderne avevano mezzi moderni.

Vittorio di certo non seppe del bombardamento di iprite sull'ospedale da campo della Croce Rossa di Malca Dida, sul confine con la Somalia: uno spregiudicato invito alla comunità internazionale perché si astenesse dall'intervenire nella politica coloniale italiana. Il futuro maresciallo d'Italia e viceré d'Etiopia, Rodolfo Graziani, non si preoccupò che quella pioggia infida scorticasse vivi anche i corpi del medico svedese Gunnar Lundström e dei ventotto civili ospitati nel campo. Per chi si crede paladino di una guerra legittima i medici stranieri sono solo mercenari al soldo del nemico.

Vittorio appunto non sapeva oppure, come molti, pensava che la guerra è guerra e non si può giudicare con il metro dei vivi e dei tempi di pace. Però la notizia dell'eccidio dei settantotto operai italiani del cantiere Gondrand fece vacillare la fiducia con cui aveva sempre guardato al cuore ospitale delle genti d'Abissinia. L'eccidio di Gondrand testimoniava un mondo che stava cambiando: la fame coloniale incrociava la disperata resistenza della popolazione locale, che conosceva ogni segreto anfratto di una terra tanto bella quanto misteriosa e inospitale per chi non ci era nato. E dunque l'antica arte della guerra, mossa da corpi vivi, sfidava quella tecnologica con l'orgoglio che nei miti oppone Davide a Golia, gli ateniesi ai persiani, ogni popolo alla tracotanza dell'invasore.

La data dell'eccidio di Gondrand è del 13 febbraio 1936. Il 5 maggio le truppe italiane sarebbero entrate a Addis Abeba e l'Etiopia sarebbe entrata ufficialmente nell'Africa Orientale Italiana. La barbarie inaudita con cui furono trucidati e mutilati tutti gli italiani impiegati nell'impresa di costruzioni stradali raggiunse Vittorio a pochi giorni dal rientro in Italia dei De Donati. Sarebbe potuto tornare con loro, aveva già le carte in mano per il rientro quando gli dissero che servivano civili di supporto al Genio Militare: scoprì che la paga, con il mutare delle circostanze, era diventata ancora più alta e sacrificò il biglietto a un idolo superbo, giurando che sarebbe tornato al paese, ma da signore, e che il denaro per comprare terra buona sarebbe stato il suo regalo di nozze per Nicoletta.

«Consideriamolo un investimento sul futuro di questo pezzo d'Italia» aveva detto allora l'ingegnere finanziando l'acquisto del camion per il trasporto di sabbia. Restando, Vittorio si preparò a servire l'occupazione di Addis Abeba, la città che si voleva fiore all'occhiello dell'impero. Giovani provenienti da ogni parte dello Stivale venivano invitati a essere i pionieri che avrebbero fatto grande la *capitale dell'impervia piana d'Etiopia*, a cui ancora mancavano le bellezze razionaliste ed eclettiche di Asmara, la piccola Roma africana. La priorità erano le strade, i ponti, le infrastrutture che servivano a dominare il territorio e a rinsaldare in tutto il mondo l'immagine della potenza coloniale, che nei cinegiornali sconfinava nella narrazione di un sogno esotico: leoni addomesticati, bellezze locali, giovanissime e seminude, cuoio, cotone, birra e caffè.

Nelle speranze dei singoli soffiava una nuova epopea e intanto la pancia dei piroscafi continuava a riversare sulle banchine i suoi eroi: in tutto, dal 1935, oltre trecentomila armati e, tra questi, i membri della Milizia volontaria per la Sicurezza Nazionale (Mvsn), arrivati lì per fede nelle magnifiche sorti italiche o forse, più spesso, allettati da un'impresa che li avrebbe riscattati dall'essere in patria quelli che non avevano niente da perdere. I più disperati, sotto il sole d'Abissinia, scoprivano di non comporre più la feccia del pianeta e formavano una miscela di ignoranza e potere che aspettava soltanto una scusa per esplodere. Nello sbando, cedevano le regole naturali che in patria nessuno avrebbe mai osato violare, il buono e il giusto erano trascinati nella zona grigia di quel tempo balordo, in una terra non certo vergine e deserta quanto pretendeva la propaganda di regime.

Vittorio veniva da una cultura modesta, aveva la quinta elementare, ma quei due anni da esploratore con la moglie di De Donati avevano raffinato un senso del sacro e del bello che si sposava con le radici antiche. Non aveva un pensiero politico, coltivava come molti un vago paternalismo e, nella sua ignoranza, credeva che un po' di italianità avrebbe dato anche agli uomini di quella terra una vita da veri cristiani. Però la grana grossa della sua riflessione non gli impediva di distinguere. Qualche volta provava vergogna. Fu quella vergogna a salvarlo.

# Yekatit 12, la strage

*Addis Abeba, 19 febbraio 1937*

Vittorio svuotò il suo primo carico nella capitale dell'Africa Orientale Italiana all'alba del nuovo anno. A quel tempo era ancora stanziato a Zula, un villaggio di medie dimensioni sulla costa a sud di Massaua, dove condivideva l'abitazione con altri cinque italiani che, come lui, guidavano i camion per il trasporto di sabbia dalla costa ai cantieri dell'Eritrea e delle nuove terre occupate. In uno dei villaggi che circondavano Addis Abeba trovò una stanza e una donna che si occupasse dei suoi pasti: Ekelé era giovanissima, riservata e modesta; tutta la sua famiglia era ridotta a un padre anziano, paralizzato dalle gambe in giù, perciò la disponibilità verso gli occupanti era per entrambi l'unica fonte di reddito.

La città lo deluse: tolto il Gennete-Li'ul, dove il viceré aveva fissato la sua residenza, era un piccolo centro con edifici dalla fisionomia moderna, circondato dai tradizionali villaggi con i tucul dal tetto di paglia. Nell'Arada, che era il distretto centrale e la parte più moderna, l'imperatore Menelik aveva fatto piantare numerosi eucalipti importati dall'Australia e questi erano cresciuti tanto in fretta da diventare la caratteristica più tipica della città, che sembrava appunto una foresta di eucalipti in cui palazzi e gruppi di abitazioni distavano gli uni dagli altri diverse centinaia di metri. Le strade interne non erano paragonabili ai viali di Asmara, poche automobili procedevano quasi a passo d'uomo tra greggi di pecore, cammelli e cavalli. Gli abitanti per lo più si muovevano a piedi, trascinando le proprie mercanzie a dorso di mulo e si raccontava che solo pochi anni prima, quando la città non era ancora in mano agli italiani, persino l'imperatore Menelik e la regina Taitù, che pure disponevano di lussuose auto americane e di un buon numero di autisti, non disdegnavano di spostarsi su carrozze trainate da muli.

Il dodicesimo giorno del mese di Yekatit, la notizia dell'attentato al viceré raggiunse Vittorio mentre trattava l'acquisto di una croce d'argento che avrebbe voluto mandare a sua madre. Un rumore di granate, urla, colpi di mitragliatrice e poi ancora granate attraversò la città, accompagnato da un fumo nero che si alzava dal palazzo imperiale. Tutti sapevano che quello era il giorno stabilito dal viceré per le elargizioni di elemosine alla popolazione: occupando il palazzo imperiale, Graziani si impegnava a incarnare allo stesso tempo il sovrano rigore italico e la generosità dei tiranni d'ogni tempo, che con pochi spiccioli comprano la fedeltà dei più miseri.

Le granate e le urla innescarono il caos nel mercato affollato. Qualcuno, più spregiudicato, ne approfittò per arraffare quel che poteva prima di scappare, lui invece corse a perdifiato fino al camion e guadagnò in tutta fretta il villaggio. Lì trovò Ekelé che pregava accanto a suo padre: qualcuno aveva portato notizie, ma non gli riuscì di capire cosa realmente sapessero, perché Ekelé era spaventata e i singhiozzi coprivano le parole.

Dopo di lui e per tutta la giornata, molti etiopi e molti civili italiani scapparono dall'Arada e alcuni fuggendo fecero tappa al loro villaggio. A ogni arrivo la gente si radunava attorno all'ultimo per ascoltare l'orrore delle centinaia e poi migliaia di corpi riversi l'uno sull'altro nel cortile del Grande Ghebbì, il palazzo imperiale. Ciascuno riferiva l'accaduto come l'avesse visto coi propri occhi, anche quando si era limitato a raccogliere il racconto d'altri. Dicevano che il sangue formava rigagnoli sulla terra battuta, che rivoli rossi scorrevano anche fuori dal recinto imperiale, che il palazzo era stato occupato.

Giuravano che il viceré era stato portato via già morto, poi che si era salvato ma moriva un poco per volta.

«Chi ha visto? Tu hai visto o ti hanno detto?» così Vittorio a ogni nuovo arrivo, ricavandone soltanto la notizia che in pochi erano riusciti a saltare al di là della recinzione e avevano fatto partire una voce che passava ora dall'uno all'altro fino ai villaggi.

Con lo scorrere delle ore e mentre ancora echeggiavano gli strepiti e i colpi delle mitragliatrici, fu chiaro che le camicie nere avevano preso in mano la situazione: armati di revolver, baionette e pugnali uccidevano tutti i fuggitivi ed era plausibile che avrebbero setacciato la città per scovare i complici degli attentatori.

Il giorno seguente, al crepuscolo, uscendo dalla capanna, Vittorio si trovò davanti Elvio Zanetti, un veneto magro e basso, tutto muscoli, buon lavoratore e semianalfabeta, come lui in servizio nel trasporto di sabbia. Si conoscevano da quasi un anno e avevano fatto in doppia almeno un paio di carichi. Elvio stringeva un revolver e una mitraglia Fiat Revelli.

«Tieni questa» disse porgendogli la pistola con un gesto secco.

Vittorio si accorse degli occhi cerchiati di rosso, respirò l'alito alcolico e, senza rispondere, respinse l'arma.

«Ti manca il fegato? Vuoi morirci in quest'inferno? Demonio d'un Giuda...»

Non avevano mai parlato molto, ma si sapeva che Elvio era l'ultimo di dodici figli, quasi tutti crollati sul Piave, il padre pure morto, ma di febbre spagnola. Lo si poteva immaginare già allora come il bambino cocciuto e selvatico che non aveva mai smesso di essere. Siccome non riusciva a tenersi un lavoro, sua madre gli aveva detto «Parti» – del resto partivano in tanti.

«Non capisci» riprese quello, «giù è un puttanaio. Si è sparato per ore, li hanno chiusi come i topi. Dicono che sono più i morti lì che i fedeli in San Pietro per l'Angelus del papa».

E lui, mentre di nuovo respingeva con un gesto secco

la pistola che Elvio gli stava allungando: «Ma cosa vuoi fare con queste, se non sai neanche come si tengono in mano?»

«Sei proprio un mona, Gargano. Qui o li tieni lontani tu o puoi giurare che ti faranno la pelle. Lo capisci o no che ci odiano? Vogliono che la paghiamo. Parevano quieti, ma si è capito che era paura mista a odio. Tu fai un po' quel che vuoi, ma sta' certo che, se non li fermiamo, quando avranno finito di prendersela coi miliziani, toccherà anche ai poveri diavoli come noi».

Mentre il compagno parlava, si sentiva investire dal fiato che odorava di vino e paura. Il sudore gli colava ai lati delle tempie, sugli zigomi infiammati, sotto le narici. Non riusciva a concentrarsi sulle parole di Zanetti perché solo ad averlo davanti si sentiva salire una specie di nausea. Moriva dalla voglia di cacciarlo a pedate. «Levati da qui. Fai quello che vuoi ma non tirare in mezzo me», le ultime parole pronunciate senza più guardarlo, distratto da due altri italiani, civili come loro, che arrivavano di corsa col badile sulla spalla.

Rientrò in casa, si stese sul materasso d'erba e foglie secche e lì si accorse di tremare. Allora si tirò addosso una coperta pesante come un tappeto e si addormentò. Lo svegliarono le iene, dalla finestra entrava un'aria più fredda del solito, si accorse di avere la camicia bagnata di sudore.

Fuori trovò la notte più nera che avesse mai visto. Si mise a sedere e prese una decisione: all'alba sarebbe ripartito per Zula, si trattava solo di trovare il modo di far scorta di carburante e già si era fatto un pensiero su chi avrebbe potuto aiutarlo.

Rifletteva. Poi ci fu un'esplosione meno lontana e si sentì raggelare. Pregò la Madonna e tutti i santi di farlo tornare vivo a casa, giurò a sé stesso che non avrebbe mai più fatto nulla che potesse deludere sua madre oppure offendere Nicoletta. Aveva l'età giusta per mettere la testa a partito, giurò di tornare a casa e che da lì in poi sarebbe stato un buon cristiano, un buon marito e, con un po' di fortuna, anche un buon padre.

Uno sparo poco distante lo spinse a uscire. Quattro ascari armati tiravano colpi in aria, dovevano sentirsi parecchio sicuri per sprecare munizioni a quel modo. Tutt'intorno, tra gli altri abitanti, la stessa sua angoscia, facce livide di paura. Avevano creduto di scamparla, restando chiusi nei tucul, e ora tremavano tutti.

Gettò un'occhiata al camion posteggiato a un centinaio di metri. Si mosse in quella direzione, coprendo velocemente un terzo della strada, pronto a correre. Il pensiero di Ekelé e di suo padre rallentava i riflessi, abbandonarli gli rimordeva la coscienza, ma non avrebbe in nessun caso potuto fare nulla per loro.

Non sentì i passi alle sue spalle e la pressione della canna del fucile tra le scapole lo raggiunse a sorpresa. Lentamente portò le mani in alto, come aveva visto fare nei film. Una pressione dell'arma sulla spalla gli fece intendere che doveva voltarsi e si trovò faccia a faccia con uno degli ascari. L'uomo lo fissò, senza spiccicare parola. Alzò il mento con un cenno nella direzione del camioncino. «Chiavi» disse con un tono risoluto che non ammetteva scuse.

Vittorio continuava a sudare come non gli era mai capitato, nonostante l'aria fredda della notte. Il respiro liberava un vapore che si dissolveva al riverbero tenue delle torce. Provò a dire che il furgone serviva a trasportare la sabbia per l'esercito. L'uomo continuò a fissarlo senza battere ciglio, una mano teneva al petto il fucile, l'altra, con il palmo rivolto in alto, era tesa verso di lui. «Chiavi!» disse di nuovo. Quindi prese ad assestargli piccoli colpi al petto con la punta delle cinque dita raccolte. La pressione ripetuta, poco sotto la clavicola, era dolorosa e umiliante.

«Non posso lasciare il furgone, mi serve, lavoro per il Genio».

L'uomo urlò qualcosa di incomprensibile che destò l'attenzione di uno dei compagni, più alto, stessa divisa delle truppe coloniali, la carnagione lievemente più scura.

«Cosa non va?» Aveva un italiano meno zoppicante.

«Non posso lasciare il furgone. Il furgone serve al Genio per la sabbia e solo io posso guidarlo».

Aveva ancora i brividi e, allo stesso tempo, sentiva un fuoco che gli infiammava le guance e una pressione dolorosa alle tempie. Se non avesse rischiato tanto, sarebbe certamente svenuto, era la paura a tenerlo in piedi.

«Non puoi? Io dico che tu puoi».

Non rispose, oltre a tutto il resto sentì una fitta lancinante all'addome, strinse le mascelle per il dolore e restò in silenzio.

Il primo uomo riprese a colpirlo. A ogni colpo la sua spalla veniva spinta indietro e lui vacillava un poco prima di ritrovare l'equilibrio. Finì che l'uomo si spazientì e imbracciò il fucile con entrambe le mani.

A quel punto gran parte della tensione che lo irrigidiva nasceva dai crampi all'addome, non avvertiva più il freddo, né il male alla testa, ma sentiva le viscere contrarsi. Allora cercava di tendere i muscoli per non crollare, convinto che se avesse ceduto gli avrebbero sparato. Da dove arrivava tutto quel coraggio? Era coraggio?

Il secondo uomo scansò con la destra la canna del fucile e intimò al compagno di lasciar stare. Poi a lui: «Se non puoi lasciare, puoi guidare». Vittorio non si mosse, non fiatò e quello ripeté una seconda volta l'ordine come un ringhio: «Ho detto se non puoi lasciare...» Prima di finire la frase strappò il fucile dalle mani del compagno e lo puntò all'altezza della sua gola: «Vai, ho detto». Fu costretto ad abbassare due volte il mento a dire che andava bene. Salirono entrambi sul camion e si diressero proprio al centro dell'inferno.

Sera Bét Sefer, il villaggio degli operai posto ai piedi del palazzo imperiale, era un agglomerato di capanne di argilla con il tetto di paglia, abitato quasi esclusivamente da etiopi: falegnami, muratori, servitori, cuochi, tutta gente impegnata per il palazzo. La notte vi dominava un silenzio interrotto soltanto dallo sporadico ululato dei cani, ma il giorno era animato dagli artigiani al lavoro, dalle grida dei bambini e dalle voci squillanti delle loro madri.

Se lo Yekatit 12 fosse stata una notte qualunque i vicoli sterrati sarebbero stati deserti fino all'alba, ma la notte tra il 19 e il 20 febbraio fu tragica come l'apocalisse. Vide sfilare una coda interminabile di uomini, donne e bambini urlanti. D'un tratto fu chiara la ragione del suo ingaggio: gli arresti erano così numerosi da richiedere ogni mezzo disponibile. Quindi, al segno di un carabiniere accompagnato da un membro etiope della polizia coloniale, fermò il camion.

L'uomo che viaggiava al suo fianco scese e, senza smettere di tenerlo d'occhio, scambiò qualche parola con il carabiniere. Quello gli fece intendere che poteva abbassare l'arma, che ci avrebbe pensato lui all'autista del camion, quindi si accostò all'abitacolo dalla parte della guida. Vittorio notò che aveva quasi la sua età, un'espressione sfinita e lo sguardo che pareva una supplica, segno che c'era poco da ostinarsi, l'unica era collaborare. Decise di fidarsi, spiegò quello che c'era da spiegare e disse che stava male: aveva queste fitte all'addome e un bisogno impellente che gli procurava vertigine e nausea.

«Puoi andare laggiù mentre li carichiamo, ma vedi di non tagliare la corda, non hai niente da guadagnare se ti fai sparare».

Fece cenno d'aver capito, ma prima di raggiungere il cespuglio si voltò. «Dove vogliono che li portiamo?» Dava per certo che anche il carabiniere fosse un semplice esecutore.

«Ti dirà lui dove» accennando all'ascaro. «Ma, se vuoi un consiglio, alla prima destinazione cedi il camion e trovati un riparo».

Sotto un sicomoro liberò il ventre e le fitte si calmarono. Da dove si trovava vide arrivare altri uomini armati: urla continue e, nel vociare confuso, il pianto straziato di una donna. Distinse nel buio due miliziani che la stavano prendendo a calci sotto lo sguardo neutro di un ufficiale. Un terzo miliziano trascinava due uomini legati per il collo con uno scialle, parevano muli tirati per le redini. Gli parve un incubo e, mentre credeva d'esser pronto a tornare al camion, sentì un conato invadergli la bocca e dovette appoggiarsi a terra con tutte e due le mani.

Com'era finito laggiù, domandava a sé stesso rovesciando lo stomaco tra le pietre. Poi svenne.

Quella notte, finita sulla riva del fiume con una pietra tra le mani, davanti al corpo inerme di un compagno, restò un segreto tenuto stretto per anni. Quando a Vittorio venne il pensiero di avere poco da vivere, mentre la memoria recente cominciava a vacillare (dimenticava quello che aveva appena fatto e stentava a ricordare persino il suo stesso nome), si decise, chiamò suo figlio vicino a sé e pronunciò la frase: «Un giorno, molti anni fa...» Bell'affare, con quella confessione Arturo smise di essere il figlio e divenne il testimone. «Riesci a capire, Tobia?» Il ragazzo lo ascolta in silenzio, di nuovo gli stringe il polso. Certo che può capirlo.

# Perdere tutto, perdersi

*Etiopia, 1937, tarda primavera*

L'*abbati* Mikail viveva da solo dall'età di quindici anni, ma, quando Vittorio lo conobbe, era tanto vecchio che i suoi fedeli avevano smesso di contare la sua età. Eremita, guaritore, non aveva nessuna investitura ufficiale, ma era circondato da una grande devozione. Gli spiegarono che era cieco dalla nascita e che aveva messo a punto una tecnica che gli permetteva di vivere in uno stato di preghiera continua. Sussurrava tutto il giorno la sua interminabile litania e la sospendeva soltanto per ascoltare i fedeli o rispondere alle loro richieste con consigli che spesso avevano la forma di una domanda o di una battuta che culminava in una risata. Quando rideva si piegava su sé stesso come un bambino; anche chi era in ascolto, e magari aveva alle spalle molti giorni di cammino, superato il primo stupore, non poteva trattenersi dal ridere con lui. Ma mentre Mikail ascoltava e domandava, oppure rideva, la sua preghiera del cuore, giuravano quelli che gli erano devoti, non cessava mai.

La sua casa era un'insenatura della montagna coperta da un grande masso sporgente: se il sole non era troppo forte, passava le ore di veglia all'aperto e avresti detto che mangiasse locuste come san Giovanni, anche se a tenerlo in piedi era il cibo portato dai fedeli che lo visitavano quotidianamente.

Ci vollero due giorni di cammino e tutta la determinazione di Ekelé per raggiungere il rifugio del vecchio *abbati*. Come li ebbe davanti, prima ancora di parlare, il vecchio tastò i loro volti con le dita e disegnò una piccola croce sulla fronte di entrambi, quindi li affidò a una donna che indicò loro il posto in cui avrebbero potuto passare la notte: due vie diverse, perché Ekelé ebbe il suo letto nella capanna destinata alle donne, mentre Vittorio si preparò a dormire sotto un tetto di stelle.

I giorni seguenti trascorsero in un'attesa sfibrante. L'unico momento in cui gli capitava di vedere Ekelé era l'alba, quando la donna risaliva il sentiero con una tanica colma d'acqua e si fermava davanti alla grotta del vecchio. Da quando erano arrivati non aveva più osato avvicinarla perché era sempre in compagnia di altre donne e non rivolgeva parola a nessuno.

Non passò molto che si sentì divorare dall'impazienza e dai dubbi: restare nascosto o tornare in città? Se avesse tentato di riottenere il camion che era necessario al suo lavoro, avrebbe rischiato un'accusa di omicidio o, peggio, la vita. Nessuno portava notizie fin lì, perciò di quello che stava succedendo a Addis Abeba non si sapeva più niente.

In tutto quel tempo vuoto, il pensiero di Zanetti lo visitava ogni notte e lo riportava in riva a quel fiume, dove tutto era finito e tutto era iniziato. Dove aveva salutato l'incoscienza del ragazzo e si era scoperto uomo e cattivo, ma cattivo come possono essere tutti gli uomini. Ogni notte la consapevolezza si faceva più acuta, la colpa cresceva e lui doveva trattenersi per non lasciare il giaciglio e non correre a piedi nudi fino alla grotta, per domandare al monaco che trovasse la formula che estingue il rimorso o lo consegnasse alle guardie e poi alle milizie, così che ci pensassero loro a pareggiare i conti e a restituirgli il sonno.

Poi una mattina Ekelé raccolse le sue poche cose e si piantò di fronte a lui come chi è pronto a tornare: avrebbero dovuto muoversi con prudenza e misurare quel che restava della proprietà di suo padre, disse, ma prima anche lui doveva prendere la benedizione dell'eremita.

Trascorse seduto accanto al vecchio alcune ore. Furono pronunciate e ascoltate molte parole, delle quali però non riuscì a trattenere quasi nessun ricordo. In grazia di quelle, la marcia del ritorno fu più agile, come se la mente, improvvisamente leggera, avesse riguadagnato la capacità di dare ai suoi passi una direzione sicura.

Tornati al villaggio, scoprirono che la pietà dei vicini aveva supplito a quella filiale ed Ekelé poté inginocchiarsi sotto l'ombra di un ginepro, davanti a un piccolo cumulo di terra che copriva il poco che restava del corpo di suo padre. Sulla tomba improvvisata era stata piantata una croce formata da due pezzi di legno intrecciati e da questa pendeva la medaglia d'argento che l'uomo era solito portare al collo. Non c'erano fiori, ma il ginepro, miracolosamente sopravvissuto alla devastazione e ora carico di minuscole bacche blu, stendeva con gentilezza i suoi rami sulla terra smossa da poco.

Anche Vittorio si inginocchiò: con le mani scavò un canale attorno al cumulo, così che la pioggia potesse scivolare via senza impaludare la terra. Intanto pronunciava l'unica preghiera che sapeva e, nel farlo, pensava al vecchio, ma anche ai suoi lontani, che non ricevevano notizie da troppo tempo.

Del tucul e dei tre ombrosi eucalipti non restava più nulla. Spesero molta fatica per portare via la cenere e i detriti e per costruire una struttura a due vani con i pali di legno. Nei giorni successivi, con l'aiuto di un paio di ragazzetti, tirarono su le pareti ricavate dall'impasto di sterco e fango seccato. In capo a un paio di settimane la baracca aveva il suo tetto di paglia. In tutta la città donne e uomini scampati al massacro si adoperavano in silenzio con la medesima dedizione, sorvegliati dalle camicie nere e dai carabinieri, che nei giorni del massacro avevano divise sporche di sangue e invece ora si muovevano come se spettasse a loro proteggere la salute di tutti. Non c'era contraddizione in questo: Addis era la capitale dell'Africa Orientale Italiana. Anche nell'immaginario di Vittorio la città non poteva essere altro che bianca e fascista. Certo lui aveva visto con i suoi occhi l'orrore perpetrato da quelli come Elvio, ma il pregiudizio è duro a morire e così la violenza da arginare restava quella degli indigeni ribelli, non quella più o meno istituzionalizzata degli italiani.

In quella calma apparente, le notizie delle esecuzioni sommarie viaggiavano da un orecchio all'altro e chiunque in città era al corrente delle sparizioni che colpivano anche i membri del clero tawedo, accusati di proteggere i ribelli. Anni dopo un giornale pubblicò una fotografia che ritraeva il plotone di esecuzione sulla piana di Debre Libanos: soldati italiani schierati con il fucile puntato e, in secondo piano, figure avvolte dal tipico shamma bianco che identifica i monaci e i pellegrini. L'immagine era già eloquente ma non poteva testimoniare ciò che seguì la fucilazione: le vittime precipitate nel crepaccio, talvolta ancora vive, le lunghe agonie, la sepoltura negata, i corpi abbandonati allo scempio degli animali. Quanti fucilati? Alcune migliaia e, tra loro, anche il vecchio eremita che aveva offerto ospitalità a Vittorio dopo la notte in cui lui era diventato un assassino – ma questo Vittorio non lo seppe mai. In quei giorni rimase in Addis perché non aveva cuore di lasciare Ekelé e perché, senza il suo camioncino, non aveva più una strada né un posto in cui andare.

Fu avviata un'indagine sul cadavere dell'italiano ritrovato in riva al fiume. Un poliziotto federale fece qualche domanda anche a Vittorio e lui si limitò a dire che era di passaggio e che si sarebbe fermato in città il tempo che serviva a racimolare i soldi per l'acquisto di un altro mezzo. Dichiarò di pagare la stanza in cui stava e di non intrattenere con la sua giovane ospite alcun tipo di relazione personale. L'agente annotò ogni cosa senza commenti e prima di andarsene batté la mano sui robusti pali di legno che sorreggevano la capanna: «È venuta solida» disse. «Pare un peccato lasciarla a loro». Vittorio annuì e si sentì al sicuro.

«Credete che potrò riavere il mio camion?» domandò all'agente confidando in un supplemento di fortuna. Il poliziotto scosse la testa: «Certe fortune si pagano e mi pare che qui il problema siano proprio i denari». Appiedato e senza più nulla, si offrì come operaio in una segheria distante un'ora di cammino. La paga era poca cosa, ma si impegnò ad accumulare, un tallero alla volta, la somma che sarebbe servita a riottenere il camion.

Ogni volta che il ricordo di Elvio montava, accarezzava il pensiero di costituirsi, per non doverlo pensare ogni notte, ma il sonno cancellava i fantasmi e al risveglio la confessione non lo tentava più. Del resto non si aspettava indagini più accurate, sembrava molto più naturale sospettare degli indigeni che degli italiani, tanto più che a morire era stato un balordo di cui nessuno avrebbe chiesto notizie.

Certe notti, mentre per l'orrore e il rimorso si rigirava nel letto, gli pareva di sentire il pianto di Ekelé: un suono flebile, che poteva anche venire dalla sua immaginazione e che gli procurava allo stesso tempo pena e conforto, perché la sofferenza che lei doveva ad altri attenuava di un poco la sua colpa d'assassino, vestendola d'eroismo e vendetta. Quietava sé stesso pensando a quello che l'indomani avrebbe potuto fare per lei, comperando provviste e allestendo meglio che poteva la capanna, che infatti era venuta bella e solida come aveva sperato.

Dopo qualche mese, però, il poliziotto federale tornò accompagnato da un ispettore della sezione locale del Partito. Avvisato da Ekelé, Vittorio lasciò il lavoro di riparazione che gli impegnava le mani e accolse i due uomini sulla porta. Temeva per la storia di Elvio, ma scoprì, con una parte di sollievo, che il problema era Ekelé. Si era a maggio, il corpo più florido di lei cominciava a mostrare il suo stato e per lui sarebbe stato folle spiegare che il meticcio che si preparava a nascere era figlio di Elvio e non suo. Tacque e lasciò che i sospetti sulla paternità ricadessero su di lui, pronto a rispondere del crimine sbagliato.

Nei suoi cinque anni d'Africa Orientale, tutta la repressione della promiscuità tra italiani e donne abissine, a quanto sapeva, si era ridotta a qualche tiepida raccomandazione, quando non era la famiglia della donna a muovere denuncia, come accadeva nei casi di abuso. I tempi però erano cambiati, il madamato e il concubinato erano il nuovo tabù dell'Impero fascista, che metteva a punto in Africa Orientale la strategia di sostegno al nuovo dogma della purezza della razza. Per il crimine di madamato si rischiava il foglio giallo di rimpatrio.

Vittorio fu convocato alla Casa del Fascio, dove un funzionario dell'Istituto di Cultura fascista lo sottopose a una lunga sequela di domande, quindi esaminò la sua tessera del partito. «Come si è conciata così?» Lui esitò: la notte in cui aveva ucciso Elvio Zanetti la portava addosso e in alcuni punti l'acqua del fiume, mista a sangue, aveva sciolto l'inchiostro. Fece un gesto vago con la mano, quindi accennò al sudore e alla polvere. «Portare un camion carico di sabbia è un'impresa che va provata» disse, senza incontrare solidarietà.

Il generale sventolò in aria il documento per scacciare una mosca. Quindi dettò una nota al cancelliere: «Vittorio Gargano, di fu Nicola, socio di questo partito dal 1° luglio 1934, è fatto oggetto del provvedimento di ritiro della tessera perché costituzionalmente amorale. Interrogato, confessa di vivere more uxorio con un'indigena, venendo così meno al prestigio della razza». Poi, senza più degnarlo d'uno sguardo, stracciò la carta.

«Per il lavoro come faccio?»

«Vi sfugge proprio la gravità della cosa, vero? Per cominciare sarà meglio congedare la donna prima che ne venga fuori il bastardo. Di qui a tre mesi ci rivediamo. Se le cose vanno come devono andare c'è l'Ufficio lavoro, altrimenti... Quella di oggi è la prima ammonizione, poi c'è il foglio giallo per l'imbarco forzato».

A dispetto della severità del provvedimento, Vittorio uscì dall'ufficio in preda a una sciagurata euforia. Senza l'iscrizione al Partito Nazionale Fascista non avrebbe più avuto accesso agli appalti di supporto al Genio militare, era dunque nei guai, ma si sentiva salvo dall'accusa più grave. Per la seconda volta aveva rischiato l'arresto e ne era uscito quasi intero.

Per tutto il giorno aveva rimandato il pensiero di Ekelé e del suo bambino: nella ricostruzione del tucul aveva investito i pochi risparmi e diverse giornate di lavoro, ma adesso era chiaro che la convivenza lo avrebbe esposto al rischio di rimpatrio, e nel modo più umiliante. Mentre cercava una soluzione, fu sorpreso di trovare la brace ancora calda ma nessuna traccia di Ekelé. Girò per le baracche con il cuore in gola: nessuno seppe dirgli se lei avesse scelto di andarsene o se l'avessero portata via.

A consolarlo c'era il sollievo per l'arresto scampato, che quietava un poco anche il rimorso per l'uccisione del compagno. Ignorava in quel momento che nelle stesse ore, per l'omicidio del compatriota Elvio Zanetti, veniva messo al muro un manovale eritreo che aveva già visto morire, nei giorni della strage, due dei suoi figli.

## Nicoletta e la sacra roccia

*Calimera, 1939*

Il lunedì dell'Angelo Nicoletta se ne stava buona buona in fondo alla fila delle compagne in processione davanti alla Sacra Roccia della chiesa di San Vito. Quelle che sfilavano per prime erano le zitelle che sognavano l'amore o le misere che si disperavano per il figlio che non veniva. Così era Anna, la cugina, sposata da tre anni: tutti sapevano che sanguinava invano ogni mese, e certi mesi il sangue non la finiva di scendere, le lasciava una debolezza che non la faceva alzare dal letto e intanto il marito pativa d'essere la favola del paese.

Eppure, quel lunedì di Pasquetta, Anna s'era levata, vestita di bianco come il giorno delle nozze, aveva riempito il paniere delle *cuddhure* con l'uovo nel mezzo e, al rito della pietra forata, se ne stava dritta come un cipresso spoglio, la prima della fila. Don Erasmo l'aveva guardata dritta in faccia, quindi aveva cercato dalla parte dei maschi la figura dello sposo, che invece si teneva dietro: passava i suoi occhi foschi da questa a quello, poi di nuovo a questa, come gli mancasse il coraggio di farla entrare per prima nella cappella stretta. Non sapeva come sbrogliarsi davanti a tutto quel coraggio femmineo.

«A chi passa dalla pietra forata di San Vito la grazia arriva. Ci credi tu, sì?»

«Ci credo».

«Ma l'hai capito che la grazia è l'anima pura. Che i figli poi vengono o non vengono, ma non è colpa del santo? Lo sai ve'?»

Quella, senza staccare lo sguardo dal monolite, aveva fatto cenno di sì con la fronte e s'era data a pronunciare la formula: «*Ajo 'gapimèno, 'sena prakalùme panta 's ti zoì lìsci 'nna daùme*» (Amato Santo, sempre Te preghiamo, ché nella vita vittoriosi riusciamo.)

Teneva al collo un nastro sottile con una pietra larga un pollice, pure quella forata come un menantol. Con le dita ci giocava aumentando l'imbarazzo del prete, che già tante volte s'era trovato a spiegare alle comari che Anna era come tutte quante le altre femmine e che della leggenda che la voleva *macàra* non era vero niente. Anche Nicoletta sapeva che la stregoneria era una cosa sciocca, perciò a vedere sua cugina così, ferma sulla soglia e puntata da tutti, con il marito lontano, s'era sentita avvampare dalla rabbia. Pure se non le importava d'essere degna della grazia del santo, spingi spingi era arrivata proprio dietro alla cugina, le aveva messo una mano sulla spalla e a don Erasmo aveva detto: «La seconda che passa sono io».

L'aveva fatto. Per prime erano passate una mezza matta e la vedova bianca (lo scandalo che ne era uscito poi...). S'era inginocchiata e per cominciare aveva infilato nel foro della roccia la testa e le spalle, quindi s'era sentita la pietra attorno al bacino, in una stretta che non s'aspettava. Aveva avuto paura di non riuscire più a sciogliersi da quell'abbraccio. Com'era che tanti erano grossi e passavano, mentre a lei non riusciva? Davanti ai suoi occhi, su una sedia di legno e di paglia stava seduto il custode, che aveva persa la vista vent'anni prima sulle montagne del Nord. Teneva i palmi sul bastone, il mento sulle mani. Alzò la testa perché aveva percepito che qualcosa non andava. «Passa solo chi ha fede» disse allora, come faceva ogni volta che qualcuno si trovava impacciato e non sapeva entrare né uscire.

La pietra forata, un menantol che spuntava dal terreno, stava proprio al centro della cappella: i muri gli erano stati costruiti tutto intorno per addomesticare un culto molto più antico. Quante anime avevano traghettato dall'altra parte il cieco Vito e gli altri custodi che lo avevano preceduto? E lei fede ne aveva?

In tutta risposta aveva preso a dondolare il bacino a destra e a sinistra, piano piano, guadagnandosi un centimetro alla volta l'uscita dal monolite. Il giorno dopo era arrivata la grazia: mentre stava in campagna le avevano detto che c'era una busta per lei. La lettera al fermoposta seguiva un silenzio durato quasi due anni. Nicoletta la infilò in petto e uscì alla svelta per sottrarsi alla curiosità dell'impiegato delle Regie Poste. Girato l'angolo si trovò di fronte alla porta laterale della chiesa matrice, sedette sul gradino e aprì la busta: «È passato tanto tempo, forse non avrai potuto aspettare. Non te ne faccio una colpa, la cosa giusta è che mi devi scordare».

Finiva tutto com'era naturale che finisse: troppi anni ad aspettare notizie sempre più rare e, da ultimo, a chiedersi se Vittorio fosse vivo o morto, a reggere con il mento alto lo sguardo della gente, la pietà dei buoni cristiani, la malalingua dei buoni cristiani. Cosa s'era messa in testa? Dove credeva che sarebbe andata e per quale fortuna?

Gli occhi percorrevano due pagine scritte fitte con la matita nera, nella grafia frammentata che conosceva bene, ma più nervosa. Tuttavia, di tante parole, lei riusciva a leggere chiaramente soltanto le due righe di saluto: «Mi porto un veleno che non si scioglie. La cosa giusta è che mi devi scordare».

Strinse tra indice e pollice la radice del naso. Non avrebbe pianto lì, sola, nella pubblica piazza, non si sarebbe lasciata cogliere in una debolezza così sventata. Era già abbastanza fingere di non essere per tutti la sposa promessa a quello che non torna e rispondere, un giorno dopo l'altro, un mese dopo l'altro, sempre alle stesse domande delle comari curiose. Alzò gli occhi: da dove stava poteva vedere il palazzo turrito dei De Donati. A chi altri poteva chiedere aiuto?

La mattina appresso infilò il vestito migliore e bussò al portone di palazzo De Donati quando l'aria non aveva ancora perso del tutto il fresco della notte. Aveva pensato di dover insistere e invece, appena pronunciato il nome di Lea De Donati, la donna si era affacciata dal loggiato, aveva annuito alla domestica e poi aveva sceso le scale con un piglio lento e fiero: piccola, sottile, due occhi vivaci che non lasciavano scampo, indossava un grembiule bianco macchiato di colori. Studiò la giovane che si trovava di fronte per un bel pezzo. «Può entrare» disse poi alla donna che l'aveva accolta e, col semplice gesto di dare a lei le spalle, attraversando l'ampio cortile, si lasciò seguire fino alla veranda che affacciava sul giardino retrostante.

La pergola aveva già buttato fuori i suoi grappoli e la veranda, un locale largo e lungo metà della casa, era invasa da una luce che intorbidiva i pensieri non meno dell'odore di vernici e acqua ragia. Nicoletta passò lo sguardo su un disordine fatto di cavalletti, tolle di colori, rulli e pennelli. Il tavolo da falegname era coperto di attrezzi che non avrebbe saputo nominare: barattoli di colla, sassi, vetri e conchiglie frantumate nel mortaio. Le tele dipinte erano addossate alle pareti o impilate sul pavimento. Erano quelli i segni che distinguono i ricchi dai poveri. Il lavoro di chi non ha nulla non può stare in terra abbandonato e senza cura.

«Cosa possiamo fare per voi?» chiese Lea De Donati, mentre la giovane si stringeva le braccia al petto e rispondeva al suo sguardo con un'espressione indecifrabile. Non era mai stata una donna sfacciata, ma aveva buone ragioni per vincere la ritrosia. Quasi d'un fiato si trovò a dire tutto: il ritorno mancato, l'attesa lunga anni, le nozze mai celebrate e quell'unica lettera arrivata il giorno prima, dopo che tutti si erano convinti che Vittorio fosse morto e avevano smesso di farle domande.

«Voi siete stata dove ora sta lui, forse potete dirmi qualcosa. Ho bisogno di sapere e non è per me sola». Spiegò che Vittorio la liberava dalle promesse che si erano scambiati, ma, nel farlo, comunicava una pena che le metteva paura.

Lea la scrutava sorpresa. «Quanti anni avete?» Nicoletta però non rispose e lasciò che fosse lei a proseguire. «Quello che gli è successo dopo che siamo partiti non lo so, perché non c'ero e non lo posso sapere, ma so che il vostro fidanzato avrebbe fatto meglio a tornare quando doveva tornare, perché tutti quelli che sono rimasti si sono bruciati qualcosa e sono tornati rovinati o danno l'impressione di non voler tornare più». L'accento settentrionale prendeva in lei una sfumatura annoiata e un po' malinconica. Nicoletta, immobile al centro della veranda, la scrutava con un'attenzione che, a dispetto del rango e dell'età, poteva incutere soggezione. Lea De Donati spostò dei fogli e trovò il portasigarette d'argento e i cerini con la scritta «Citrato espresso San Pellegrino». Portando alle labbra la sigaretta allungò lo sguardo sul viale costeggiato da oleandri e fichi d'india. L'altra, sempre immobile, seguiva ogni gesto senza fiatare, in attesa che la donna le desse quello che stava cercando.

«Tanto tempo fa stavo molto male» continuò quella, tirando una boccata di fumo. «Un tipo di male mio che adesso conosco bene e che assomiglia a scivolare sottoterra. Pensavo che la cura fosse andarmene, avrei tentato qualunque cosa per andarmene, persino sposarmi, come ho fatto. Adesso non ho più voglia di viaggiare, mi sembra che non serva. Finirà che una mattina non mi leverò più e tutti dovranno accettare che sono morta, liberarsi di queste croste e tirare avanti come se non ci fossi mai stata». Fece un secondo tiro, più profondo, ma non lo respirò e l'odore di fumo arrivò fino a Nicoletta che la studiava concentrata. «Troverete che non sono parole adatte a una donna. Sono cose che provano le anime complicate e voi di sicuro siete un'anima semplice. Per certi uomini però è lo stesso: non si accontentano, sono inquieti anche se non lo sanno. Non voglio dire che Vittorio soffra il mio stesso male. Il mio è un male di donna, partire è servito a liberarmi per un poco da tutto quello che costringe. Certo è una libertà che non dura: alla fine eccole queste pareti, le vedete quanto sono spesse? Dicono che così il sole non arroventa le pietre delle vie, che chi ci cammina in mezzo trova un poco d'ombra. Sarà così, ma si pagano protezione e frescura con un orizzonte stretto e allora la noia... Invece lì, dove stavo, dove sta anche il vostro uomo, tutto è spazio. Il cielo, per esempio, è concavo». Esitò sull'inutile confidenza. «Vittorio, lo ricordo come un giovane appassionato e pieno di energia». Arrossì un poco e accennò un sorriso a Nicoletta, che però teneva su di lei due occhi acquosi e fermi. «Mentre stavo lì, qualcuno che non ricordo chi fosse disse a mio marito che il mal d'Africa si cura con l'Africa. E per un po' ha funzionato: io e mio marito, per esempio, ci siamo voluti bene come i bambini quando giocano. Mi guardava come una creatura libera e pericolosa. Sapeste quanto mancano adesso quella sua incertezza di allora, quell'incoscienza mia...» Fece una pausa più lunga e tornò a guardare la donna che le stava di fronte. «Detto così, ad alta voce, deve suonare molto volgare, giusto? Non sono cose che si dicono queste, e poi cosa potrà mai interessare a voi? Siete venuta per Vittorio. Ebbene, cosa posso dire di Vittorio? Lui è come sono tanti, incontrano una terra di perle nere e ad alcuni succede che i piedi diventano di piombo, sprofondano nel terreno come scomparirebbero nelle sabbie mobili. Capite cosa intendo?»

Nicoletta non rispose, avrebbe voluto scappare, ma anche i suoi piedi si erano fatti di piombo.

«Le perle nere sono facili da trovare, perché tutto quello che sognano è un poco di sangue bianco, una discendenza che a ogni generazione diventi un po' meno nera. Ma se gli uomini restano non è perché sono stupidi, è perché quella è una terra che insabbia: li incanta e non li lascia partire. Di più non so. Dimenticatelo, se vi riesce, lasciate che stia dov'è voluto restare».

Sapevano entrambe che ci sarebbero state molte più cose da dire, ma nessuna delle due osò aggiungere parole. Poi Lea scosse i capelli ricci, che le arrivavano alla nuca, si guardò attorno, pochi passi e si piegò su un quadretto piccolo: il volto di una donna dipinto con tutti i colori della terra. Lo allungò a Nicoletta, che lo ricevette dubbiosa, poi scelse il suo sorriso più dolce e rispose che non lo poteva accettare, ma che i consigli le parevano buoni, anche se non era certa di poterli seguire. Aggiunse con sussiego che non avrebbe immaginato, disturbandola, di trovare tanta disponibilità.

Sulla porta del palazzo però si voltò: «Aiutatemi. So che è una preghiera sfacciata, ma io posso partire se c'è modo. Se un poco gli avete voluto bene» aggiunse con troppa confidenza, «non lasciate che si perda».

Questa volta fu Lea a non rispondere. Nicoletta abbassò lo sguardo, attese qualche secondo, poi si decise: «La via la so». Lungo la strada per casa l'immagine di quel volto multicolore non si levava dalla testa e le mordeva lo stomaco. Allora pregò: domandò fede e pace e la forza di scoprire un modo per trovare Vittorio e fargli sapere che, se l'Africa si cura con l'Africa, lei era pronta a partire quel giorno stesso. Promise a sé stessa che avrebbe accettato qualunque forma di riparazione buona a restituirle tutto intero l'uomo che amava.

Due mesi più tardi, il custode di casa De Donati venne a consegnarle una busta che conteneva l'indirizzo delle Pie madri della Nigrizia, le suore comboniane che ad Asmara gestivano la scuola elementare Vittorio Emanuele III per bambini indigeni cristiani e musulmani: cercavano una maestra e i De Donati avevano fatto il suo nome. Insieme alle istruzioni per il viaggio, la busta conteneva una lettera di raccomandazione e una quantità di denaro che Nicoletta non aveva mai visto in vita sua. Su un piccolo cartoncino bianco la mano frettolosa aveva aggiunto una nota secca: «Per una prima tappa di avvicinamento. Non è detto che l'uomo meriti tanta strada, ma il coraggio di una donna deve essere preso sul serio».

# Due madri

*Addis Abeba, 1942-1975*

Nicoletta partì e mantenne la promessa fatta a sé stessa il giorno in cui aveva lasciato palazzo De Donati. Non fece domande quando finalmente rintracciò Vittorio e neppure quando, qualche tempo dopo, Ekelé bussò alla loro porta tenendo per mano suo figlio Dawit, che aveva già cinque anni.

Arturo a quel tempo aveva poche settimane. Un'altra donna nella sua condizione ne sarebbe stata turbata, lei no. Se ci fosse stato bisogno di parole, avrebbe osato quelle che osano solo i personaggi delle tragedie romantiche: ciascuna di noi due lo avrà senza togliere nulla all'altra. Ma la verità è che non ci fu bisogno di parole e i due bambini vennero grandi insieme, sfumature diverse della stessa stirpe.

E dunque Addis, quartiere Piazza: la casa in cui vivono Vittorio, Nicoletta e Arturo ha due piani e un portico di legno scuro; confina con quella di Ekelé e Dawit, che invece è molto più piccola. I due giardini comunicano per una porta stretta che rompe la recinzione di lamiera.

Sull'altro lato, il giardino di Vittorio e Nicoletta confina con la villetta di Kirkan, il commerciante armeno che ha portato da Asmara una moglie eritrea. Kirkan ha sei figli, tutti più piccoli di Arturo, ma solo due sono figli di questa nuova moglie. La prima moglie, armena come lui, è morta dopo aver dato alla luce il quarto figlio.

Arturo e Dawit si divertono a fare piccoli dispetti ai vicini. La moglie di Kirkan li minaccia, Nicoletta manda

Ekelé a portare le sue scuse. La moglie di Kirkan ascolta le scuse e non risponde: è una donna fiera, non le piace la famiglia di Vittorio, non le piace Ekelé. Però Kirkan ha buoni rapporti con Vittorio: incita a mezza voce, in armeno, la sua donna, mentre questa gli rivolge due occhi neri e fermi, come dipinti. Arturo non capisce l'armeno, ma capisce che Kirkan le sta ordinando di essere più generosa. La moglie non si lascia convincere, però allunga le mani e accetta il cesto di ortaggi, che Ekelé le sta porgendo con una faccia anche più dura della sua.

Vittorio dice spesso che Ekelé lo ha salvato. Non dice come, né perché, ma lo ripete a tutti: «Ekelé mi ha salvato, potevo lasciarla a sé stessa dopo che mi ha salvato?»

Poi c'è Dawit: tra lui e Arturo passano cinque anni di differenza, eppure sono inseparabili. Dawit è devoto ad Arturo, lo protegge come uno scudiero. Quando parla di Nicoletta dice «*imebet*, tua madre», ma la ama come fosse anche sua. Grazie ai Gargano ha potuto studiare, ha frequentato la scuola francese, poi quella italiana in cui Nicoletta insegna ai bambini. La devozione maggiore però è tutta per Vittorio, sogna di diventare come lui, avere un camion tutto suo, partire per le piste più difficili, verso Gimma o verso Gore.

Il camionista ha autorità e un prestigio che aumenta quando le piste che batte si inabissano nella periferia dell'impero. La paga è buona, Dawit gli ha visto contare le banconote, ordinarle per bene secondo il calibro, riporle con cura nella cassetta che tiene sotto il letto. La paga è buona ma non è per il denaro che si rischia la vita, il richiamo del pericolo è un mistero insondabile. Dawit ha giurato a sé stesso che un giorno sarà come Vittorio. Avrà un camion tutto suo, scommetterà per primo sui viaggi che nessuno osa, stoccherà tutto quel che serve per vivere nel cassone: rotoli di corda, secchi, tegami, la legna per i fuochi del bivacco, i bidoni dell'acqua potabile.

Nei primi tempi il tucul in cui vivono Dawit e sua madre è una baracca con un'unica stanza separata da un tramezzo. Ricorda la casa in cui Nicoletta è arrivata dopo aver ritrovato Vittorio, quando i suoi occhi andavano dalla porta all'unica finestra senza vetri, al pavimento dove non c'erano neppure le tavole di legno spesse un palmo su cui ora Dawit cammina. Cosa provò allora: delusione, sconforto, voglia di tornare indietro? Nessuno immagina quello che Nicoletta ha dovuto passare: vedere arrivare Ekelé nella baracca che grazie a lei ha appena preso una parvenza domestica, stringersi al collo il suo bambino, il neonato che Arturo è stato, e intanto osservare la mano del marito che si posa sulla testa di quell'altro, che ha una pelle molto più chiara di quella di sua madre, occhi nocciola, quasi dorati. Nessuno può sapere cosa siano il dubbio e la fatica di fugarlo mandando a memoria le parole di Vittorio: «Non ho mai avuto passione per quelle, io».

«Cosa allora?»

«Gratitudine: le devo la vita, lei pure la deve a me». E null'altro, perché quella è una storia di cui non vuole parlare. «Guardami, Nicoletta, mi vedi, te lo ricordi cos'ero? Grasso, squattrinato, senza volontà, la notte che valeva quanto il giorno. Tu sei quella che mi ha levato dalla sabbia: hai preso una capanna e ne hai fatta una casa vera. Adesso, lo vedi, c'è Arturo, e questo terreno che è grande abbastanza per tutti. Abbiamo le galline, la capra, il giardino con l'orto. Io ho due camion, i servizi che faccio piacciono anche al negus. E, per quando resti sola, un aiuto serve. Pensaci: Ekelé è un buon aiuto, lei governa la casa e noi diamo un tetto a suo figlio».

Non ci ha pensato troppo, Nicoletta. Ha preso Dawit per mano, fatto un cenno a sua madre e si è diretta con loro verso la vecchia capanna da sgomberare. Ciascuna di noi due lo avrà senza togliere nulla all'altra, avrebbe detto se fosse stata il poeta, ma la verità è che non ha detto niente.

Nessuno può sapere queste cose, eppure Arturo ha più di una buona ragione per ricordare quello che sa e anche quello che non sa. Dunque cosa?

Che vent'anni dopo le domestiche di casa Gargano erano due. Che una giovanissima Lilit occupò il letto di Dawit, perché Dawit era partito per la Germania con una borsa di studio per giovani tecnici.

Che Lilit imparò a leggere e a scrivere sotto la direzione severa di Nicoletta e che, sempre grazie alla sua disciplina, divenne anche una buona cuoca.

Cos'altro? Che i De Donati pagarono per Arturo gli studi a Milano e che, in un pugno di mesi, la sua vita si rovesciò, rendendo Addis, la patria lontana, un luogo sempre più distante, nonostante le lettere di sua madre.

E che nei racconti che gli arrivavano, Dawit, tornato dalla Germania, spariva per mesi e non si sapeva per quale ragione.

Che siccità e carestia affamavano la provincia del Wollo e animavano le proteste nelle strade della capitale.

Che le tre donne (sua madre, Lilit ed Ekelé) rimanevano sole per molte settimane.

Che si sparava per strada e che diventava difficile trovare la farina all'emporio. Che le case bruciavano. Che Ekelé la sera fissava il buio e diceva: «Tutto come allora». E che allora Lilit le prendeva la mano e ripensava la guerra in minore che aveva distrutto la casa di suo padre.

Che gli italiani partivano, che anche i greci partivano e che lo stesso facevano gli armeni come Kirkan, con i suoi sei figli non più bambini e con la moglie eritrea non più giovane come quando era arrivata.

Cos'altro ricorda? Che presto fu tardi e dovettero lasciare tutto, raggiungere una patria che per Arturo non era più il sogno fiabesco dei racconti di suo padre Vittorio, ma qualcosa di concreto su cui costruire un futuro vero.

E infine: che, una volta rientrati in Italia, prossimità e distanza non avevano più lo stesso significato e che Lilit, Ekelé e Dawit si erano trasformati in un rimorso che faceva ogni giorno meno male.

«Aspetta. Non capisco» dice giustamente Tobia, il ragazzo, quando il racconto del vecchio procede troppo veloce. Arturo a quel punto annuisce: «Lo so, lo so, ci sono cose che vanno spiegate piano». E si commuove per la sua pazienza: tutto quel tempo ad ascoltare la storia di una famiglia che non è neppure la sua. Chi l'ha detto che il sangue è tutto?

SECONDA PARTE

# Fuoco

Ora, la storia di Eva è scritta, e la sanno tutti; la storia di Lilít invece si racconta soltanto, e così la sanno in pochi; anzi, le storie, perché sono tante.

Primo Levi, *Lilít e altri racconti*

# Papaveri rossi

*Milano, 2015*

Ciascuno di loro aveva un numero: appena una delle quattro postazioni si liberava l'operatore chiamava e si preparava a scorrere da capo il database. Quando è arrivato il suo turno, Fatima aveva il suo nome e quello della sorella scritti sul foglio e, nell'espressione dell'uomo, ha visto il sollievo di non dover tradurre in lettere un suono sconosciuto.

«Vediamo: lei è Fatima. Invece Alemash è sua...»

«Sorella».

«Vediamo... Il nome non risulta, ma questo non significa niente, abbiamo trovato pochissimi documenti. Può dirmi quanti anni ha? O qualunque altra informazione. Tutto serve».

«Ho portato questa» ha detto mostrando il ciondolo. «Ci sono i suoi capelli, è un regalo che ci siamo fatte prima di partire, per stare un po' io con lei e lei con me».

«Se avete gli stessi genitori non servirà, può tenerlo. Possiamo confrontare il Dna di sua sorella e il suo». Aveva un'espressione sospesa, forse si crucciava di averla delusa. «Perché pensa di poterla trovare qui?»

«Non ho sue notizie da... quel giorno. Doveva venire e non riusciva ad avere i permessi. Suo figlio, mio nipote, non ne sappiamo più niente da tanto tempo. Ha deciso da solo di partire, non so nemmeno come ha trovato i soldi, se li ha trovati. Ha lasciato un biglietto in cui diceva che voleva venire in Europa ma poi, da che è partito, non abbiamo più avuto notizie. Niente di niente. Mia sorella non riusciva più a stare senza sapere e il mare era l'unico modo per cercarlo di persona. Cercare dove non so».

«Chi ha pagato il viaggio di sua sorella?»

«Cinquemila euro li ho messi io, ma erano troppo pochi».

«L'ultima volta che l'ha sentita?»

«La sera prima. All'ora di cena. Diceva che stava per imbarcarsi, aveva ancora il cellulare».

L'operatore ha fissato il monitor con più attenzione.

«Eccoci. Partiamo con le fotografie. Il sesso e l'età ci aiutano, ma come vede sono comunque molte. Se però ci fosse una cicatrice o altro, se le viene in mente, noi possiamo restringere ancora meglio il campo».

«No».

«Allora cominciamo. Non sarà facile: si prenda tutto il tempo che serve, non abbiamo nessuna fretta. Quando è troppo, basta una parola e ci fermiamo. Possiamo interrompere tutte le volte che ne ha bisogno, sono qui apposta».

Alemash era la decima, non poteva sbagliare. Si sentiva soffocare e ha dovuto chiedere di uscire. La dottoressa che guidava i lavori l'ha seguita nel corridoio e si è seduta accanto a lei. Ha apprezzato che non dicesse niente per consolarla.

«Faccio un mestiere che somiglia al vostro» ha detto Fatima dopo aver ritrovato un po' di calma. «Accompagno i morti. Li preparo, così i parenti li possono salutare».

«Non sarà come si immagina il riconoscimento, è passato troppo tempo» ha risposto la dottoressa intuendo anche quello che Fatima non diceva.

«Lo so».

«Però c'è il test del Dna».

«Lo so».

«Ho una gemella. Non voglio dire che posso capire quello che sta provando, però non posso immaginarmi senza di lei».

Si asciugava gli occhi con il palmo della mano, non aveva fazzoletti con sé, allora la donna si è alzata a cercarne ed è tornata con una scatola di kleenex e una bottiglia d'acqua. Dall'ampia vetrata si vedevano i papaveri rigogliosi proprio fuori dal laboratorio milanese, nel campo abbandonato. Fatima li fissava concentrata, stupita che fossero così tanti. Anche la dottoressa è stata catturata dalla distesa puntellata di rosso. «Fioriscono sempre in questa stagione, è un incanto» ha detto.

«Lo so» ha risposto l'altra, «è il loro tempo».

## Vedere e non vedere 1: Arturo e Fatima

*Milano, settembre 2018, quasi notte*

Lungo il vialetto la donna ondeggia lentamente sulle scarpe di corda troppo alte, una larga sciarpa color porpora le avvolge le spalle e il collo. L'estate si è prolungata ben oltre le attese e, fino a una settimana prima, le mattine erano pungenti ma il sole scioglieva presto il gelo e si girava in camicia, persino con un po' di fastidio per il troppo caldo. Poi il cielo si è tinto, un vento non più tiepido ha preso forza, anticipando l'odore della pioggia.

Quando la porta si apre, Curry la raggiunge mulinando la coda, le annusa i piedi, lecca delicatamente i talloni scoperti. Così Fatima si china sulle ginocchia, gli accarezza il dorso e quello mugola un saluto. «Un po' di pazienza, lasciami entrare».

Appena in casa sbuffa per il freddo. Arturo Gargano l'aspetta seduto al tavolo della cucina su cui lei posa la borsa di cartone con le provviste per la cena.

«Se dessimo una bella fiammata alla stufa?» lei, già china a versare le crocchette per il cane nella ciotola di metallo.

«Vado io» l'uomo, facendo leva con le mani sul tavolo e afferrando il bastone.

La legna e i giornali sono accatastati lungo la parete del portico. Arturo sfila un ceppo e sente cadere quelli che stanno sopra. Fatima, già alle sue spalle, si china senza dire niente, mette a posto i pezzi e poi gli afferra il braccio, delicatamente, per guidarlo verso l'interno. Anche Arturo sta zitto, si sistema sulla poltrona vicino alla stufa e appallottola i fogli di giornale che Fatima gli passa. Gli arriva l'odore di zolfo, mentre sente il crepitio delle fiamme e lo sportello pesante richiuso.

«Vediamo se indovino quello che ti va di mangiare questa sera. Ho portato le cicorie lesse e ho tenuto a bagno le fave, te le faccio come hai detto tu. Sono o non sono la tua fata buona?»

«Non ho tanta fame».

«Pazienza, vorrà dire che un po' mangi oggi e un po' domani».

«Non voglio che ti disturbi tutti i giorni, con quello che hai già da fare. Non ho bisogno. Me la so cavare».

Come ogni sera, Fatima giura che non è un disturbo e che passare la fa sentire più in pace che pensarlo solo. Lui insiste che non si sente solo. Accendono la radio. Fatima lava le fave, riempie con poca acqua la pentola a pressione e unisce i legumi, l'aglio, il sale e un peperoncino intero rotto con le dita.

«I legumi vogliono il tegame di coccio».

«Se c'è tempo, ci va il coccio. Se non c'è tempo va bene tutto. Vuoi che ti legga il giornale?»

Il fischio della pentola sale. Fatima abbassa la fiamma, più tardi infilerà un cucchiaio di legno proprio sotto la valvola perché il vapore sfiati più velocemente.

«Continuo a vederla». Senza rispondere, lei si volta e Arturo avverte il suo sguardo come una vibrazione.

«Mi senti?»

«Ti sento, sì. Succede. Può capitare».

«Com'è che capita?»

«Magari vorrebbe andarsene e non può».

«Tu mi credi allora».

«Ti credo, ma tu devi pure ascoltare quello che hanno detto i dottori. E devi dare retta a Paolo, perché lui è tuo figlio. Quando il padre è vecchio, sta al figlio curare il padre».

«Però tu mi credi».

«Ti credo. Ma serve quello che credo io? Se ti credo io, vuole dire che abbiamo ragione?»

«Cantami quella cosa che mi fa pensare a lei».

Ma Fatima non ne ha voglia e non è tempo. Attacca invece una preghiera antica, in una lingua che per Arturo non è nuova. Quindi scola i legumi e le verdure, frulla e infine condisce la purea di fave con l'olio e il berberé. Mentre mangiano, si sente solo la radio che passa una canzone italiana. Poi il rumore delle stoviglie, l'acqua che scorre e il profumo del detersivo per i piatti che copre quello del cibo.

Fatima dice che Paolo l'ha chiamata di nuovo. Arturo lo sa, perché suo figlio ha cercato anche lui, ma insiste che non gli importa di quello che ha da dire Paolo.

«Lo sai. Pensa che non ti faccia bene stare solo».

«Non sono solo».

«Lui crede di sì».

«Lui vuole che lasci la casa, ma non si può fare e il perché lo sai. Pure Paolo lo sa, ma non gli interessa, chiede solo della casa e di quando mi decido a partire. Non ci posso andare a Londra, non posso andarmene da qui».

Fatima sciacqua i piatti, raccoglie le verdure avanzate nei contenitori di plastica, dice: «Qui dentro hai il pranzo di domani, lo metto nel frigorifero, sul ripiano alto, vicino alla scatola dei formaggi».

Arturo insiste che porti qualcosa a Kidan, ma lei risponde che Kidan quella notte fa il terzo e non torna per cena. La sente aprire la stufa, muovere la legna, aggiungere un ceppo, due. Conta i suoi passi nella stanza e, dalla direzione che prendono, sa che chiuderà le imposte, riassetterà il letto che lui ha lasciato scoperto per tutto il giorno, per permettere al materasso di respirare. Quando rientra nella stanza, l'odore del suo corpo gli sembra più intenso, il sudore ha scaldato l'ambra, il sandalo e la rosa, sente il calore ruvido della mano che gli accarezza la fronte.

«Domani vengo più tardi, porto qualcosa da casa».

A lui basta un cenno per salutare. Da dove sta, segue i guaiti di Curry respinto sulla porta, il rumore della chiave nella toppa, i passi lungo il vialetto, il cancello chiuso con forza. Allora cambia stazione alla radio, raggiunge il divano, si siede, toglie gli occhiali neri e socchiude gli occhi perché si abituino piano.

La stanza è illuminata dalla luce mossa della stufa e dal riverbero dei lampioni in strada. Nick The Nightfly trasmette per tutta la notte quel genere di musica che offre agli innamorati un sottofondo ideale per i corpi che scivolano l'uno nell'altro. Arturo ascolta e respira profondamente. Alla sua sinistra, sulla solita poltrona, Lilit, la sua Lilit, dorme con le labbra socchiuse e la testa reclinata sulla spalliera. Come sempre trattiene il fiato, incantato dalla sua presenza. Infine appoggia a sua volta la testa sui cuscini del divano e, avvolto da un blues tristissimo, si lascia vincere dal sonno.

## Vedere e non vedere 2: Tobia

*Milano, ottobre 2018*

Il ragazzo varca il cancello, il vecchio lo aspetta sulla sdraio di tela sotto il portico. Oggi è molto stanco, il cigolio che lo avverte degli ospiti non è bastato a tirarlo in piedi. Anche il cane accucciato pochi metri più in là si è limitato ad alzare il muso e guarda nella direzione dei passi sul vialetto.

«Sei in ritardo» dice al ragazzo, mentre quello si guarda intorno, sfila gli auricolari e li avvolge senza badare allo zaino che gli scivola dalla spalla. Poi si china sul cane che lo ha raggiunto per farsi accarezzare.

«Potevo non venire. In ogni caso mi chiamo Tobia».

«Me l'hanno detto come ti chiami. E anche quello che hai fatto».

«Me ne devo andare?» risponde di rimbalzo, secco.

«No, no, dove vuoi andare? Ti hanno mandato qui e qui resti. Io dovrei essere una specie di punizione, giusto? Così hanno detto».

«Riparazione» precisa Tobia. Il vecchio socchiude le labbra, sul punto di dire qualcosa che si esaurisce in una specie di sospiro. «Hanno detto riparazione, non punizione. Sono una cosa rotta, oppure ho rotto qualcosa. Comunque devo riparare».

«Ho capito. Adesso vediamo. Sei nel posto giusto, qui è pieno di cose rotte».

Tobia è minorenne, il magistrato che segue il suo caso ha proposto un periodo di attività socialmente utile. Tra le opzioni lui ha scelto un'associazione di ipovedenti e quelli lo hanno abbinato ad Arturo Gargano. L'educatore arriva poco dopo, con una cartelletta di fogli sparsi che tenta di rimettere insieme. Mentre i due parlano, Tobia ha il tempo di studiare il vecchio che gli sta davanti: maglietta grigia, jeans fuori forma, scarpe da lavoro sporche di terra. Come ci va nei campi? Si domanda se è un cieco vero o uno che ci vede male, se gli occhiali scuri non servano in realtà a proteggerlo dal sole. Guarda la sua pelle abbronzata che contrasta con il bianco dei capelli, poi torna con gli occhi al cane, lo accarezza con vigore, si lascia mordere la mano per gioco.

Del vecchio gli basta aver capito che li apparenta una specie di fastidio: Tobia di sicuro non ha scelto di stare lì e neanche lui sembra aver voglia di trovarsi fra i piedi un ragazzo storto e viziato. Accorgersi che neppure il vecchio è contento è una buona cosa per Tobia, la tensione si scioglie in una specie di indifferenza che rilassa le spalle e guida il gesto fluido con cui poggia lo zaino sul tavolo di pietra.

Mezz'ora dopo l'educatore lo accompagna nella rimessa, gli mostra come versare la benzina nel tagliaerba, gli spiega come accenderlo: «Adesso prova tu», e Tobia non si aspettava che fosse tanto difficile tenere la linea del prato.

Arturo si alza ed entra in casa. È certo che il rumore lo disturberà per tutto il pomeriggio e poi non è pronto a fare conversazione, preferisce che il ragazzo si occupi da solo del giardino. Sulla soglia di casa si ferma, fischia e il cane lo segue.

Più tardi, quello stesso giorno o il giorno dopo (difficile dirlo quando il lavoro ha smesso di scandire il tempo), il tramonto raccoglie negli ultimi raggi tutta la luce dispersa nell'aria: è l'ora più bella di sempre, quasi un'esplosione il sole basso all'orizzonte, che nel caso di Arturo è disegnato dalla siepe in fondo al giardino, dal gelso e da un pezzo del vecchio muro di cinta che hanno deciso di non buttare giù.

Davanti all'orizzonte stretto lui ha tolto gli occhiali

scuri, respira profondamente, lascia che la luce ondeggi al di là delle palpebre chiuse: una danza di ombre, cerchi che diventano sempre più piccoli, come segnali di fumo. È, appunto, quella che lui chiama danza delle ombre, una specie di carezza che culla i pensieri, li placa finché smettono d'essere un ingombro e la testa torna leggera.

L'immensità è invisibile agli occhi quando sono aperti, ha detto Fatima ridendo, come nelle fiabe. E, come in una fiaba, invece della principessa rapita dal drago, Arturo cerca Lilit. Spera che Lilit, tra quelle ombre, si lascerà trovare.

Coincidenze, miracoli, corrispondenze, ne discute con Fatima: cose che succedono, risponde lei che non ama le definizioni. Cose che capitano, come perdere la vista il 20 settembre di un anno fa, quando, senza una ragione, un dolore vecchio di anni è imploso come una bestemmia chiusa in fondo alla gola e ha guidato il suo corpo sull'auto e poi lungo l'autostrada, lontano e verso sud, ma senza nessuna destinazione. Alberi, case e pianure interminabili, poi di nuovo diagonali di pioppi tesi verso il cielo: li ha visti sfrecciare ai margini della carreggiata, mentre si lasciava portare dall'auto, aggrappato alla vibrazione del volante, incurante del crampo che accavallava i nervi del piede schiacciato sull'acceleratore. Cosa guidava il suo corpo e per dove? Non ricorda. Ma ricorda che la bestia nera è sbucata all'improvviso e dopo poco gli tagliava la strada. L'ha vista, ne è sicuro, anche se i medici gli hanno spiegato che la pantera è il fantasma in cui si è condensato tutto il suo male, prova è che tra i rottami dell'auto la bestia non c'era. Nello schianto poteva morire o uccidere qualche altro innocente. Per come sono andate le cose, la stessa Lilit avrebbe riconosciuto la mano di un angelo.

Dal giorno dell'incidente Arturo vive, sente, parla, cammina, tutto quasi come prima. La vista alterata è stata l'unico capriccio della sorte, utile a ricordargli la sua arroganza. Perché non puoi accettare il destino, gli direbbe Lilit. E infatti, perché non può? È il destino che ha danneggiato qualche angolo del suo cervello? È colpa del destino se Arturo continua a vedere, ma non sa più quel che vede?

Il guasto alla vista non viene dagli occhi, gli occhi funzionano, è la comunicazione neurologica che sceglie percorsi complicati. Così le informazioni raggiungono la sua coscienza in modo intermittente, si mischiano a immagini dislocate, rubate alla memoria o ai sogni. E la mente confonde, sovrappone visione e ricordi o chissà cos'altro.

Il trapezio della scheda di diagnosi diventa un quadrato, la mezzaluna un cerchio tondo e le parole... Le parole sono la cosa più triste: riconosce le lettere, associa a ciascuna un suono, ma non può collegarle per ricavarne un senso, ecco il problema. Dopo mesi di esami la diagnosi è cecità corticale. Chi l'ha pronunciata ha indugiato sulla descrizione del colpo occipitale, descritto la lesione posteriore sulla lastra: la vede? Non la vedeva. È la parte che governa le aree visive primarie. Fortuna che il cervello è un organo misterioso e altre aree funzionanti si stanno attivando per supplire al deficit.

Questo spiega perché non ha coscienza di non vedere, anzi è proprio convinto di vedere, ma la distanza tra la percezione e la realtà espone tutta la sua vita a una miriade di pericoli. Attraversare una strada, salire una scala a pioli, tagliare le unghie, accendersi la sigaretta, radersi e molte altre azioni quotidiane che richiedono a chiunque una dose minima di consapevolezza sono diventate un inciampo. Non può più fidarsi dei suoi occhi e dunque neppure della sua mano, dei suoi passi.

C'è di peggio? Costringersi al buio, indossare lenti scurissime con qualunque luce, concentrarsi sull'udito, l'olfatto, il tatto, per aiutare il suo cervello a disimparare quel che crede di sapere. E a concentrarsi sulle facoltà residue, che per fortuna sono molte.

La sventura ha il suo rovescio e anche il difetto del cervello offre alcuni vantaggi: tra le cose che solo lui vede e che dunque non esistono, secondo la scienza, c'è Lilit. Lilit se n'è andata per sempre, eppure lui può vederla. Non è un fantasma e neppure un'allucinazione: lui è sicuro che Lilit sia molto più che un'immagine, anche se è l'unico a vederla e non può neppure parlarle, perché Lilit non dà segno di potersi accorgere di lui. Di più, cercare di avvicinarla è un danno; il cervello si concentra sulla donna che ama e il corpo inciampa negli ostacoli che non vede, rovescia vasi, rompe cose, si procura lividi. Da poco si è liberato del gesso che gli ha bloccato il braccio sinistro per oltre quaranta giorni.

E dunque la sua seconda vita ha reso preziose alcune virtù a cui prima non dava peso: la pazienza, per cominciare, e l'arte della contemplazione, quel freno che deve imporre all'impulso di correre subito incontro a Lilit – al miraggio di lei, insiste Paolo, suo figlio, che alla presenza di Lilit non crede e infatti Arturo non gliene parla più e non vuole neppure che sia Fatima a farlo. Ha imparato a dissimulare, condiscendente alle prescrizioni dei medici, fedele al suo segreto senza passare per pazzo. L'ultima virtù è l'arrendevolezza con cui si lascia accudire da Fatima, la sola persona al mondo a cui possa dire la sua verità. Gli pare che l'arrendevolezza sia una qualità a metà tra fede e fiducia, ma non saprebbe spiegare perché.

Da Fatima ha imparato una meditazione che ora pratica al tramonto e con particolare cura e fortuna nei giorni di sole. La danza di luci e di ombre oltre il velo della palpebra può assumere di volta in volta colori diversi, ma è quando le ombre diventano lucide e blu, come ali di farfalle, oppure si allargano, vaste e profonde come una notte stellata, che Arturo guadagna la speranza che Lilit arriverà.

Allora prolunga quella sospensione fatta di respiri lunghi e lenti e lascia che la sua mente giochi con le macchie di colore. Quando il desiderio somiglia più a una certezza che a una speranza, Arturo apre gli occhi, il cuore in festa, le membra rilassate e stanche come dopo una lunga immersione. E, se la previsione è stata giusta, se il tono di blu era l'indaco che preannuncia la visione di Lilit, allora lei sarà lì, magari seduta sulle ginocchia e intenta a tostare i grani verdi del caffè – ad Arturo sembra di sentirne persino l'aroma, ma non sempre la magia olfattiva riesce, il difetto corticale ha colpito la vista, lasciando intatti gli altri sensi. Per sentire il profumo di Lilit e per ascoltarne la voce, serve qualcosa di più, che la sua malattia non prevede: troppo dolce il suo profumo, troppo profondo il canto che scioglie preghiere antiche.

## One person dog

*Milano, 2018, quasi inverno*

Puntualissimo, alle tre e mezzo Tobia ferma la moto accanto al cancello, armeggia per qualche minuto e poi suona: due squilli brevi. Arturo apre senza domandare e prepara il tè con il latte. Sono bastate poche settimane, ora tra i due passa una conversazione essenziale.

Se c'è qualcosa da sistemare, Arturo dà istruzioni e Tobia esegue: piccole riparazioni, una maniglia svitata, il pc che non riconosce il modem, problemi con la rubrica vocale del cellulare. Qualche volta Arturo si fa accompagnare al supermercato per comprare due cose o al bancomat per un prelievo. Camminano uno a fianco all'altro. Gli occhiali che porta non lasciano spazio alla visione laterale e si è abituato a tenere gli occhi chiusi. Se parlano, è la voce di Tobia a orientare Arturo, altrimenti il rumore dei passi e la percezione epidermica che crea una specie di campo magnetico. Quando l'aria è tiepida, passeggiano fino ai giardini davanti alle scuole, Curry è sempre con loro. Non parlano mai del perché Tobia sia lì; Arturo ha accettato di partecipare al percorso del ragazzo, ma non spetta a lui giudicare.

L'occupazione principale di Tobia è leggere per lui la *Repubblica* e il *Corriere*, oppure la *Gazzetta* e la *Repubblica*. In genere Arturo ha già ascoltato la rassegna stampa alla radio, perciò lo indirizza a cercare questo o quell'articolo e, al dunque, interrompe di continuo con commenti e spiegazioni.

Succede tre volte alla settimana, una routine confortevole che dà un ritmo e una profondità al tempo di Arturo. Si è fatto l'idea che Tobia sia un buon ragazzo, è incredibile che a portarlo fin lì sia stata l'azione ignobile di cui gli hanno parlato.

«Amici ne hai?» prova a chiedere.

«Amici?»

«Sì, amici».

«Che domanda è?»

«Ci sarà qualcuno con cui passi il tuo tempo, quando non sei con i vecchi ipovedenti».

«E tu: amici ne hai? Esci? Conosco un sacco di adulti che fanno vite di merda, non hanno neppure un cane con cui stare bene, eppure sono tutti ossessionati da quello che faccio io».

«Tutti chi? Va bene, va bene, hai ragione. Comunque qui il cane c'è». Al fischio, Curry arriva saltellando con il suo passo elastico e blando. Tobia lo ferma e lo accarezza sperando che i suoi versi bastino a spostare il discorso. Curry è un cane parlante.

L'amicizia, mischiarsi, socializzare: sono queste le preoccupazioni di chi gli sta attorno, un'apprensione che, fino a qualche anno fa, diventava impellente con la fine della scuola, nella stagione dei campi estivi. Accettava di andarci perché non avrebbe saputo spiegare ai suoi come il paradiso in cui lo lasciavano potesse trasformarsi in poche ore in un underworld inspiegabilmente invisibile agli adulti: requisiti i cellulari, isolati i ragazzi dal resto del mondo, in quelle vacanze coatte si definiva un sistema di ruoli quasi tribale, che decretava i primi e gli ultimi, le vittime e i carnefici, e, tra questi, i trascinatori e i gregari. Lì Tobia aveva imparato a ritagliarsi una trasparenza perfetta e con quella la speranza di sopravvivere indenne all'estate e forse perfino all'infanzia e all'adolescenza. Infanzia e adolescenza gli sembrano da sempre un'unica interminabile corsa verso l'età in cui l'isolamento desta meno sospetti, perché può essere confuso con la dedizione a una causa, con l'impegno e con la concentrazione.

Eppure, anche all'inferno c'era qualcosa da salvare. In una vacanza di quelle ha incontrato per la prima volta Sara, al rifugio Vittorio Sella, in un giugno freddo come l'inverno e sotto un cielo bianco che prometteva neve.

La prima notte lo aveva svegliato il bisogno di pisciare, era scivolato dal letto più alto del castello a tre piani e si era mosso con cautela sul parquet cigolante. Proprio sul punto di infilarsi nel bagno gelato, a metà delle scale, aveva visto Sara che si stringeva gli scarponi seduta sul gradino più basso.

«Sveglio anche tu?»

«Devo... Ma tu perché ti vesti?»

Sara aveva occhi chiarissimi e capelli lisci, biondo cenere, lunghi fin sotto alle scapole. Li aveva raccolti con un gesto rapido sotto il cappello di lana grossa.

«Vado a vedere i camosci».

«Adesso?»

«No, guarda, tra due ore... Pensi che stiano lì ad aspettare le orde dei bimbiminchia?»

«Ma guarda che non si può uscire. Cioè, sono abbastanza sicuro che non abbiamo il permesso di lasciare il rifugio».

«Maddai?! Vuoi dire che rischio una punizione? Piscia pure con calma, vado da sola».

«No, aspetta. È solo che non mi sembra una buona idea, potrebbe essere pericoloso».

«Dici?» Senza guardarlo, appendendosi alla ringhiera per tirarsi in piedi.

«Be', sì».

«Cioè?» Scuoteva la testa divertita e intanto infilava le mani in un paio di guanti di pile verde scuro.

«Be', tanto per cominciare, è ancora buio e potresti scivolare oppure perderti. Poi, che ne so io se ci sono lupi».

«Lupi».

«Sì, lupi».

«Certo, i lupi a quest'ora aspettano Cappuccetto rosso, giusto?» lei, con un'espressione sarcastica. «Tu segnatelo bene a mente, indosso una giacca rossa, mi si vede bene tra le rocce. Se per colazione non sono tornata, fai partire i soccorsi».

«Sei pazza».

Prima che Tobia potesse trovare un buon argomento per trattenerla, Sara si era già chiusa la porta alle spalle, e lui non aveva potuto fare altro che seguirla con gli occhi finché era sparita al di là del vetro.

Certe volte devi scegliere ed è una fortuna che non ci sia tempo per pensare. Una decina di minuti dopo correva verso di lei con la giacca aperta. Il vento la gonfiava creando un effetto molto buffo. Lei rideva infatti.

«Non ti converrebbe coprirti meglio?» gli aveva urlato quando era arrivato a portata d'orecchio. Quindi aveva aspettato che si tirasse su la lampo fino al naso.

«Meglio, no? Andiamo adesso o li perderemo».

«Non so nemmeno come ti chiami. Io sono Tobia, della squadra uno».

E lei, alzando le spalle: «Squadra quattro, quelli che non vincono mai. Per questo nessuno si ricorda i nostri nomi».

Avevano camminato per un pezzo, un po' sul sentiero stretto e un po' saltando tra i massi erratici, per fare prima. Alla fine la traccia spariva e potevano procedere per qualunque via. Qualche volta la mano di Sara lo aveva cercato e si erano sostenuti a vicenda per non cadere. Tobia la seguiva con un po' di fatica, ma alla fine li aveva visti lui per primo, i camosci: il cucciolo a meno di dieci metri dal sasso su cui si erano accovacciati in silenzio. La madre si era accorta di loro, era uscita allo scoperto e li aveva fissati a lungo immobile, poi si era decisa a guadagnare con pochi balzi lo spazio che la separava dal piccolo, quindi aveva preso a colpirlo dolcemente col muso perché si muovesse.

Il sole a quel punto si era già alzato, anche se il cielo restava nuvoloso e continuava a fare molto freddo. La scena aveva qualcosa di sacro. Tobia si sforzava di non muovere un muscolo, tratteneva il fiato per non farsi sentire. Dopo un po' era arrivato il resto del branco. I camosci più giovani brucavano i licheni e i piccoli arbusti tra le rocce. Di tanto in tanto la madre alzava il muso e puntava di nuovo lo sguardo nella loro direzione. La magia durò un tempo lunghissimo, per la sensibilità dilatata che registrava con precisione assoluta ogni piccola variazione esterna e interna: il rumore del vento, gli zoccoli degli animali sulla pietra, il fiato caldo di Sara a pochi centimetri dal suo viso, il suono accelerato del suo cuore.

Chissà se i pensieri fanno rumore. Se una persona ti sta molto vicina può arrivare a sentire quello che pensi? Lentamente aveva reclinato la testa, posato la guancia sulla mano, per poterla guardare. Sara continuava a fissare concentrata i piccoli che annusavano il terreno.

La sera, nella sala in cui si consumavano i pasti, i tavoli accatastati lungo la parete, fu il momento dei balli di gruppo. Per Tobia la goffaggine nei passi dell'Irish stones vinceva sul rischio di essere notato per il suo rifiuto, dunque s'impuntò e non volle alzarsi dalla sedia neppure quando a chiederlo fu l'educatrice più giovane, l'unica per cui sentiva un po' di simpatia. Qualcuno si accorse della ragazza inginocchiata davanti a lui e cominciò a battere a ritmo le mani, presto seguito dagli altri che formarono una specie di cerchio. Al baccano si unì un coro di voci che chiedeva una penitenza per il suo rifiuto.

«È solo un gioco» l'educatrice rialzandosi, mentre lo sguardo e il braccio alzato chiedevano al gruppo di spostare altrove tutto quel clamore.

Per Tobia non era un gioco: al centro della scena, mani sulle orecchie, palpebre strette, sentiva salire un'angoscia che conosceva bene e che non si presentava da tempo. Riconosceva la pressione che lo obbligava a correre via.

«Bacia chi vuoi tu» gridò svogliatamente quello che era per tutti il capo dei capi, il solo educatore che passasse i trent'anni e che ora li guardava dalla poltrona fiorata su cui si era buttato quando aveva deciso di lasciare ai ragazzi un po' di libertà. Era un tipo sciatto, quasi sempre annoiato, e impartiva i suoi ordini trascinando le sillabe, come se gli costasse fatica stare dove stava. Qualcuno disse: «Sara, dai un bacio a Sara».

Il coro riprese più forte. Tobia si sentì rigido e freddo nonostante il sangue che saliva dallo stomaco al petto, dal petto al collo, alle guance, alle orecchie.

Uno dei ragazzi più grandi lo spintonò. Avrebbe voluto difendersi, ma qualunque reazione al gioco sarebbe parsa esagerata, così si alzò e mosse tre passi nella direzione verso cui lo spingevano. Sollevò lo sguardo dal pavimento e scoprì che Sara era la ragazza dei camosci. Non stava meglio di lui. La rabbia rendeva scuri e stretti i suoi occhi che sapeva invece azzurrissimi. Il danno allora valeva anche per lei, che però sembrava più brava a difendersi: urlò un no secco e si precipitò fuori dal rifugio.

Il capo dei capi prese atto che la situazione era scappata di mano e gridò che la smettessero tutti. Gli piaceva alzare la voce per riprendere il controllo. La musica ricominciò, qualcuno uscì a cercare Sara e nessuno pensò più a Tobia, che intanto aveva raggiunto una nicchia sotto la scala esterna e ci si era infilato con il viso rivolto al muro e le mani strette sulle orecchie.

Opg, one person dog, come certi cani: è così che lo chiamano in famiglia, uno scherzo certo, un modo per sottolineare la sua scarsa propensione a far gruppo. Ma Tobia ha fatto sua l'etichetta, come un tatuaggio, perché da quella notte di scherzi meschini, è sicuro che la sua persona è una sola e si chiama Sara. La conferma è arrivata il primo giorno di liceo, ai piedi dello scalone, quando ha ritrovato «la sua persona» nella ragazza che stringeva lo zaino al petto per difenderlo dalla calca dei primini più svegli, pronti allo scatto per i posti migliori.

All'uscita l'ha vista sollevare le labbra verso quelle di un ragazzo più grande. Il suo amico Yu, che gli camminava a fianco, ha colto l'occhiata e gli ha assestato un bel colpo alla nuca: «Zio, quella no, fidati che non è alla tua portata».

Yu è il solo a cui Tobia sia disposto a concedere una confidenza che annulla le distanze. Fingendo un'allegria che non c'era, ha scosso la testa, risposto al coppino portandosi due passi più in là e rimandando il momento di decidere se quell'avvitamento con bacio fosse o non fosse una buona ragione per togliere a Sara il diritto d'essere la «sua persona».

«Parlare di come passi il tuo tempo era un modo come un altro per avviare una conversazione». La voce di Arturo lo riporta al presente. Guardandolo prova un po' di pena per i movimenti lenti e gli occhi protetti dalle lenti scure.

«Non ho tanti amici. Mi piace la musica, ascolto e compongo. Poi leggo, ma poco, principalmente fumetti. Al limite studio».

«Davvero tu suoni?»

«Non ho detto che suono. Compongo. Cioè, qualche volta suono anche, ma per comporre».

«E cosa suoni?»

«Non è tanto facile da spiegare».

«Provaci: genere?»

«Non è che ci sia proprio un genere. La chiamano computer music, ma è una definizione che dice poco».

Arturo resta in silenzio per qualche minuto: «Ti sei accorto che quasi tutte le tue frasi iniziano con un non?»

«Non lo faccio apposta, è che proprio non esiste un nome preciso per le cose che faccio».

«NON lo faccio apposta... NON esiste un nome...»

Lui alza le spalle. «Ok. Se la chiamo computer music voglio dire che in pratica non uso strumenti come la chitarra, il pianoforte, il basso. Però non è una definizione e bisogna mettersi d'accordo sul concetto di niente strumenti».

«Come si fa musica senza strumenti?»

«Appunto. Ci sono delle applicazioni per miscelare basi e suoni preregistrati. Ci lavoro da un po', ho creato un software mio».

«Sembra complicato».

«Non così complicato, in realtà».

«Lo vedi? Proprio non ce la fai a pronunciare frasi che non incomincino con una negazione. Fammi sentire qualcosa di tuo».

Hanno raggiunto una panchina, Tobia solleva il bacino, sfila lo smartphone dalla tasca dei jeans e digita qualcosa. Entrambi ascoltano in silenzio per alcuni secondi. «Non ti piace» conclude Tobia rivolgendo ad Arturo l'occhiata accondiscendente che lui non può cogliere.

«Forse sono solo troppo vecchio».

«Non è musica commerciale. Se sei abituato ad ascoltare quella roba, questo genere di cose può solo farti schifo».

«Immagino. E lavori da solo?»

«In genere sì. Anzi, quasi sempre in verità».

«E chi ascolta le cose che componi?»

«Non è tanto importante che qualcuno ascolti. Non ha quel senso. Però ci sono delle piattaforme di condivisione».

«Ma un amico in carne e ossa?»

«Ancora? Sì, un amico c'era».

«C'era?»

«Non mi piace molto la gente, di regola. L'amico migliore che avevo mi sono seccato di trovarmelo intorno. Capita. Sarà capitato anche a te. Davvero è così importante?»

«No, infatti, hai ragione, sono cose tue. E credo di capire cosa intendi».

«E cosa intendo?»

«Anche io avevo un amico e mi sono seccato di avercelo intorno». Quindi scuote la testa per scacciare un pensiero. Ha l'impressione che Tobia si aspetti che dica altro, ma poi lo sente chiamare Curry e intuisce il gesto di lanciare qualcosa, sente la corsa pesante del cane dalla vibrazione del terreno.

Gli scappa un sorriso immaginando quel che direbbe Lilit: vecchio brontolone, parla se hai qualcosa da dire, non continuare a borbottare dentro di te, sbuffando e muovendo la testa come se avessi un insetto tra i capelli.

Il problema è che ormai c'è così poco da dire e quasi nessuno con cui abbia senso parlare. Ascolta distratto Tobia e Curry che giocano, voci di bambini, un'auto che frena, una portiera che si chiude, motori. Il pensiero torna a una primavera di molti anni prima, nella città in cui è nato.

## A perdifiato: Arturo e Dawit

*Addis Abeba, ma in un altro tempo*

La punta della scarpa era slittata su un piccolo blocco di pietra che sembrava saldo e invece aveva oscillato sotto il piede. Arturo aveva sentito un rumore secco come di legno rotto e si era trovato a rotolare nella polvere. Dawit aveva già voltato la curva ed era scomparso dietro la rimessa delle auto. Gli altri sarebbero sbucati di lì a poco e lo avrebbero superato ridendo.

Arrivare ultimo era uno smacco pesante. Sentiva la caviglia pulsare, ma l'adrenalina anestetizzava il dolore e vincere o perdere poteva ancora essere una questione di volontà. Si alzò, strinse i pugni, sputò in terra e partì accompagnando lo sforzo con un verso animale. Dietro all'edificio di pietra e lamiera, Dawit correva sul posto: lo stava aspettando. Sapeva d'essere il più forte, in virtù dell'età, ma una vittoria troppo facile sarebbe stata un'umiliazione per entrambi.

«Sei arrivato alla fine, *cacasotto*» gli aveva detto Dawit, sempre saltellando, prima di riattaccare la corsa. Aveva un vocabolario italiano perfetto anche negli insulti.

«Vinco» aveva risposto lui divorando i dieci metri che li separavano, incurante del sangue che saliva alla testa e attento a caricare di più sulla gamba sana.

L'altro correva come se non gli costasse nulla. Riusciva a stargli addosso però, si accorgeva di stargli addosso e, in quella furia, sarebbe stato disposto a morire piuttosto che arrendersi. Ma la caviglia aveva cominciato a gonfiarsi, al dolore si era aggiunto il fastidio di non poterci contare. Correva zoppicando, come le bestie ferite quando cercano di salvarsi.

Aveva tirato mezzo chilometro così, ma poi al problema di trascinare la gamba si erano aggiunti il dolore alla milza e un accesso di tosse secca che toglieva il respiro. Era crollato sulle ginocchia, con la faccia rivolta in su e gli occhi spalancati per la fame d'aria. Teneva una mano a terra, con l'altra si premeva la pancia all'altezza dell'ombelico. A quel punto lo sterrato si immetteva sulla via maestra, l'unica asfaltata. Un clacson aveva suonato e, alzando lo sguardo, aveva riconosciuto Dawit che correva verso di lui.

«Finita la benzina?»

Stava recuperando il respiro, ma la pancia continuava a fargli male e anche la caviglia. Fissò Dawit senza rispondere. Alle sue spalle distinse il rumore concitato di Pedrazzi e Micene, pochi secondi e li avrebbero passati tutti e due. Fece un cenno a Dawit: «Vai!» Dawit recuperò fiato a sua volta, si girò verso i due che incalzavano, ma poi all'ultimo li lasciò passare. Per come correva avrebbe comunque potuto raggiungerli senza sforzo, ma non lo fece.

«Vai!» biascicò Arturo. «Cosa sei, cornuto? Non vorrai lasciarli vincere!»

Micene fece una specie di giravolta per assicurarsi che avessero davvero mollato la corsa, poi saltò e diede con la mano un colpo al furgone posteggiato al lato della carreggiata. Rideva. Pedrazzi urlò qualcosa.

«Alzati, dai».

«Non posso». Arturo indicò il piede sinistro. Si lasciò aiutare a levare la scarpa e in pochi minuti la caviglia prese le dimensioni di un pallone.

«Forse è rotta».

«Forse sì. Mamma Nicoletta sarà furiosa. Non dirle che io ero con te. Giuralo». Per parlargli si era accovacciato. Gli prese il braccio, se lo portò dietro alla spalla e spinse sulle gambe perché tutti e due potessero rimettersi in piedi.

«Cammina però, che non riesco a portarti in braccio».

Proseguirono così fino ai due cortili confinanti, separati soltanto dalla recinzione di lamiera ondulata tinta di azzurro, non troppo alta e abbastanza sottile da permettere ai due ragazzi di darsi la voce per giocare in strada. Le due case adesso si somigliavano: pietre squadrate e un tetto di tegole, pavimenti di piastrelle bianche e nere, persiane verdi alle finestre senza vetri, tende di tulle per tenere fuori gli insetti e una veranda su cui si arrampicava la buganvillea. Le distingueva la dimensione: la casa di Dawit aveva solo due stanze e l'orto era un fazzoletto di terreno. Quella di Arturo era parecchio più grande, lì un vialetto costeggiato da oleandri attraversava il giardino, dove i gelsomini bianchi, le margherite, i papaveri e la pergola d'uva americana coloravano un largo cortile di terra e ghiaia, ordinato spicchio d'Italia sotto il cielo africano.

Arturo e Dawit erano amici come lo sono i giovani maschi, impegnati a misurarsi di continuo la forza, la velocità, l'astuzia, la capacità di portare gli altri sulla propria idea. Il gesto di abbandonare la corsa non era una scelta qualsiasi, ma Arturo si era ben guardato dal ringraziare, perché la generosità di Dawit non si accordava alla sua fama di duro.

Quanti anni aveva a quel tempo? Dieci? L'altro almeno cinque di più. Se fosse stato Dawit a cadere, lui gli avrebbe usato la stessa premura? O sarebbe stato comunque fiero di rubare la sua prima vittoria all'amico tanto più grande. La verità è che era difficile immaginare Dawit accasciato a terra. Leggendo inciampava nelle parole più lunghe, aveva una memoria fotografica ma nessun talento per trattenere nomi e date, però nel calcolo aritmetico nessuno lo batteva e sembrava nato per correre e gettare il pallone in rete.

A qualcuno quei talenti non piacevano, per vendicarsi lo chiamavano Antonino. A Dawit montava una rabbia furiosa, benché il nome con cui era indicato sul registro di classe fosse proprio Antonio Dawit. Di madre etiope, etnia amhara, cuoca di quella stessa scuola, e padre italiano, ignoto. Da Vittorio aveva ricevuto un posto in cui crescere, ma non era suo figlio, e doveva il cognome Agostoni al mese in cui era nato, in un ospedale gestito da suore italiane.

Sua madre Ekelé non parlava mai dell'uomo con cui era stato generato, al tempo in cui una donna valeva meno di una capra. Se ora avevano una vita dignitosa lo dovevano ai Gargano e alla tenacia con cui Ekelé si spezzava le reni con due lavori pur di permettere al figlio di studiare alla scuola italiana. Lo accompagnava personalmente alle funzioni cattoliche e pretendeva che imparasse senza accento una lingua non sua, lei che invece continuava a essere fedele alle sue vecchie preghiere. Sua madre era la sola a cui non potesse contestare il vezzo di chiamarlo Antonio.

Ekelé, straniera per i suoi non meno che per gli italiani che le davano lavoro, accettava l'aiuto di Vittorio e Nicoletta senza nascondere il bisogno di tenerli a distanza. La sua condizione le dava un solo vantaggio, la libertà di non dar conto ad altri che a sé stessa. Aveva un lavoro onesto, pagato con denaro vero, poteva permettersi di coltivare una speranza per il futuro di suo figlio. Di più non chiedeva.

## On the road: ancora Arturo e Dawit

*Altopiano etiope, 1963*

Un pugno d'anni dopo, Arturo ha vent'anni e sente la guida come unico talento ereditato dal padre. Come Dawit, quasi un fratello maggiore, ha passato l'adolescenza costruendo fantasie sui viaggi di Vittorio, piccolo eroe del tempo in cui la guida di un camion, lungo le piste che attraversavano l'altopiano, era davvero avventura.

Dopo la sconfitta italiana e il ritorno del negus, Vittorio era riuscito a costruire una piccola impresa di trasporti: cotone, birra e caffè lungo la strada che portava a nord, in direzione di Sessiè, Lalibela, Gondar e Axum, poche volte anche oltre il confine. Era una buona attività, ma in cuor suo non scordava gli anni in cui aveva trasportato sabbia sulla via che da Massaua ad Asmara si inerpicava a strapiombo per i monti rocciosi, fino alla piana di Dogali, dove ancora oggi le palme e i cocchi lasciano il posto alle acacie, ai fichi d'india e alle agavi giganti. E dove un cippo ricorda la sconfitta italiana del 1887.

Durante l'occupazione coloniale, il governo italiano pagava quarantamila lire il viaggio di un singolo autocarro da Asmara a Addis Abeba, ma nessuna somma valeva il rischio: l'asperità del terreno, la pendenza che inerpicava le tracce su montagne altissime e per lunghi tratti in costa, con il pericolo continuo di precipitare nei canyon. Per dirne una, il Passo della Morte, arditissima strada costruita in tempo record dalla Divisione Assietta, era stato asfaltato e reso percorribile nei punti più impervi grazie a ponti e gallerie pensati da geometri italiani; ma anche così (il nome non sbaglia) c'era da farsela sotto nelle curve a precipizio, lungo le quali dovevi costringerti a distrarre lo sguardo e il pensiero dai segni delle tragedie capitate agli altri.

Lo stesso valeva per il valico dei Termaber, battezzato poi Passo Mussolini, che superava i tremila e l'unico modo per passarlo era agganciare i camion con funi robuste e procedere con il traino dall'alto, sotto la guida degli alpini. Se stavi al volante, sentivi le ruote in derapata e ti mancava il fegato di staccare la destra per farti il segno della croce. Erano questi i racconti di Vittorio.

Al tempo in cui il padre di Arturo era ragazzo, insomma, la paga era buona ma il pericolo altissimo, senza contare che la guerra aveva militarizzato tutti i mezzi privati e Vittorio, come gli altri, aveva perso il frutto dei primi risparmi e, da padroncino, si era dovuto adattare al salario degli operai.

Quando gli inglesi avevano strappato all'impero fascista la più giovane delle sue colonie, però, il negus aveva ritrovato una nazione percorribile in lungo e in largo. E forse aveva benedetto almeno l'operosità degli invasori, per i quali «gli abbiamo fatto le strade» era infatti diventata la più resistente delle giustificazioni, capace di oscurare le ombre di un'impresa coloniale che di pacifico non aveva proprio niente.

Dunque, negli anni Sessanta, le strade c'erano, ma Arturo e Dawit percorrevano una terra poco meno impervia nei tragitti e ancora selvaggia fuori da Addis Abeba. Lasciata alle spalle la città, l'orizzonte era una linea retta che distingueva terra e cielo, ma dopo un chilometro diventava per loro il perimetro del mondo, una linea mobile, al di là della quale c'era tutto ciò che Arturo credeva di desiderare e di cui era sensato avere paura.

Al suo fianco, Dawit, imbracciava il fucile che sarebbe servito a difenderli, ma sapevano entrambi che il pericolo non veniva dagli *shifa*, i predoni ribelli che controllavano le strade di notte, bensì dai percorsi ancora accidentati. Una strada asfaltata li portava lontano dalla città verde di fiori e di eucalipti, sull'altipiano desolato: una terra senza gente, dove gli unici segni di vita tra un villaggio e l'altro erano le capanne abbandonate, i pastori scalzi e solitari che si trascinavano appresso un paio di vacche scheletriche e, raramente, piccoli gruppi di uomini armati per nulla interessati a loro.

Per Arturo ricordare quei viaggi è quasi come essere lì, sono eventi che si ripetono continuamente. Capisce bene Fatima quando dice che i ricordi sono spiriti, numi, divinità da benedire e pacificare.

Nell'Etiopia che lui ricorda, se guidi devi imporre ai tuoi occhi di fissare la strada e, nei passaggi più arditi, non pensare ai precipizi, ma stringere il volante senza badare alle ruote che slittano sui sassi. Il suo furgone, questo è vero, ha un motore vecchio, gomme consumate, una carcassa cigolante, però il carico aumenta l'attrito e lui è sveglio, agile, non c'è motivo di avere paura. Eppure, nella stagione delle piogge, le montagne diventano inaccessibili per la melma che scivola lungo le pareti a picco e ingombra le strade con fango e acqua. Allora restare impantanati per giorni è quasi una certezza: meglio aspettare, lasciare che Dawit affronti in solitaria le imprese più ardue.

Per questo nei suoi ricordi la stagione del viaggio è sempre quella calda e asciutta: il sole brucia, l'afa incolla i capelli al viso e si va con i finestrini abbassati. A ogni tappa, dopo ore di marcia, lui e Dawit smontano dal vecchio Bedford un po' più simili per l'impasto di sudore e polvere nera che tinge la pelle. La nebbia che hanno attraversato si è condensata in frammenti microscopici che rivestono ogni cosa, penetrano nelle narici, congestionano gli occhi chiari di Arturo. La sera approdano sfiniti al ristoro, che qualche volta è un villaggio, più spesso poco più di un riparo nel nulla: tucul di terra cruda e lamiera, disposti a grappolo, tetti conici con i pali ricoperti di paglia.

Gli sciacalli ululano a pochi metri, lì dove l'umanità si

è arresa e la natura, indifferente, riguadagna il terreno un metro alla volta. I pochi che ancora abitano quelle zone calpestano scalzi una terra dura e secca, hanno caviglie sottili ma tenaci, una resistenza alla fame e alla fatica vecchia di millenni. In città nessuno parla dei loro corpi modellati dalla fame e dal clima: in città una pace armata difende la modernità e non vuole saperne di quando uomini e animali si assomigliano, prosciugati e lenti entrambi, povere anime senza pascolo e senza una guida. Ci sono vite che scorrono invisibili lungo i confini di ogni civiltà, questo è il fatto.

«La terra di tuo padre deve essere quasi uguale a questa». Dawit, senza una ragione. «Se fosse stata tanto diversa sarebbe tornato da dove è partito, non si può stare senza radici». Ma Arturo non gli risponde, non ha voglia di dare a Dawit la conferma che lui e sua madre Ekelé abbiano qualcosa a che fare con la decisione di non tornare in Italia.

Dove l'acqua non arriva sono solo sassi e un cielo nero e piatto, che quando è stellato sembra infinito. Arturo pensa che è lo stesso cielo che ha guardato dal giardino di casa, davanti a sua madre incredula che anche lui voglia partire, che tutto quello che ha non gli basti. Suo padre Vittorio spiegava a Dawit che da lì in poi avrebbero viaggiato insieme e sua madre Nicoletta li fissava livida, in attesa del suo turno di parlare. La sera li ha sentiti discutere. «Voglio sapere perché» lei, in un sussurro affilato dal rancore. «Per farne un uomo» rispondeva secco suo padre. «L'uomo deve lasciare suo padre e sua madre, non è così che sta scritto?»

È così che Arturo può ascoltare il silenzio attraversato dai versi degli sciacalli. Non teme la loro fame e non ha nostalgia delle buganvillee amaranto che si arrampicano sul muro di cinta di casa sua; non scambierebbe la paura che lo attraversa con l'uva dolcissima che biondeggia sotto la pergola, ricordando anche a chi non l'ha mai vista quell'altra patria, lontana. Non ha sogni, tanto meno rimpianti, gli basta un cuore giovane che pompa più forte per l'emozione, quando pensa che la vita e la morte lo aspettano dietro alla parete cilindrica del tucul in cui passa la notte. E ogni mattina sente che domani, il suo domani, è già lì, a un passo, meravigliosamente incerto, dilatato, sconfinato.

In pochi mesi ha visto il sole sorgere nella depressione sulfurea, centocinquanta metri sotto il livello del mare, ha toccato le acque gialle del lago Tana, si è inchinato nelle undici chiese di Lalibela, che gli angeli hanno scavato nella roccia in un'unica notte. La sua pelle si è fatta dura e spessa. Certe notti le passa all'aperto; il camion è la macchia chiara sui cui vetri si specchia la luna. La fissa abbracciato a un fucile che non sparerà, perché lui e Dawit sono soltanto giovani e incoscienti e nessuno può volere il loro male.

# Lilit, primo amore, un ricordo

*Provincia di Gondar, 1963, stesso viaggio*

Nel viaggio in cui ha visto Lilit per la prima volta, trasportavano un carico di birra St. George da Addis ad Asmara. Lui e Dawit sollevavano le casse e contrattavano scherzando la possibilità di tenere qualche bottiglia per sé, quando furono avvicinati dal capo dello stabilimento che accompagnava un italiano distinto e silenzioso. Cercava un passaggio per i monti Simien, voleva visitare un paio di villaggi, non lontano da Gondar, a Gondar intendeva finire la sua corsa.

A Dawit, che gli domandò per quale ragione non si affidasse a un percorso meno accidentato, l'uomo rispose che ci sono tante buone ragioni per perdere la strada. Non era una compagnia allettante, ma pattuirono un compenso più alto e unirono alle casse il bagaglio dell'uomo, liberando per lui un po' di posto in cabina.

A pochi chilometri da Gondar, sui monti Simien, c'era un minuscolo villaggio in cui era prevista una sosta più lunga. Contava poco più di una decina di capanne, tra le quali se ne distinguevano un paio più grandi con le pareti colorate di rosso, di giallo e di blu. Si capì che era quella la meta dell'uomo, che infatti ruppe il suo ritegno: intendeva incontrare un vecchio i cui metodi facevano concorrenza ai dottori dell'ospedale vicino.

Nell'Etiopia di allora, se avevi vent'anni, potevi essere italiano eppure ignorare i fiumi di sangue sparsi, ventotto anni prima, negli scontri tra l'esercito fascista e le truppe abissine dei ras Kassa e Mulegaeta. Potevi ignorare la storia, ma non gli sguardi che seguivano i tuoi passi di uomo bianco sui sentieri di terra battuta. Era un altro mondo rispetto alla città in cui Arturo e Dawit avevano potuto prendere a calci lo stesso pallone, nelle strade del quartiere Mercato.

Dal baule che portava con sé il passeggero prelevò un registratore e un largo microfono, poi Arturo e Dawit lo seguirono nella capanna più grande.

A riportarlo a quel giorno è la voce di Lilit: «Puoi crederlo tu, che io non ho ricordi della prima volta che ci siamo incontrati?» La sua voce è allo stesso tempo la lama e il balsamo. Lilit parla ma lui non può risponderle, perché lei non è in grado di sentirlo, allo stesso modo in cui è vista e non vede. Tutto quello che può fare per la donna che ama è ascoltare e fare in modo che le sue parole, una volta arrivate, non si disperdano.

Quando Arturo sfila i suoi occhiali scuri lei è lì, qualche volta seduta sul tappeto al centro della sala, le gambe raccolte di lato, una mano sulla caviglia destra e lo sguardo rivolto alla finestra. A volte, parlando, racconta, ma sempre con il tono sommesso di chi pronuncia una preghiera. È la voce di lei che ravviva il ricordo. Arturo ascolta e torna al loro primo incontro.

*So cosa hai visto quel giorno, anche se non ne ho salvata nessuna memoria. Non è quel tipo di dolore che ti rimane impresso nella carne e di cui il corpo poi conserva una qualche traccia. Lo so come si sanno le cose che succedono agli altri. E lo so perché era già capitato a me di vedere la donna in terra, i movimenti trascinati dai canti e dai tamburi.*

*Quando ero bambina, al villaggio, lo sciamano curava i piccoli disturbi, le malattie mortali e qualche volta anche i parassiti che mangiavano i campi. Il rito serviva a scacciare gli spiriti maligni. Noi bambini avevamo terrore di quelle danze scomposte e della folla che si accalcava tutt'intorno gridando non meno del malato che si voleva libero. Avevamo paura, se ridevamo era solo per paura.*

*Alcuni, donne soprattutto, si segnavano con la croce o baciavano quella che portavano al petto. Poi venivano i monaci e dicevano che non si doveva fare, che era peccato e non serviva. Portavano i dottori perché ci curassero con le pillole e gli sciroppi, ma le medicine non erano mai abbastanza per tutti. Allora i medici invitavano i più gravi a seguirli. Gli anziani davanti a ogni monaco inchinavano la fronte per la benedizione e perché se ne andasse presto. Qualcuno provava a credere al dottore, ma anche dar retta al dottore era una questione di fede. Ci si guadagnava qualche settimana di riposo e si tornava con il viso rimpolpato e disteso, ma nessuno voleva davvero lasciare il villaggio.*

*Al ricovero andai una volta sola, quando il medico si accorse che ero coperta di bolle. Ricordo il letto comodo e i panini al latte, morbidi e profumati. È un ricordo bello, ma non fu un dispiacere tornare a casa.*

*Durante i riti avevo paura, ti dico, ma neppure per un momento ho pensato che potessero riguardare anche me, prima o poi. Eppure è successo, tu c'eri. Cos'hai pensato allora, mio amore? Che ero bella, bella come sono le principesse rapite dai draghi? Dicevi così, ricordi? E sussurrando mi accarezzavi i fianchi, coprivi i miei occhi di baci leggeri, volevi scacciare il demone della malinconia. I tuoi occhi come notti stellate, dicevi al mio orecchio. Ma io sapevo quello che non dicevi: che ero stata per te la bestiola selvatica chiusa in una trappola e che la malinconia che tu speravi di levarmi si chiamava vergogna.*

*Quando tu mi hai vista la prima volta avevo pochi anni e somigliavo al legno che la corrente trascina: una roccia più alta lo tiene in secca, se la pioggia alza il livello del fiume, il legno torna tra i flutti e il viaggio riprende.*

*I soldati del ras Tafahari erano arrivati in una notte senza luna. Dalla cassa in cui mia madre ci aveva nascoste ho sentito i colpi: i corpi pesanti sono crollati senza un grido e ho riconosciuto ciascuno degli uomini della mia famiglia dal verso con cui l'anima li lasciava. Puoi crederlo, amore mio? Succedeva a pochi passi dal mio nascondiglio, mentre con entrambe le mani chiudevo la bocca di mia sorella, la stringevo in un abbraccio che sarebbe arrivato a soffocarla, se solo avesse provato a fiatare. Ma lei non ha gridato e non ha pianto. Dopo poco eravamo entrambe vive davanti ai cadaveri mutilati dei fratelli e di nostro padre. Pagavano la colpa di essere rimasti ribelli.*

*Nel villaggio in cui sono nata una madre da sola non basta a difendere due figlie troppo giovani, la casa di pietra, la capra e la terra su cui tre generazioni si sono spaccate la schiena. Un cugino mi voleva, mia madre pensava che fossi troppo giovane e si oppose. Non fu una buona idea: passò un uomo ricco che voleva una moglie e scelse me, che non appartenevo più a nessuno. Alla fine la mia sembrò a tutti la sorte migliore. Di mia sorella invece non si seppe più niente. Dal giorno della mia partenza il suo nome è sempre stato il suono che apre ogni preghiera; lo pronuncio come fosse il nome di un angelo o dell'antenata che mi ha preceduta nel Regno. Mi manca la forza di pensarla come probabilmente finì.*

*Al tempo in cui mi hai visto ero terra arida, umiliazione dello sposo, la più pericolosa delle mogli. Nessun difensore per la mia causa, solo canti e tamburi per convertire la ferocia di un cuore crudele, così dicevano. I tamburi non servirono, ma almeno lo sposo fu libero e io fui sciolta dalle sue strette asciutte e senza amore.*

Le parole di Lilit vanno e vengono, Arturo le sente e poi non le sente più: si estinguono al modo della fiamma sul cerino. Voci immaginarie, direbbe suo figlio: ma allora perché non può decidere cosa immaginare? Non può fare domande, non potrà neppure cercarla quando avrà voglia di ascoltare ancora, non sta a lui decidere il momento.

Di quel giorno lontano Arturo ricorda che, dopo i tamburi, i canti e i sussulti del corpo, tutto finì a secchi d'acqua rovesciati sulla ragazzina svenuta e come morta. Lui e il passeggero si mischiarono alla coda di persone che uscivano dalla capanna con i muri colorati di rosso. In una capanna più piccola qualcuno versò loro del latte di capra e seppero che la giovane aveva avuto un bambino, che il bambino era nato sano, ma che poi, nel cuore della notte, a poche ore dal parto e ancora sanguinante, la madre si era incamminata verso il fiume. Nella conca in cui l'acqua rallenta il suo corso, si era immersa vestita, insieme alla creatura. L'avevano trovata che non albeggiava ancora, supina sulla rena, i capelli impastati di fango e foglie, il neonato sul petto, come addormentato.

A chi la svegliò disse che al fiume aveva affidato l'anima del piccolo. Molti pensarono che il neonato avesse smesso da solo di respirare e che per questo la sua mamma lo avesse portato fin lì, ma, anche se non era stata lei a provocarne la morte, la vita era comunque uscita dal bambino e per il sacerdote questo era segno che il male era nella madre, un demone si era preso il suo corpo.

Più tardi il passeggero disse che la ragazza aveva tredici anni. Lo disse come si registra un fatto, un istante prima di rovesciarsi anche lui sulla testa una tazza d'acqua e percorrere i duecento metri che li separavano dal furgone. E allora Arturo provò qualcosa che non aveva mai sentito: il perimetro del suo mondo si spezzò. Fu un'emozione acuta come un rimorso, scoprì la pietà e il modo in cui annulla i confini.

Caricarono gli apparecchi accanto alle casse, stapparono ciascuno una bottiglia, si dissetarono con una birra calda come brodo. Il sole scivolava nel silenzio notturno, accompagnato dal guaito di un cane selvatico. Dawit non parlò fino a Gondar e anche Arturo si limitò a pochi scambi essenziali, mentre l'uomo si addormentò non appena il camion raggiunse la pista.

Più tardi, davanti all'ingresso della tecceria in cui aveva fermato una stanza, dopo aver scaricato il proprio bagaglio, l'uomo estrasse alcune banconote. Pensava di sdebitarsi per un disagio che gli accordi non avevano previsto. Dawit tornò alla macchina senza guardare il denaro, Arturo allungò la mano per respingere il gesto e si voltò, ma poi, sul punto di risalire alla guida, tornò sui suoi passi.

«Che senso ha? Cosa cerca esattamente?» chiese all'uomo dritto sulla soglia della tecceria.

L'uomo lo guardò a lungo, con un sorriso sospeso tra ammirazione e sarcasmo. Schioccò la lingua e alzò le spalle, poi sfilò dalla tasca un pacchetto di sigarette, batté piccoli colpi sul fondo per farne uscire una. «Provo a indovinare: io non sono libero finché questa donna non è libera. Oppure: io non sono l'uomo che potrei essere finché ci sono donne e uomini immobilizzati dalle loro catene d'ignoranza. Ci sono andato vicino? Sei convinto di essere il primo a sentire quello che senti? Oggi ti sembrerà di aver assistito a una cosa primitiva e crudele, ma la verità è che dovremmo invidiare chi crede che esistano riti capaci di sconfiggere il male». Tirò una boccata di fumo e la sua voce prese una nota amara. «Non credi anche tu che ci sia qualcosa da invidiare? Non sarebbe bello poter essere noi senza rinunciare a qualcosa che abbiamo perduto? Tu e io abbiamo più cose in comune di quante immagini: siamo due primitivi che hanno smarrito l'intuito e ceduto alla fascinazione del pensiero, e della tecnica. Ci sembra questa la meta o almeno la direzione. Ma hai mai considerato che potrebbe non essere questo gran vantaggio essere noi?» Aveva pronunciato l'ultima frase afferrando la valigia e mimando il gesto di levarsi il cappello che non portava.

Arturo avrebbe voluto dire che quella non era la risposta alla sua domanda, ma la domanda non era chiara nemmeno a lui che l'aveva posta. Montò alla guida e chiuse la consegna senza liberarsi dall'ingombro dei nuovi pensieri. Il mutismo di Dawit lo aiutò a non distrarsi.

Ebbero un altro viaggio, poi un altro ancora, però qualcosa era cambiato. La scena a cui aveva assistito aveva prodotto una specie di attaccamento, qualcosa di simile a un contagio: non poteva più levarsi l'idea che salvando la ragazza avrebbe salvato sé stesso, anche se non sapeva da cosa.

Dawit era quasi un fratello maggiore per Arturo, ma non lo capiva più. Senza opporsi in modo aperto, smise d'essere l'alleato che era stato da sempre. Come la maggior parte dei giovani del suo quartiere, indossava camicie stirate, ballava bene e piaceva alle ragazze. In più sapeva sparare. Aveva deciso di accettare un lavoro da sorvegliante perché la paga era migliore e gli regalava l'illusione di potersi permettere, di lì a qualche tempo, di tagliare l'aria a bordo di una vecchia moto, forse anche di prendere un aereo e viaggiare per il mondo, come poi fece, grazie alla borsa di studio che lo portò in Germania. Si sentiva, ed era, insomma, *born to be wild*, ma al modo di milioni di altri giovani sparsi sulla faccia del pianeta. Quello che succedeva in una remota capanna dei monti Simien lo riguardava meno di un terremoto o una rivoluzione all'altro capo del mondo – dunque nessuna curiosità, nessuna pietà. Stupido *ferengi*, aveva pensato considerando l'ultima fissazione di Arturo, e si era augurato che gli passasse alla svelta.

Ora quel tempo è tanto lontano che Arturo dubita di averlo vissuto davvero. Se rivedesse il sé stesso di allora, domanderebbe incredulo: davvero tu sei me? Io sono te? E la ragazza del villaggio è davvero Lilit, la mia Lilit?

È così pieno di domande e non ha chi risponda. Però adesso Lilit è proprio davanti ai suoi occhi e continua a parlare, perciò tutto quello che lui può fare è ascoltare, ascoltare, ascoltare.

*Nel tempo del gelo anche gli animali cantano, come gli esseri umani quando sono tristi, e nell'oscurità una piccola scintilla può sembrare una stella. Andò così nella capanna in cui poi fui rinchiusa: in fondo a quella notte lunghissima ritrovai le preghiere che avevo imparato al villaggio di mia madre. Ero sempre sola, ma almeno sapevo di nuovo pregare.*

*Spiavo nel volo degli uccelli le ali del mio bambino senza nome, chiamavo la mia piccola sorella, e affidavo entrambi alle cure della Santa Madre del Signore e Regina del Cielo, intonando i duecentocinquanta canti del* Māheleta Şeggē, *l'Inno del Fiore, che avevo imparato dalla voce di mia ma-*

*dre. E poi, quando il cuore era colmo, arrivavo a inventare canti nuovi. Puoi crederlo?*

*Il canto mi ha salvata. Non sapevo ancora niente di te, non ti avevo riconosciuto nella folla mentre i colpi scandivano il tempo e il corpo li seguiva, nelle scosse che il sacerdote associava al capriccio di un demone. Molto tempo dopo tu, che ai demoni non credi, hai detto che l'ubriacatura collettiva (non ti veniva di chiamarla incantesimo) non nasceva dal carisma dello sciamano, ma dai tamburi che fiaccavano le coscienze con i loro colpi sincopati e, soprattutto, dall'impasto di erbe selvatiche, finto banano e bacche verdi di caffè: una pozione che ero stata costretta a masticare e che, in forma di infuso, scorreva nelle gole di tutti i presenti.*

*Quasi tutti, ti correggevo, perché tu pure eri lì, ma l'incanto non ti ha preso, di me non hai avuto paura. Per questo poi sei tornato.*

Arturo si chiede se sia stato davvero l'eroe che salva la principessa dal drago o se non gli calzi meglio l'altra storia, quella di chi alimenta speranze e poi se ne va. Dal passato che torna insieme a Lilit cosa può trarre: rimpianto o rimorso? La voce di Lilit improvvisamente gli sembra un canto di sirena, seguirla significa smarrire tutto quello che gli pare di sapere. L'unica è buttarsi sul letto e premere il cuscino sulle orecchie per non sentirla più.

# Suoni, rumori e, ancora, vedere o non vedere

*Milano, novembre 2018*

Un lunedì di novembre, nebbia spessa e foglie bagnate e pesanti sul viale, Tobia spegne la moto come al solito e resta qualche minuto in ascolto del suono metallico che proviene dalla parte superiore del motore.

«L'hai sentito anche tu?» Arturo sulla porta.

«Non l'ha mai fatto prima».

«Farei controllare la gabbia a rulli. Il rumore è quello. Fatti un giro dal meccanico quando esci, facile che ti lasci a piedi».

«Ti intendi di motori».

«Un po'. Facevo il tecnico. Non proprio sui motori, ma i motori mi sono sempre piaciuti».

Curry si è alzato sulle zampe posteriori e si butta addosso a Tobia. Tobia gli prende le orecchie, quando rimette le zampe a terra gli assesta grandi pacche sul dorso. «Sei forte, tu. Guardati, sei un cane fortissimo». Poi prende ad accarezzargli il pelo folto e morbido sotto al collo. L'animale agita la coda e struscia la testa sulla sua gamba. Si è convinto che sia un incrocio tra un Labrador e un Chesapeake bay retriever.

«Il tuo primo cane?»

«L'unico, sì». Arturo stringe le labbra in un sorriso amaro. Ripensa all'ostinazione con cui sua moglie Linda si era sempre opposta all'idea di un cane. «Tu ne hai?»

«No. Casa piccola. Però sono cresciuto con i cani di mio nonno».

«E cosa mi dici di questa razza?»

«Razza da riporto: buona resistenza fisica e legame fortissimo con il padrone, ma meno giocherelloni di altri Retriever. Presidiano il territorio, la casa, difendono la famiglia, ma obbediscono a un solo padrone». One person dog, appunto, come lui. «Mio nonno ha sempre avuto solo Schnauzer di grossa taglia. Animali da competizione. Non come questo vecchio bastardaccio, vero?» rivolto a Curry che ora gli morde la mano per gioco. «Ha un morso delicato. Non è solo perché sta giocando: nella sua linea c'è il riporto della preda abbattuta. Comunque è un animale molto sensibile. Vero che sei sensibile? Vero?»

«Già. Vorrei che potesse sfogarsi di più correndo».

«Gli farebbe bene».

«Vorresti occupartene tu? Quando vieni qui, intendo. Non è che ci sia sempre questo gran lavoro da fare. Potresti portarlo una mezz'ora al parco o nel bosco qui dietro. Così, per farlo sfogare».

«Ci sta. Ci vuoi venire al parco, Curry? Eh? Ci vuoi venire al parco con me?»

Il tintinnio metallico era un segno in effetti. Al momento di rientrare a casa la moto non riparte e ne verrà fuori che il problema è proprio la gabbia a rullo. Mentre Fatima si affaccia sulla via carica di borse della spesa, la madre di Tobia, Agata, sosta davanti al passo carraio con le quattro frecce.

«La conosci?» a Tobia, sulla via del ritorno, incuriosita dal fatto che sia tornato sui suoi passi per darle una mano con i sacchetti.

«Si chiama Fatima».

«La badante».

«Non proprio, più un'amica. Non gli serve una badante».

«Gana? O Senegal?»

«Etiopia o Eritrea, non ho capito bene. Anche Arturo viene da lì».

«Sul serio? Italo-africano».

«Italo e basta, ci è nato».

«Interessante».

«Se lo dici tu».

«Ci è solo nato o...»

«Ti pare che mi faccio i cazzi suoi?»

«Che c'entra? Non ci sarebbe niente di male a farsi raccontare».

«C'entra che non sono uno che si fa i fatti degli altri» chiude Tobia infilando le cuffie nelle orecchie. Ma Agata non è una che si rassegna.

«Cosa ascolti?» Tre volte, guardandolo finché non si leva l'auricolare. «La musica: cos'è?»

«Ah... Berio, *Money*. Non ti piacerebbe». Riposiziona l'auricolare, certo di aver pronunciato qualcosa che a sua madre non dice niente. Non riescono mai a scambiare più di dieci battute. Pianeti diversi, lingue diverse. Per Tobia la distanza da sua madre è ossigeno, cerca uno spazio che sia soltanto suo. Per questo su Arturo ha mentito? Domande ne ha fatte e Arturo ha risposto, il caffè con la rassegna stampa si è trasformato in un'altra cosa.

«Hai una casa piena di libri. Significa che non sei cieco da sempre» ha detto.

Arturo, il mento sollevato nella direzione di Tobia, si aspettava un'altra domanda. «Vuoi sapere com'è andata?»

«Sono cose tue».

«Sono cose mie ma non sono cose segrete». Poi, nel silenzio dell'altro: «Ricordi la storia della pantera? L'anno scorso».

Tobia ha strizzato gli occhi perplesso: certo che ricordava.

Nella luce pallida del crepuscolo, l'animale era sbucato all'improvviso, forse risalendo il canale che costeggiava la corsia d'emergenza. L'automobilista che attorno a mezzo pomeriggio procedeva in direzione Genova sull'Audi A4 Avant, era finito al San Matteo di Pavia, salvo per miracolo e, prima di perdere coscienza, aveva giurato che a spingerlo contro il guardrail era stato l'improvviso incontro con un enorme felino nero.

Stando al racconto, per un paio di chilometri l'animale aveva galoppato alla velocità dell'auto lungo il rettilineo deserto e poi, altrettanto improvvisamente, si era gettato al centro della carreggiata, così che l'uomo era stato costretto a sterzare sul lato sinistro e, dopo aver strisciato contro la barriera metallica, aveva finito la sua corsa con un triplo testa coda che lo aveva lasciato vivo per miracolo. Questo aveva detto ai primi soccorritori, poi l'ematoma che premeva sulla corteccia lo aveva confuso, aveva perso coscienza, tenerlo in vita aveva comportato un'operazione delicata ed era rimasto in coma per un paio di mesi.

Nel frattempo la leggenda era montata, questo Tobia lo ricordava bene. C'era l'intervista a un agricoltore di Zelata che giurava di aver visto l'animale da vicino, mentre dava il pastone ai suoi cani.

I cani sdegnavano il cibo percorrendo in su e in giù la diagonale tra il cancello e la rete. Allora anche l'uomo aveva attraversato il recinto per vederci chiaro, perché da lontano la sagoma scura al di là della recinzione gli era sembrata un cane di grossa taglia. Poi, stando al racconto, la pantera si era alzata lentamente sulle zampe posteriori e aveva puntato sull'uomo due occhi gialli e spettrali, tanto che questo aveva preso a correre all'indietro in direzione del cancello e dell'auto posteggiata fuori, terrorizzato da quel che aveva visto ancor prima di sentire il ruggito potente che era venuto dopo. Gli animali si erano messi ad abbaiare, la pantera aveva compiuto a larghe falcate il perimetro del recinto ed era saltata sul cofano e poi sul tetto dell'auto giusto un istante dopo la chiusura del cancello. I cani, a quel punto, ringhiavano spaventati e accucciati ai piedi del padrone. Per quattro o cinque volte la pantera si era lanciata contro la rete, che per fortuna aveva tenuto e ora conservava nelle maglie piegate l'impronta dell'assalto. Alla fine, annoiata, si era dileguata lentamente nella brughiera, mentre l'uomo aveva cercato aiuto e poi atteso l'arrivo dei soccorsi prima di azzardarsi a riaprire il recinto.

La telecamera aveva inquadrato le impronte sulla terra umida, perfettamente compatibili con quelle di un felino di grossa taglia, a sentire la giornalista, che quindi aveva scandito per benino l'invito delle autorità: mantenere calma e prudenza, evitare di muoversi all'aperto, soprattutto la sera, comunicare al numero verde in sovrimpressione eventuali avvistamenti e qualunque altra stranezza.

«Non sarai tu l'uomo dell'incidente?»

«Da non crederci, vero?»

«Non era davvero una pantera. Non si è più trovata».

Arturo ha alzato le spalle. «Io però l'ho vista, come vedo le cose anche adesso».

«Allora ho ragione: non sei cieco».

E l'altro quasi ridendo: «È un po' difficile da spiegare: non è che non veda, è che vedo cose diverse da quelle che vedono tutti. Ho rischiato molte volte di farmi male».

«Allucinazioni?»

«Un po' più complicato».

E siccome Tobia sembrava interessato, Arturo ha descritto quel che si sa: la diagnosi, gli effetti, le ipotesi sull'origine del male. «La pantera, nessuno può dire se sia stata la causa del mio problema, oppure il primo sintomo. Al mio dottore piace pensare che sia stato uno dei sintomi».

«Dunque nessuna pantera» ha concluso Tobia ripensando a quanto lui e Yu hanno fantasticato in quel periodo.

«Senti: non puoi chiedere a un cieco di vedere quel che non vede, ma non puoi neppure chiedere a me di negare quel che ho visto».

«E questi?» ha domandato Tobia sfilando gli occhiali scuri di Arturo, che si è portato una mano sugli occhi.

«Una specie di rimedio: se non posso guarire devo rinunciare alla vista. Oscurarla dovrebbe servirmi a sviluppare gli altri sensi. Soprattutto evita che mi faccia male inciampando in cose che non vedo o che hanno una forma diversa da quella che sembra a me. Buffo, vero? Mi tocca imparare a non credere troppo ai miei occhi».

«Cosa vedi adesso?»

Arturo, la mano tesa all'altezza della fronte, strizzando le palpebre, ha impiegato qualche secondo a rispondere: «Quello che vedi tu, credo».

«Allora non capisco».

«Vediamo se riesco a spiegarmi meglio: tra quello che c'è e quello che immagino che ci sia non c'è nessuna differenza. Non posso distinguere. E l'immaginazione procede un po' a capriccio. Capisco che sembra una cosa da riderci, ma il problema è serio perché così rischio di farmi molto male».

«Inquietante».

«Già».

«Non ci stai mai senza lenti?»

«Qualche volta, quando sono da solo, seduto comodo, al sicuro, per intenderci. Allora mi piace guardarmi intorno e mi sono anche affezionato ad alcune delle cose che vedo».

«Tipo?»

«Ti convincerai che sono pazzo».

«Vai. Non ho niente contro i pazzi».

«C'è una donna. Una persona che ha avuto una parte importante nella mia vita. Qualcuno che decisamente non potrei più vedere».

«Non un fantasma, ti prego».

«Capisci adesso perché non ne parlo volentieri?»

«Va bene, scusa. Chi è la donna?»

«Si chiama Lilit e ovviamente non è un fantasma. La vedo come vedo te».

«Reale quanto? Tipo la pantera?»

«Si fa un po' fatica a crederlo, giusto? Diciamo che Lilit è la parte buona. Il resto del bilancio è in perdita: per esempio riconosco le lettere, le associo al suono, ma non mi riesce di metterle insieme. Ho bisogno di qualcuno che legga per me: per questo tu e Fatima...»

«Giusto».

«Lo sai qual è la cosa più strana? Non posso leggere ma sono perfettamente in grado di scrivere. Potrei farlo anche a occhi chiusi. Mi resta la memoria del gesto, dicono che la mia scrittura è guidata dalla mano, non dagli occhi».

Tobia, guardandosi intorno: «In questo momento vedi qualcuno qui a parte me?»

Arturo ha alzato il viso. Così Tobia ha potuto notare gli occhi grigi, chiari, li ha seguiti mentre passavano in rassegna tutta la stanza.

«Nessuno a parte noi». E subito dopo, alzandosi e riportando sugli occhi le lenti scure: «Mi perdoni se adesso vado a stendermi un poco sotto al portico? Anzi, mi accompagni? Sono molto stanco. Poi puoi andare a casa».

Tobia gli ha preso il gomito con la mano e con una leggera pressione lo ha guidato fino alla sdraio. Una brezza leggera muoveva le foglie. Ha steso sulle gambe del vecchio la coperta che sta sopra alla panca nell'ingresso. Prima di andarsene, avrebbe voluto domandare se fosse tutto lì il segreto, se non ci fosse proprio nient'altro da rivelare o da scoprire. Poi ha scacciato il pensiero, ha salutato e imboccato il vialetto d'uscita.

Rimasto solo, Arturo si è lasciato accarezzare dal vento. Curry guaiva. Non è sempre vero che gli spiriti si presentano di notte: la loro ora, ha detto Fatima una volta, è quella senza ombre, quando la meridiana è una tavola bianca e il sole è così alto che, chi alza lo sguardo, per un po' non vede più nulla.

# Lezioni di storia

*Milano, febbraio 2019*

Tra tutte, le storie che Tobia apprezza di più sono quelle che riguardano Vittorio negli anni della guerra d'Africa. Stimolato dai racconti di Arturo, vuole sapere di quando l'Italia perse la guerra e fu costretta a rinunciare alle colonie. Come se la cavò Vittorio? «Nel 1941 gli inglesi sostengono i patrioti etiopi, vincono la guerra e rimettono il negus al suo posto. Partono le deportazioni dei civili italiani che non avevano voluto o potuto lasciare l'Etiopia. Tu eri già nato? Dove stava tuo padre?»

«Mi chiedi qualcosa che non so dirti. Io comunque nel 1941 ero nei pensieri di Dio».

Allora è Tobia a parlare, ha fatto ricerche, sfoglia un quaderno di appunti: Hailé Selassié è stato generoso, il 20 gennaio 1941 ha celebrato il suo ritorno sul trono imperiale con un decreto dedicato a san Michele: il proclama d'oro di San Michele concedeva l'amnistia generale a tutti i connazionali che lo avevano ostacolato o tradito e promuoveva con toni biblici una pace fondata sulla magnanimità. «Senti qui» legge, «"Io vi raccomando di accogliere in modo conveniente e di prendere in custodia tutti gli italiani che si arrenderanno con o senza le armi. Non rimproverate loro le atrocità che hanno fatto subire al nostro popolo. Mostrate loro che siete dei soldati che possiedono il senso dell'onore e un cuore umano. Non dimenticate che durante la battaglia di Adua i coraggiosi guerrieri etiopi che hanno consegnato al loro imperatore i prigionieri italiani hanno aumentato l'onore e nobilitato il nome dell'Etiopia. In modo particolare vi raccomando di rispettare la vita dei bambini, delle donne, dei vecchi. Non saccheggiate i beni altrui, anche se appartengono al nemico. Non bruciate case. Quando vi ordino di rispettare tutto ciò, lo faccio perché il mio cuore mi dice che il popolo non è inferiore a nessun altro nel rispetto delle leggi di guerra".

«Figo, no? Il negus, lo hai conosciuto?»

«L'ho incontrato due volte» Arturo, allargando le labbra in una specie di sorriso. «La prima quando io e il mio migliore amico siamo stati decretati i migliori studenti dell'anno della scuola che frequentavamo e ci hanno invitato al palazzo imperiale. Eravamo tronfi per l'orgoglio ma poi, una volta lì, abbiamo scoperto che i migliori erano almeno un centinaio».

«E lui com'era?»

«Difficile spiegare. Armstrong aveva messo piede sulla luna e lui aveva ancora potere di vita e di morte su tutti i suoi sudditi. Delle cose che dici tu però non so niente. Me lo ricordo piccolo, già un po' in là con gli anni, ma con due occhi molto acuti. Metteva molta soggezione. L'ho rivisto a Torino, sarà stato il 1970, vivevo già in Italia. Mi è sembrato tutta un'altra persona, ma la situazione era proprio un'altra. Anch'io non ero proprio uguale a prima. Tu dici perdono, ma dobbiamo intenderci. Gli etiopi sono un popolo orgoglioso ma molto spirituale, il perdono è una cosa che non si può capire se non si tiene conto di questo. C'è una frase che si usa di continuo e che più o meno significa "Dio sa": vale per tutto, passato, presente e futuro. Direi che è un modo per ricordarsi che non tutto dipende da noi e che la vita di tutti è nelle mani di Dio, questa è l'unica logica che c'è. Non vuol dire che non ci siano responsabilità per ciascuno, ma che bisogna andarci cauti con i giudizi».

Sente Tobia rovistare tra le carte che ormai ha sempre con sé, ma fatica a seguirlo sulla strada in cui lui vuole portarlo, non ha la sua smania di decifrare la storia come fosse un enigma poliziesco.

«L'Italia perde la Seconda guerra mondiale e gli italiani smettono di contare sulla protezione di cui avevano goduto fino a quel momento in Africa Orientale. I più ricchi vengono espulsi dal paese e i loro beni confiscati, i pochi rimasti prendono il soprannome di insabbiati. Ti risulta?» Mentre interroga il vecchio, tira fuori dallo zaino un osso di budello di bue, lo passa davanti al tartufo di Curry che si sveglia per effetto del cibo. Muovendo la mano, lo trascina dietro a sé come se l'osso fosse un magnete, infine lo lancia nel prato. Curry si precipita a grandi balzi nella direzione del boccone, lo afferra e si ritira al solito posto, sotto la cascata di gelsomino, nel fresco ombroso delle foglie che scendono dal muretto.

Una volta è passato all'Istituto storico in cui sua madre lavora, nel giorno in cui lei non c'è. L'archivista più giovane lo ha aiutato a ricostruire quel che accadde dopo la ritirata delle truppe italiane, ma prima ha domandato se era un lavoro scolastico e lui ha glissato. Mentre sfogliava i primi volumi si è accorto che anche il direttore dell'istituto lo fissava dalla porta della sala con un'espressione interrogativa. Lo conosce da quando era piccolo, ha dovuto ricambiare lo sguardo con un cenno di saluto, poi ha ripreso a leggere sperando di non dover rispondere alle sue domande. Quel pomeriggio gli è bastato a capire che l'istituto non è il posto giusto: la sua è un'indagine personale, vuole decidere da solo cosa gli serve a capire meglio le storie che Arturo racconta. Così non ci è più tornato. C'è il web, con le chiavi giuste puoi trovare quasi tutto e, con il catalogo on line, anche farti arrivare qualche volume nella biblioteca di quartiere. I libri poi gli sembrano una perdita di tempo, si limita a sfogliarli. Cerca solo quello che serve per fare ad Arturo le domande giuste. Ma più spesso tocca a lui spiegare ad Arturo quello che lui non ha mai indagato.

«Selassié è stato lungimirante: dopo le espulsioni e le deportazioni forzate, ha dovuto riconoscere che la modernizzazione del paese aveva bisogno delle competenze europee. La rinuncia ai danni di guerra e alla restituzione dei beni razziati, più che al buon cuore, si deve alla convergenza tra il calcolo politico imperiale e quello economico nostro. L'Italia era una democrazia appena nata, perdendo le colonie non aveva questa gran voglia di rinunciare ai frutti dei vecchi investimenti. Così c'erano italiani che riprendevano la direzione delle ex colonie ma questa volta ci arrivavano da ingegneri, geometri, costruttori. Valeva anche per gli altri: agli inglesi erano rimasti alcuni settori dell'istruzione e dell'amministrazione della giustizia, agli svedesi fu chiesto di costituire l'Imperial Air Force e di istruire i reparti della Guardia Imperiale, gli americani si presero l'aviazione civile e la ricostruzione delle infrastrutture viarie, i norvegesi allestirono una piccola flotta e il collegio navale di Massaua, agli indiani fu assegnata l'organizzazione dell'accademia militare di Harar e dagli jugoslavi arrivò l'elaborazione dei primi strumenti di pianificazione economica. Hai presente il mito della creatività italiana? Operai affidabili e progettisti ingegnosi. Insomma è andata così: sullo stereotipo del bianco invasore si è innestato quello della genialità e del lavoro ben fatto, e non punire nessuno ha giovato a tutti. Si sono scordati il passato per la fretta di chiudere la partita vecchia e aprirne una nuova. Tutto in cavalleria: niente restituzione dei beni trafugati, nessuna condanna dei responsabili dei crimini di guerra, che infatti non hanno mai pagato. In pratica, se vale quel che ho letto, oggi una famiglia italiana su cinque si ritrova in casa un cimelio d'Africa e magari lo tiene anche in bella mostra. Sai che al viceré Graziani hanno fatto un bel monumento? Invece dei crimini che ha ordinato non parla più nessuno. In effetti chi ha voglia di pensarsi l'erede di chi ha fatto massacri».

«Ne sai più di me. Quindi?»

«Quindi uno pensa che il problema sia solo il fascismo, ma l'insabbiamento è tutto repubblicano. E non è neppure una responsabilità tutta italiana. Il negus sognava un'Etiopia capace di trainare il riscatto degli altri popoli africani, ma non era uno sciocco e aveva capito che un impero forte doveva contare sugli aiuti dei paesi più ricchi e sull'istruzione di giovani per formare una classe di tecnici e professionisti preparati in tutti i settori strategici. Tra la metà degli anni Sessanta e l'inizio degli anni Settanta molti giovani etiopi partirono per l'Europa e per gli Stati Uniti, approfittando di borse di studio finanziate proprio dall'imperatore».

«Questo è giusto. Ne ho conosciuti tanti che hanno studiato qui. Qualcuno si è fermato, ma non era una cosa semplice. Per me è stato diverso, sono nato italiano». Su quest'ultima frase si interrompe, i pensieri lo trascinano nell'altrove in cui la voce di Tobia è soltanto un brusio di fondo. Tobia se ne accorge, getta la spugna, ha capito che per oggi non può aspettarsi di più.

# In una due città

*Milano, gennaio 2019*

Fatima prende il suo posto spalancando finestre, rassettando la camera e riempiendo la casa con la sua solerzia operosa. Arturo se ne sta zitto in cucina o sulla panca di pietra sotto al portico. Raccontare lo stanca, ma gli piace la nuova abitudine che dà profondità alle sue giornate. Non si chiede più come sia andata la brutta storia che ha portato Tobia in tribunale, se se la sia cercata o se l'abbiano messo in mezzo. Non gli pare un genio del male, né un ragazzo senza cuore, e così si fa bastare la buona impressione.

«Com'è?» Fatima con quel tono suo in apparenza distratto, in realtà pronta a custodire ogni genere di confidenza.

«Sto bene».

«Meglio così».

«Sto bene ma ho paura. Dopo pranzo è passata la donna dell'agenzia».

«Allora?»

«Le ho detto di andarsene. Non ho aperto. Allora ha chiamato Paolo, so che è lui perché Tobia ha collegato un brano musicale ai quattro numeri della rubrica. La sua canzone è partita almeno una dozzina di volte. Non ho risposto. So già cosa vuole».

«Io che brano sono?»

«Tsegué-Maryam Guèbrou, *Evening breeze*, piano solo. Ti piace?»

Fatima con una risata cristallina: «E mi dirai anche che questa è un'idea del ragazzo...»

«Gli è piaciuta però».
«Ho paura a domandarti cosa hai scelto per tuo figlio».
«Cat Stevens in versione acustica».
Preme a memoria il pollice sui tasti in rilievo e lei: «Uhm. Non proprio originale».
Il bollitore suona, Fatima si alza per il tè.
«Paolo ti vuole vicino. E forse farebbe bene a tutte e due se tu provassi a raccontare a lui le cose che racconti al ragazzo».
«Al telefono, così, a freddo?»
«Per questo ti vuole lì, non credi?»
«Se me ne vado non la rivedrò più».
Curry accucciato al suo fianco mugola piano.
«Succederà anche se resti. Un giorno la tua vista ritornerà quella che era e allora lei se ne andrà».
«Lo so. Questa è la paura. Le due settimane a Londra l'estate scorsa sono state una pena perché lei non c'era».
«Ma forse non era Londra la ragione per cui non c'era».
«Non ho voglia di ascoltarti se prendi questa via».
«Parlo della solitudine, Arturo. Lei resta finché tu sei solo. La stai trattenendo, è questo che vuoi? Prima o poi la tua anima dovrà scegliere e se sceglierà la vita, come dovrebbe, Lilit se ne andrà. È così che funziona: certi fantasmi restano il tempo che serve ai vivi per ricordare che sono vivi. Perciò anche lei se ne andrà, è destino. Ma nel frattempo tu rischi di perdere tuo figlio».
«Non sono una cosa nostra i figli, non possiamo perdere quello che non ci appartiene».
«Non provare a fare i giochini con me, vecchio mio. Ho iniziato a parlare prima che tu ti accorgessi di stare al mondo».
«Guidavo già i camion quando tua madre partoriva».
«Questo non conta: io parlo parole che sono nate prima di me». Gli prende la mano. «Davvero, Arturo, non scherzare su queste cose. Sai da te che non resterà».
«Lo so, ma posso almeno decidere di non essere io quello che se ne va?»

«Puoi».
«Cosa mi resta se lei se ne va?»
«Resti tu, Arturo. Restano Paolo e le bambine».

Prima dell'alba lo sveglia il fiato di Curry che si è arrampicato con le zampe e il muso sul letto. «Cosa succede, vecchio mio? Hai bisogno di uscire?» Si alza, senza accendere la luce raggiunge lentamente la porta, facendo scivolare la mano sul cassettone e poi lungo la parete del corridoio. Davanti all'ingresso spalancato si ferma: Curry alle sue spalle non vuole saperne di uscire. «Allora cosa c'è? Non vuoi uscire? Cosa ti succede?»

Rimangono in quell'indecisione per alcuni minuti, poi Arturo richiude la porta e si lascia guidare in salotto dal cane che gli morde il polsino del pigiama. Seduto sul divano lascia che gli si accoccoli addosso senza smettere di lamentarsi.

«Cane parlante, cosa mi vuoi dire, eh? Cosa mi vuoi dire?»

Ma poi si addormentano entrambi e, di nuovo, Arturo ha l'impressione di proseguire un sogno che torna ogni notte (ma quanto vero, quanto vero...).

*Dalla mia infanzia so che quello che voi dite tempo è una catena di azioni e cose fatte e dalla mia famiglia ho ricevuto la pazienza e l'arte della sopportazione. Quando sai che qualcosa avverrà non c'è ragione di far galoppare i pensieri, meglio trovare una posizione comoda, rilassare le spalle e il collo, lasciare che i piedi tornino a essere buone radici e gustare il silenzio dentro di te. Quel che deve arrivare arriverà, buono o cattivo che sia, non ha senso affannarsi.*

*Non c'è alcun silenzio dentro di me, rispondevi ridendo quando ti parlavo così. Non ti sembrava possibile che invece per me potessero aver pace i pensieri: con tutto quello che hai dovuto passare, aggiungevi. Ma era tutto vero, Arturo. Finché io sono stata laggiù, è sempre stato abbastanza chiudere gli occhi per sentire la quiete, dimenticare il sole che brucia la pelle e le mosche che si posano sulle palpebre chiu-*

*se. Sognare, ricordare, pensare sono verbi di cui non avevo bisogno prima di conoscere te. E dunque cosa? Viaggiavo in altri mondi? Non è questo: credo che, anche nel buio di una capanna di fango e sterco, io abbia avuto il miracolo di sentire che non siamo null'altro che vita vivente. Questo è il miracolo che mi ha salvato, non tu.*

*A Roma, diversi anni dopo il vostro rientro in Italia, la mia prima camera, era poco meno di una cantina e l'unica finestra tanto alta che non permetteva un affaccio sul cortile. Il sole però entrava e riempiva la stanza per due ore piene, disegnando sui muri ombre a forma di rami e foglie che vibravano al vento. Una mattina mi ha svegliata un gran vociare, mi sono buttata sulle spalle un maglione e ho percorso le scale di corsa.*

*Sulla ghiaia, tra la gente, ho riconosciuto il corpo senza vita di un uomo, né giovane né vecchio. La violenza da cui scappavo era anche lì. Sono rimasta in disparte, era il tempo in cui stavo zitta perché non avevo ancora trovato il coraggio delle parole. Il mio italiano antico e impacciato, nella terra degli italiani veri, sommava la vergogna della pronuncia alla fatica di non potermi nascondere, per via della pelle. L'Italia è stata prima di tutto questo per me: sentire quanto conta il modo in cui la superficie del mio viso riflette la luce, accorgermi che la mia voce, poco di più di un soffio di vento, rafforzava l'idea che gli altri si facevano di me.*

*L'uomo riverso sui sampietrini, qualcuno si accorse che era un forestiero e scosse la testa. Anche se alcuni restarono in attesa di soccorsi, quella constatazione bastò a diradare la folla. Se ne andavano tutti perché il fatto improvvisamente non li riguardava più. La violenza era diventata un regolamento di conti tra stranieri.*

*Esiste anche nelle vostre città, anzi sotto la superficie delle città, nei seminterrati come il mio o nelle soffitte buie, un'altra città e le due dimensioni (il mondo nascosto e il mondo visibile) si avvicendano senza incontrarsi, come abitassero il primo la notte e il secondo il giorno. Perciò quel corpo, che apparteneva al mondo di sotto, esposto alla luce diurna che illumina il mondo di sopra, era l'eccezione. E io pure ero l'eccezione, quando passavo lo straccio sui marmi dalle venature dorate e spazzolavo i tappeti di case che non erano la mia.*

*Forse non è proprio giusto dire che le due città non potevano incontrarsi, ma di certo la mescolanza dell'una e dell'altra non componeva una soluzione: le gocce d'olio in sospensione, frantumarle non basta, anche agitando bene il composto è questione di tempo, l'olio resta olio e l'acqua acqua. L'accoltellamento è stata la centrifuga che per un istante ha sciolto le differenze, ma, se il morto e il suo assassino appartengono a un mondo distinto dal vostro, l'olio resta olio e la superficie dell'acqua mostra l'irriducibile differenza.*

*Capisci quale misura inutile è il tempo se poi nulla cambia? O non mi credi?*

*La mia stanza a metà tra il mondo di sopra e quello di sotto, come tana di talpa, diventava un buon rifugio e ci stavo sempre più a lungo, quando non mi era possibile unirmi ad altre gocce d'olio che, almeno per il colore, parevano uguali a me. Fuori ero la straniera senza voce, ascoltavo e tacevo. In casa leggevo le voci del dizionario davanti a un mangianastri nero, poi riavvolgevo il nastro per controllare se la mia voce si lasciava plasmare dalla lingua che parlano tutti.*

*Quando stavamo a Addis, tua madre, Arturo, e anche voi non mi correggevate mai: lasciavate che mi esprimessi in quel pasticcio di suoni che non erano quelli della mia terra e neppure i vostri. E così, a poco a poco, diventavo straniera ovunque, condannata all'esilio, ma senza saperlo.*

*Una volta mi hai detto: facciamo un gioco, raccontami i tuoi dolori e li porterò via con me. Hai giurato: con le parole il dolore passerà da te a me. Avevi spalle grandi abbastanza e io sarei stata più leggera. Erano queste le parole esatte? Non lo so più. Non sapevo come dirti che stavi giocando con il fuoco. Tutto dal principio? domandavo tremando. Dal principio, rispondevi tu.*

*Ma non c'è magia, Arturo, nessuno ha il potere che tu giuravi di avere, neanche il più coraggioso degli amanti. O forse la magia era nel giardino in cui mi hai baciato la prima volta e, una volta raggiunto quest'altro emisfero, non valeva più.*

# Andate e ritorni

*Milano e Addis Abeba, 1971*

Dawit nella Ddr dall'inizio del 1965, negli stessi anni in cui Arturo è in Italia, grazie all'interessamento dei De Donati. Tornano in patria quasi negli stessi giorni. Ma non si cercano. Forse la loro amicizia si era già incrinata prima della partenza e gli anni in Europa non aiutano.

Infatti eccoli, lui e Dawit, per caso davanti all'emporio che serve da sempre le due famiglie.

«Mia madre dice che sei ingegnere» Dawit, in lingua amhara.

«Chi l'avrebbe detto, vero?» Arturo in italiano, accompagnando le parole con un sorriso che vorrebbe ricomporre l'antica consuetudine, ma che Dawit non coglie.

«Costruirai ponti o dighe?» di nuovo Dawit, senza abbandonare la lingua di sua madre. «Dovresti pensarci, ponti e dighe non sono la stessa cosa e non è detto che servano la stessa gente».

La scelta della lingua dice tutto. La persona che gli parla non ricorda in nulla l'amico che Arturo ha lasciato; pochi anni berlinesi lo hanno cambiato anche fisicamente o forse è la durezza dei suoi modi a farlo apparire diverso.

È che non sono più ragazzi. Si dice che Dawit in Germania abbia lasciato una donna e forse anche un figlio.

E non è solo Dawit: dopo gli anni trascorsi in Italia nulla è uguale a prima, persino la casa in cui Arturo è cresciuto sembra molto più piccola di come la ricordava, mentre quasi si perde tra le piante del giardino, che non sono mai state tanto rigogliose. «Tutto merito di Lilit» dice suo padre Vittorio, divertito dal suo stupore. «Si direbbe che le piante le obbediscano».

Lilit ormai occupa stabilmente la stanza di Dawit, perché Dawit non dorme più a casa. Arturo la ritrova a fine giornata, in fondo all'orto, vicino alle gabbie dei conigli e a poca distanza da piante di basilico folto e alto più di un metro: arbusti selvatici, nati da semi provenienti da chissà dove, foglie violacee dall'aroma intenso ma in realtà poco commestibili.

Accovacciata, di spalle, tiene tra le mani un piccolo di coniglio a cui sussurra qualcosa. Arturo resta immobile tra le foglie di ensete, incantato dalla voce non meno che dalle scapole sporgenti, dal collo slanciato, dai capelli raccolti in sottilissime trecce annodate sulla nuca. Quando depone il cucciolo e si alza, Arturo si accorge che il tempo è davvero passato e ora lei si muove flessibile come un giunco, il corpo fasciato da un abito giallo ricamato con uccellini, croci e sottili ghirlande colorate.

Socchiude le labbra senza riuscire a pronunciare il suo nome, mentre lei, che per tutto quel tempo ha sentito il suo sguardo sulla nuca come una carezza, lo ricambia con un'espressione tranquilla.

Per una specie di timidezza che Arturo non ha mai pensato di avere, le parole escono confuse e impacciate: come tutto gli sembri insieme uguale e diverso, come le persone, la casa, il giardino... come il giardino soprattutto... una piccola giungla... e che tutti dicono che sia merito suo... e poi ancora che lui è grato a lei per aver fatto compagnia a sua madre e a suo padre. Lilit continua a tacere e così Arturo, ricordando l'ostinazione di Dawit a parlare soltanto amarico, oscilla tra le due lingue, pur sapendo dalle lettere di sua madre che Lilit è in grado di parlare e scrivere in italiano meglio di tanti che lontano dalla patria hanno annacquato le proprie radici.

Il sole sfuma in un tramonto intenso e allora Arturo alza il naso e ripete che gli è mancato quel cielo, che il cielo è proprio la cosa di cui aveva sentito più nostalgia.

Seguendo il suo sguardo, anche Lilit solleva il mento verso il cielo aranciato che poi sfumerà nel verde e nel bruno violaceo e profondo che serve a contenere le stelle. «Dove stavi tu non era lo stesso cielo? Non credi che non abbia mai smesso di guardarti?»

Arturo non può più reggere il suo sguardo: «Intendevo dire che sono contento di essere qui».

Questo era stato il suo ritorno o questo è ciò che oggi Arturo ricorda. Non poteva sapere allora che Lilit aveva coltivato per tutti quegli anni un'attesa nutrita da pochi ricordi e dalle lettere che sua madre, Nicoletta, non si dava pena di nascondere. Per quelle lettere ha concentrato ogni sforzo d'imparare una lingua e una scrittura non sue. Non le importava che nelle lettere ci fosse tanta vita, che le fotografie ritraessero Arturo sorridente e circondato da giovani donne libere e festose. Non le importava neppure che non avesse mai pensato a lei. Era disposta ad amare come si amano il cielo e le stelle, senza la pretesa d'avere un primato su ciò che non ci appartiene. Contro ogni previsione, Arturo ricambiò il suo sguardo e la piccola Lilit oscurò la bellissima Linda e i suoi occhi chiari dalle ciglia lunghissime, che in un giorno di pioggia novembrina lo avevano sorpreso e incantato.

Al suo arrivo in Italia, Arturo aveva lavorato dai Cerreto, a due passi dalla stazione di Porta Vittoria. L'edificio a due piani di taglio razionalista ospitava al livello della strada una grande officina meccanica e, sopra, l'appartamento del proprietario, collaboratore stretto dell'ingegnere De Donati in Eritrea, che dopo la guerra aveva investito i soldi guadagnati in Africa in un'attività sempre più redditizia grazie al boom economico. Doveva a De Donati anche il suo secondo e prestigiosissimo impiego e a Lea l'incontro con la donna che avrebbe poi sposato.

Linda proveniva da una famiglia di industriali, fascisti della prima ora, che durante il Ventennio avevano fatto fortuna proprio in virtù dei legami con il Partito, collaborando, seppure in ordine minore, alla commessa dello

Stadio olimpionico dei Cipressi a Roma, centomila posti nel Foro Mussolini. La fortunata collaborazione aveva aperto la strada ad altre non meno fortunate imprese negli anni Cinquanta, grazie all'appoggio del partito di maggioranza, nel momento in cui era stato avviato proprio in Etiopia un progetto faraonico: 250 chilometri di strade, 200 di acquedotto, 50 ponti e la bonifica di ventimila ettari a Tana Beles. In pochi decenni c'era chi aveva potuto edificare un enorme impero economico, emblema di quella parte d'Italia che non soltanto era riuscita a passare indenne attraverso le contingenze della storia, ma le aveva vittoriosamente cavalcate. In quel colosso economico, il padre di Linda occupava una posizione subalterna, ma il ramo cadetto di un grande impero offre comunque grandi privilegi ed era difficile non sentirne il fascino. Linda era una giovane donna dalla bellezza riservata e composta che ad Arturo ricordava certe figure preraffaellite: la grazia, va da sé, era accentuata dal corredo di ricchezza e potere mai esibiti. Innamorarsi fu facile quanto dimenticare l'altro emisfero, illudendosi persino d'essere tra i pochi fortunati a cui è chiesto di interpretare in una sola esistenza molte vite. Il ritorno a Addis Abeba doveva essere la parentesi che serviva a integrare in quella nuova la vecchia vita di Arturo, ma Lilit rese il rientro in Italia una faccenda più faticosa del previsto.

A distanza di tanto tempo Arturo non sa più dire se sia stato facile o difficile vivere in una due vite. Lilit sì, saprebbe spiegare, perché di ogni momento poteva dire al contempo ciò che aveva percepito, quello che aveva pensato e anche quanto aveva letto negli occhi di chi le stava attorno.

«Niente berberé?» le aveva detto una mattina la madre di Arturo assaggiando il sugo che stava preparando. E poi, mentre lei ricambiava con un'espressione di attesa lo sguardo della donna: «Tu sai che Arturo deve tornare in Italia perché a Milano c'è chi lo aspetta».

Lilit le aveva sottratto gentilmente il cucchiaio e aveva ripreso a mescolare la salsa. Qualunque cosa pur di sfuggire allo sguardo di chi a quel punto la conosceva meglio di una madre. Nicoletta temeva per Arturo: era un pensiero meschino? Si può amare un figlio fino a desiderare che tradisca sé stesso per un successo che sembra già sfiorargli le dita?

«Sei ancora giovane e hai già tanto sofferto, Lilit. Non lasciare che s'innamori di te perché ne verrà solo dolore. Non puoi chiedergli di restare».

«Io non lascio e non chiedo. Non succede niente, è solo gentile, non devi avere paura».

«Sai che, se mai decideremo di seguire Arturo in Italia, tu non potrai venire con noi». Lilit fissava in silenzio la salsa che ribolliva nel tegame. Nicoletta abbassò la fiamma. «Però tu hai Ekelé e Dawit. Troveremo una soluzione buona per voi».

Così Arturo partì e tre anni dopo i prodromi di una guerra civile costrinsero anche Nicoletta e Vittorio a tornare in Italia. Nel 1974 proteste sempre più violente infuocavano le piazze e non promettevano nulla di buono.

Le voci che davano la rivoluzione imminente e il rumore degli spari che li avevano svegliati nel cuore della notte rendevano più concreta l'idea di un rimpatrio, nonostante Vittorio rifiutasse anche solo l'ipotesi di perdere tutto quello che aveva costruito.

Anni prima, De Donati gli aveva procurato un ingaggio nella costruzione di un grande hotel a dieci piani, quasi quattrocento stanze nel cuore di Addis Abeba. Hailé Selassié in persona attraversava spesso il cantiere con la sua Mercedes nera a nove posti e Vittorio, che gestiva i camion per il movimento terra e il trasporto dei materiali, lo aveva visto molte volte abbassare il finestrino e accogliere le petizioni che gli operai allungavano inchinandosi fin quasi a sfiorare la terra con la fronte: chi domandava un contratto più stabile, chi un permesso per l'espatrio o la possibilità di far rientrare un figlio dall'Europa in cui era stato mandato a studiare.

«Perché dovrebbero fare del male a noi? Ci conoscono tutti, siamo più *arbescia* che *taliani*...» Vittorio con un tono di voce che non era il suo solito. Nicoletta annuiva, ma poi c'era Arturo, il suo radioso futuro dall'altra parte del mondo, un nipote nato da poco, la promessa che avrebbe pensato a loro. E, negli ultimi mesi, tutto si era guastato in un precipitare delle cose che non aveva nessuna logica.

Una terribile carestia era scoppiata nella regione del Wollo, la parte nordorientale del paese, dove alla bassa piovosità e alle caratteristiche naturali si univa una pressione demografica che rendeva ancora più insufficienti le poche risorse disponibili. La parte più attiva della popolazione lamentava che la carenza di cibo non poteva dipendere soltanto dalla stagione arida, dato che la siccità non impediva l'esportazione di prodotti alimentari, e anche a livello nazionale, dove il cibo era disponibile, il prezzo delle farine non era variato di molto. Ciò che era cambiato, secondo chi protestava, era l'accesso alle risorse per la popolazione del Wollo. La fame aveva fiaccato le difese immunitarie e aperto la strada a malattie che in tempi normali non portavano alla morte. Sotto la pressione della stampa internazionale, che denunciava la strage per fame di centinaia di migliaia di etiopi, Hailé Selassié provò a correggere la situazione, ma le misure risultarono insufficienti e arrivarono troppo tardi, quando la carestia si avviava a naturale conclusione. Il comitato che agitava le rimostranze contro il negus era riuscito a far circolare un filmato della Bbc che conteneva immagini delle genti affamate del Wollo, accostate ai lauti banchetti che si tenevano nel palazzo imperiale. Erano seguiti gli scioperi, le piazze si erano riempite di insegnanti, studenti e tassisti in protesta. Quando alcuni membri dell'esercito avevano disertato dalla repressione, la protesta aveva preso una direzione che faceva pensare a una guerra civile.

Si poteva misurare il cambiamento dalle piccole cose d'ogni giorno: conversazioni sempre più rare con Ekelé, la freddezza di Dawit, i modi spicci dei bottegai da cui si servivano da sempre. Già prima dell'arresto dell'imperatore, Nicoletta si era trovata a pensare che l'inerzia e il cambiamento nascono dalla stessa radice, perché la maggior parte delle persone non vuole altro che assecondare e persino prevenire quello che ritiene inevitabile. Tra chi ora attaccava l'imperatore c'erano i fedelissimi di sempre e persino i membri del clero, tradizionale pilastro del potere imperiale. Da quei tradimenti il negus dovette cogliere l'imminenza della fine ben prima di essere accompagnato fuori dal palazzo imperiale dalle milizie rivoluzionarie, la mattina del 12 settembre 1974, quando fu gettato il seme del «terrore rosso».

Non si poteva restare, anche se andarsene significava perdere tutto, come fu.

«Non potevano, capisci?» Arturo parla a Tobia ma è a Lilit che vorrebbe urlare le sue ragioni, per sentirsi rassicurare e smettere di provare rimorso. La cerca tra le ombre del crepuscolo, prova a tendere le orecchie, ma i fantasmi appaiono quando è il loro momento, e non si piegano a quello che vogliamo da loro.

# Dalla parte di Lilit

*Milano, febbraio 2019*

A volte, l'ombra di Lilit appare davanti al lavello d'acciaio della cucina, dà le spalle ad Arturo e fissa immobile un punto lontano fuori dalla finestra, tra le foglie del gelso. Arturo siede al tavolo, stringe nel pugno gli occhiali e la guarda altrettanto immobile: sa che non può tradirla per la seconda volta e che riparare l'antico torto significa innanzitutto ascoltare.

*Dawit per Arturo è quasi un fratello, diceva spesso* imebet, *tua madre. E scrutandomi cercava la prova di qualcosa che non andava bene, il segno della mia predilezione per te. Chiedeva e sperava di sbagliare.*

*Non potrebbero essere più diversi, rispondevo io affondando le mani nei grani di teff da macinare. Fingevo di non seguire i suoi discorsi.*

*Il bianco e il nero, come il giorno e la notte? proseguiva lei e il suo sorriso sfumava in un'espressione fragile, che le increspava le pieghe della fronte. Io penso che Dawit può essere un buon marito per te, aggiungeva. Lo disse più di una volta, incurante delle voci sulla sua famiglia tedesca e degli anni che ci separavano. Ma non erano i pettegolezzi o l'età le sole ragioni della mia freddezza.*

*Dawit, tu lo sai, aveva un colore che non mentiva: lo relegava in una terra di nessuno che non era la vostra e non era neppure quella di sua madre. Mentre tua madre parlava, io pensavo ai suoi occhi scuri come gli abissi: occhi sottili, sfuggenti, occhi disperati, e zigomi di pietra. Aveva diviso la* tua tavola, confuso i suoi passi con i tuoi, imparato senza inflessioni una lingua che non era quella di Ekelé. E tua madre si era presa cura di entrambi voi con la dolcezza che offriva ai bambini della scuola e da ultimo anche a me. Perciò lui conosceva le canzoni *ferengi* che ora sapevo anche io e correggeva la tua pronuncia amarica con un sorriso bonario. Quale garanzia d'amicizia più salda di quel vostro giuramento pronunciato in due lingue? Nessuna, a logica.

Ma la logica è sempre l'interpretazione del poi: il nostro modo di comporre tanti piccoli pezzi in un racconto che fili. Si narra sempre il passato e nel racconto tutto è un ordinato tessuto di cause e di effetti. Però, lo vedi, tutta la nostra logica non serve a prevedere il futuro e neppure a capire il presente. Gli occhi invece sì. Io avrei voluto domandare a tua madre se lei aveva trovato in Ekelé la medesima accoglienza che le aveva offerto. Questo avrei domandato se avessi sentito l'urgenza di domandare, perché nella nostra cultura l'ospitalità è un vincolo sacro a Dio e c'è una sola terribile ragione per chiudere le porte e il cuore a qualcuno.

Ma ero tanto giovane, Arturo, tutto quello che sapevo fare era scuotere la testa e continuare a interrogarmi sui sorrisi che stendevano le labbra di Dawit e si accompagnavano a un solco orizzontale e profondo che tagliava la sua fronte a metà. Quali pensieri avevano agitato il suo cuore in Europa? Cosa cercava? Per cosa soffriva? Era il tempo in cui avevo poche parole e nessun coraggio. Pensavo anche: perché aggiungere dolore a dolore? Così ho taciuto quello che era già scritto nel vento.

Sei partito in una notte che non ho mai dimenticato, coincidente con l'arrivo del *kiremt*, la stagione delle piogge. Fu una notte di veglia anche per te, quell'ultima. Li potevo sentire i tuoi passi nel patio, persino il tuo respiro, mentre sedevi al di là della mia finestra. Mai, neppure dopo, fu così forte il desiderio di non essere me, di poter assomigliare soltanto un pochino alla donna che avevi scelto e di poter scegliere pure io il tuo amore per me. Perciò pregavo: che bussassi alla mia porta, che mi stringessi forte, che mi portassi *via. Oppure no, che invece l'alba venisse presto e con l'alba la vostra partenza e la possibilità di scordarti.*

*Ci divideva appena un vetro. Io trattenevo il respiro per cercare di sentire il tuo, pregavo e non sapevo cosa fosse meglio pregare. E quando ti vidi in piedi, davanti al vetro smerigliato, indeciso se entrare o restare, in piedi anche io da questa parte avvolta dal buio, la felicità era tale che le ginocchia sembravano cedere. Ma quell'incanto durò poco. Te ne andasti senza indovinare il tumulto in cui mi lasciavi.*

*Dawit venne da me proprio alla fine di quell'ultima estate e disse quello che aveva in animo da sempre. Ti ha lasciata, Lilit, lo vedi? Non potrai più dire che ho avuto torto. Non sei altro che un pezzo della loro casa, come il braciere e la pila di pietra a cui attingi la tua acqua per i fiori. Non sono capaci di stare a vedere quando le cose cambiano, hanno paura del mondo che costruiremo insieme, uguale per tutti e senza più sudditi né sovrani. Vedrai, torneranno tutti alle loro terre, perché questa non l'hanno mai amata abbastanza.*

Etikoyé, *governante, non è questo il nome con il quale parlano di te a chi non ti conosce? Hai fatto della loro casa una reggia, l'imperatrice Menen Asfaw avrebbe avuto invidia di questo bel giardino. Ma, puoi credermi, loro scorderanno tutto. E se mai torneranno, sarà per comprare la nostra anima insieme ai frutti migliori di questa terra che non gli è mai appartenuta. Useranno il denaro, come hanno usato i carri, il gas e i fucili al tempo della guerra, prenderanno te come hanno preso mia madre. E il denaro con cui pagheranno la tua remissività non ti farà meno male della violenza che hanno usato a lei. So che non sono l'uomo che vorresti per te, ma dammi retta: non lasciare che un falso ricordo diventi la tua tomba. Parti con me.*

*Non faceva mai il tuo nome, Arturo. Temeva, chiamandoti, di evocare la tua presenza. Ma io sapevo che era di noi due che parlava. Dawit è stato il più veloce a capire che esisteva un noi.*

*Quello che ora ti racconto accadde proprio alla fine di quella nostra estate. Tre anni dopo la città bruciava e i cadaveri giacevano per un giorno intero al centro della piazza, così che la loro morte servisse da monito a tutti. Erano spariti nel nulla il maestro del coro e i tre figli del lattaio; sua moglie bussava a tutte le porte, persino alla nostra, in cerca di notizie, ma non le si poteva offrire nient'altro che un po' di compassione. Ma questo tu non puoi saperlo, perché eri già partito.*

*A Dawit avevo detto che si sbagliava, perché dal primo giorno il mio cuore aveva sempre saputo che te ne saresti andato. Parlando, lo guardavo con la gravità di una leonessa.*

*L'amore del resto è incosciente, non pretende di avere ragione, se ne frega del domani, il suo domani è ogni istante. Non si può nemmeno dire che speri, è contrario al buon senso e non cerca garanzie, la sua strategia è inventarne: certezze evanescenti come le scie degli aerei nel cielo, ma preziose come ricami d'oro. Sono quelle che fanno più male perché la loro dolcezza è una droga, su di esse non vale l'antidoto della verità.*

Quando Lilit tace, Arturo vorrebbe rispondere, ma non può. Non ha il potere di farsi ascoltare e forse non sarebbe neppure giusto stemperare le ragioni di Lilit con le sue ragioni: la nostalgia che si prova partendo non vale il deserto di chi è rimasto. Se Lilit potesse sentirlo, dovrebbe confessarle che non gli è servito troppo sforzo per cambiare pelle e far suo il privilegio che sentiva di meritare.

E il merito, pensa oggi, cos'è? La vigliacca giustificazione che lo ha reso impermeabile ai dubbi, ha cancellato il ricordo e donato alla sua vita la libertà di un foglio bianco, perfetto per un futuro a misura delle sue ambizioni. Si può dire una colpa? Chi, pensandosi al suo posto, scaglierebbe la prima pietra? Ma non sono domande che si possano pronunciare ad alta voce.

TERZA PARTE
# Acqua

Gli dèi sono diventati malattie.
*C.G. Jung*

# Agata e la Piscina di Dio

*Lampedusa, 3 ottobre 2013*

Agata cerca con lo sguardo lo spicchio di mare blu dalla parte destra del balcone, striscia sottile come una fettuccia tra due condomini rosa. Guarda da quella parte e si domanda se tocchi a lei svegliare il bambino o se valga la pena aspettare, spiegargli, una volta rientrati in città, perché Salvo, suo padre, sia andato a stare nella vita di un'altra e loro a trascinarsi con tutte le valigie e l'acquario sul treno per casa. Almeno l'acquario, se lo poteva portare.

Lacrime non ne ha, perché in certi casi le lacrime, prima di raggiungere gli occhi, passano per il petto e nella gola si bloccano, strozzate da tutte le parole non dette, che pesano sul fondo dell'anima come piccole pietre e ci vorrebbe la pazienza di levarle una a una. Il dolore che sente non scorre, perciò resta salda, incurante del suo affogare in un pianto che dilaga soltanto dentro.

Cerca il mare e in ottobre il mare della Riviera di Ponente è appunto la striscia corta e grigia in cui non distingui l'orizzonte. Non somiglia più alla ragione per cui, nel tempo buono, lei e Salvo hanno scelto quella casa, fingendo che potesse bastare una virgola di azzurro o di blu e non l'immensa distesa sognata insieme. Vista mare, diceva l'annuncio, e a loro mancavano i soldi per un affaccio vero o per l'aereo che, ogni fine settimana, avrebbe potuto portarli più lontano, sull'isola in cui sono stati innamorati.

Quel 3 ottobre, Agata scopre il naufragio dalla radio:

trecentosessantotto cadaveri pescati dalle acque in cui Tobia ha imparato a nuotare, a venti minuti in Vespa dal tratto di mare su cui si specchia la tomba della madre di Salvo, senza fiori da anni, vale a dire da che suo padre ha smesso di ragionare e loro lo hanno portato in una casa di cura del Nord e poi, per pigrizia, sepolto sotto una terra non sua.

Nell'isola di Lampedusa, sullo scoglio che chiamano *ìsula dî Cunigghi*, quando Tobia era piccolo, ci arrivano a piedi o a nuoto, spingendo il canotto con dentro il bambino. Giornate intere passate lì davanti, incuranti del sole, felici di bruciare come coni d'incenso, mentre Tobia giocava con i sassi o dormiva sotto un ombrellone troppo piccolo. Lei non l'ha mai visto ma le hanno detto che, quando è bassa marea, il moto delle correnti scopre una striscia di sabbia sottilissima e allora lo scoglio si può raggiungere anche senza bagnarsi – così hanno fatto i conigli una volta, portandosi in massa là sopra, per questo il nome.

È un posto di pace: le acque, quasi sempre calme d'estate, sono così limpide e chiare che qualcuno s'è inventato il nome di Piscina di Dio. Ma la notte prima, mentre lei e Salvo si respiravano addosso per l'ultima volta, in quella stessa piscina un peschereccio non più lungo di venti metri ha girato tre volte su sé stesso e in poche ore la barca è colata a picco con tutto il suo carico di esseri umani.

Sembra che la ragione sia stata la paura: gli ospiti della barca, spaventati da uno straccio infuocato che qualcuno agitava per chiamare soccorso, si sono spostati in massa sul lato sinistro e la Piscina di Dio li ha inghiottiti quasi tutti. Trecentosessantotto affogati senza nulla a cui aggrapparsi, una ventina i dispersi e troppo pochi gli scampati, nonostante i soccorsi.

È il 3 ottobre 2013, per tutti una data simbolo; per Agata un punto, blasfemo, di intersezione tra la sua vita in pezzi e la vita perduta di quelle quasi quattrocento anime. Anni dopo, in un documentario dedicato ai giorni della tragedia, sentirà snocciolare storie e nomi di morti da una voce che conosce bene. Quel giorno passa da un canale all'altro, cercando i racconti del naufragio dalla testimonianza di chi sta lì. Riconosce il dottore che le ha misurato la pressione una sera di scirocco di pochi anni prima, quando le si era chiuso il petto, respirava male e forse già allora era solo pianto che non si scioglieva. «Sessanta la minima e ottanta la massima» aveva detto il dottore, «a Milano è bassa, ma qui è giusta così».

Le piacerebbe dire che nella sua fame di notizie c'è partecipazione, che il dolore che prova scompare, sfumando in quello di tutti, però non è vero: la verità è che il lutto degli altri può essere una droga dolce. Agata lo sa, annacqua con quella le sue pene, come quando da bambina diluiva il vino per poterlo assaggiare. Si costringe a guardare su ogni canale i volti esausti che spiccano dalle coperte isotermiche, li immagina come divinità antiche avvolte nel loro mantello d'oro.

Forse, da quella sua distanza protetta, può fissare la morte degli altri così da poterla riconoscere e ammansire nell'istante in cui arriverà anche per lei. Se non è già arrivata, pensa: ci sono tanti modi di morire, anche l'abbandono è una specie di morte.

Per non naufragare nei silenzi domestici, lei e Tobia stanno quasi sempre fuori per la spesa o per la passeggiata sul lungomare, ma hanno l'impressione di essere sempre soli. È un tempo opaco: il bambino, Tobia, è un alieno, non chiede della scuola, non vuole tornare, forse parla la lingua di altri mondi. Lei piange tutta in una volta la sua prima lacrima e anche la seconda, quella dei naufraghi con più sentimento. Deve salvarsi, perciò coltiva pensieri corti, ottusi, meschini, ne ricava una strana specie di compassione.

Poi il rientro: tre ore di treno con l'acquario di plastica sulle gambe e nemmeno una parola fra loro. Tobia, il bambino, chiuso nel suo Nintendo, incantato da suoni ripetitivi, ipnotici, snervanti.

Si convince che, poco alla volta, appunto, la vita se ne

andrà, che l'inerzia sarà una forma di morte lenta. Non sa ancora niente di sé, nonostante gli anni di analisi. Non capisce nulla neppure del suo bambino, non si accorge che quell'estate di rabbia e pianti lo ha reso meno bambino. Ma quando, anni dopo, dovrà dire da dove è cominciata la deriva, penserà a quel 3 ottobre, sorpresa dalla sincronicità. Vedrà nell'ostinato ritorno di quella data la sindrome dell'anniversario, perché proprio quel giorno, davanti a quelle divinità disperate, avvolte nel loro mantello d'oro, anche lei ha consumato il suo primo personale naufragio, con la differenza che il suo calare a picco non ha mai avuto spettatori.

Lo si può dire comunque naufragio? È qualcosa che Agata si domanda e non sa.

# Agata a Mira

*Milano, febbraio 2019*

Al sesto piano di un palazzo milanese, Agata si muove a piedi scalzi sul parquet a spina di pesce: rovere biondo chiodato, lamato una volta sola, dai segni grigi potresti calcolare il tempo trascorso dalla posa nei graffi lasciati da tre generazioni. Solleva le tende di lino bianco a pacchetto, così la luce invade lo studio, e lei guarda fuori.

Il giovedì è il suo giorno libero, spesso continua da casa quel che non riesce a finire all'istituto. Succede da quando le hanno assegnato il coordinamento dell'area di ricerca sugli italiani in Etiopia durante l'occupazione. Il convegno e la mostra hanno rubato tutto il suo tempo per mesi. Ora non più: la vita chiama, pensa, ci sono urgenze a cui non si può non rispondere,

Torna alla scrivania, apre il pc, digita la password, tamburella sul vetro che copre il tavolo di mogano antico. Si morde il labbro, porta le quattro dita della mano destra sulla bocca, visibilmente indecisa, quindi scrive: «Cara Mira», però poi si ferma, lo sguardo al monitor e le mani questa volta appoggiate sulle ginocchia. Se deciderà di procedere sarà difficile tornare indietro e lei lo sa.

Sembra impossibile tradurre in parole vent'anni di vita. Per cominciare vorrebbe dire a Mira che lavora ancora all'istituto, deve parlargliene perché il lavoro all'istituto ha molto a che vedere con le ragioni per cui le scrive. L'istituto è il sancta sanctorum in cui si conserva una storia sepolta da secoli, le carte archiviate potrebbero comporre una mappa di fatti e parole di cui il resto del mondo non sa nulla. Se un incendio distruggesse tutto, le persone di cui si conserva ancora il nome non sarebbero mai esistite. Di tanto in tanto, una mostra o un convegno fanno in modo che affiori qualcosa che dorme e ci si illude che questo sfiatare serva a placare i mostri del passato e a renderlo innocuo. Agata è convinta che sia questo lo scopo principale del suo lavoro.

Nella casa in cui vive, la parete a destra della scrivania ha una finestra a tre battenti che affaccia sul balcone. Poiché l'appartamento si trova al sesto piano, la visuale è una teoria di tetti su cui, in fondo, distingui i grattacieli del quartiere Isola. Lì è l'istituto. Se avesse le ali, Agata potrebbe planare sul traffico di corso Buenos Aires, poi sopra i bastioni, fino agli alberi dei Giardini Montanelli, in cima al tetto del Museo di Storia Naturale, per poi atterrare nel cortile del palazzo settecentesco. La stanza in cui attende alla memoria di tutti è lì, i suoi ricordi invece sono stretti nel mobile di mogano scuro che tiene alla sua sinistra: nella madia ha raccolto i vecchi diari, le foto, le lettere ricevute e quelle mai spedite.

Il progetto a cui oggi lavora è una mostra convegno dal titolo eloquente: «Rimozione: presenza degli italiani in Etiopia tra il 1935 e il 1941». Il grosso del lavoro è stato selezionare dal deposito le carte in esposizione, tenere i rapporti con gli enti che avrebbero prestato gli oggetti artistici e le testimonianze materiali, scrivere i testi, comporre il catalogo, coordinare gli interventi e curare gli atti del convegno. Non ha mai avuto su di sé una responsabilità tanto grande, è il primo incarico che coordina da sola. Sarà per questo che qualcosa è saltato e lavoro e affetti si sono allacciati come non era mai capitato prima. Proprio quando sarebbe stato bene tenere i nervi saldi, il confine tra le sue due vite è sfumato; i binari paralleli hanno trovato una convergenza. Si sa cosa succede quando i binari convergono.

Lo scontro ha una data precisa: il 3 ottobre, il giorno che inaugurava la Guerra d'Etiopia, nel 1935, e anche lo stesso della tragedia di Lampedusa. Sono passati anni da allora, Agata ne ha ricavato l'idea che la coincidenza possa leggersi come una specie di anniversario, ma è un pensiero così assurdo che non ha neppure il coraggio di scriverlo. Però, se lei continuerà a scrivere e se Mira deciderà di leggere, scoprirà che in quella notte qualcosa ha segnato il confine tra prima e dopo e che il confine è una questione di consapevolezza, di tenuta dell'idea di mondo. Capirà Mira?

Per restare alla metafora dei binari, il 3 ottobre scorso i due treni si sono scontrati. Oppure la finestra dello studio di casa è rimasta spalancata per tutta la notte, così che il mattino dopo le pagine in cui Agata raccoglieva le memorie di tutti e quelle chiuse nei cassetti di mogano risultavano sparse ovunque per un dispetto del vento. «Ti basta questo per rispondermi? Posso presumere che mi scriverai?» seleziona l'ultima frase e poi la cancella, indecisa sull'invio.

Mira è quel che resta di una stagione che non c'è più. C'è stato un tempo in cui sono state inseparabili e hanno coltivato entrambe l'illusione di poter leggere ciascuna i pensieri dell'altra, custodendo confidenze e segreti come le scatole nere degli aeroplani. Poi la vita ha preso per ciascuna una direzione e la distanza adesso sembra incolmabile. Forse bisognerebbe solo parlare con semplicità, in fondo quel che conta è arrivare al punto e, in effetti, il punto è una faccenda semplice da dire: il mondo di Agata è collassato la notte del 3 ottobre, dietro a un gesto di suo figlio Tobia. Ma come si fa, dopo tanti anni, a ridurre tutto a quel momento?

# Casca il mondo

*Milano, ricordo del 3 ottobre 2018*

Il 3 ottobre Tobia dormiva fuori e Agata aveva fatto molto tardi lavorando. Aveva una buona ragione importante per perdere il sonno su quelle carte, ma non può ancora scriverne a Mira. Fatto sta che si era addormentata molto tardi e quando la telefonata è arrivata sognava qualcosa di cui poi non è rimasto niente perché la suoneria del cellulare ha cancellato il sogno. Ha allungato il braccio, cercato a tentoni l'apparecchio in carica sul comodino prima di riuscire ad aprire gli occhi. Il display segnava le 3 e 51.

Ha sentito la voce sconosciuta pronunciare nella stessa frase le parole Tobia e questura. L'ispettore di polizia giudiziaria ha dovuto ripetere due volte il nome per convincerla a confermare: «Agata Penna, sì. Palmisano è il cognome di mio marito». Avendo intuito che era confusa, quello insisteva: «Mi sente, signora? Ha capito che vi aspettiamo in questura? Devo avvisare il padre?» ma Agata ha risposto che ci avrebbe pensato lei.

In quell'urgenza si è fatta bastare l'idea che Tobia fosse vivo e ha provato a contenere il panico riducendo in piccoli segmenti tutte le cose da fare. Dal momento che Tobia fisicamente era incolume, non stava capitando nulla di irreparabile.

Ha chiamato Salvo con il cellulare stretto tra mento e spalla mentre cercava di allacciarsi i jeans. Davanti allo specchio del bagno ha passato in rassegna le ultime ore: Tobia da un amico ce l'aveva portato lei la sera prima, come ha poi spiegato agli agenti. Prima di uscire avevano rovistato ovunque in cerca del sacco a pelo e dello zaino che usava ai tempi del campeggio. Dal ripostiglio non erano usciti né lo zaino né il sacco a pelo, ma si erano visti cadere addosso il primo casco da sci di Tobia, la canadese che lei e Salvo usavano in montagna, una scatola di maglioni che nessuno indossa più almeno dal Pleistocene e il sacco viola con i peluche – sono anni che pensa di regalarli a qualcuno che abbia figli piccoli. Agitava davanti a Tobia le zampe di Tigro, come un ventriloquo: «Ehi, Tobia, non ci sono i letti dai genitori di Francesco?» Rideva soltanto lei, ma era tutto normale, il suo modo di trattenerlo e anche quello di Tobia di scansarsi. Aveva fermato l'auto davanti al cancello dei condomini gialli dietro alle scuole elementari. Prima che aprisse la portiera aveva fatto il gesto di baciarlo e Tobia si era sottratto: sapeva che si sarebbe sottratto, anche quello era un modo per riderci sopra.

Per una volta era andata a dormire leggera, contenta di saperlo fuori con qualcuno. Tobia se ne sta quasi sempre solo nella sua stanza, la musica elettronica lo isola dal resto del mondo. Il mondo continua a non piacergli, come quando era piccolo. O forse è il suo modo, non una malattia o un difetto.

Sotto casa Salvo la aspettava camminando in su e in giù per l'impazienza. «Mi sono fatto accompagnare, ho la macchina dal meccanico per il tagliando». Le è passata per la testa l'idea che se la fosse venduta la macchina, perché è un po' che le cose gli girano male e sarebbe da lui risolvere un guaio combinandone un altro. Ma era un pensiero ingiusto e l'ha scacciato subito guardando la faccia tirata, il sorriso storto e la maglia che aveva indossato al rovescio, come un ragazzino goffo. Gli ha allungato le chiavi: «Guida tu, ma girati il maglione che non ti si può vedere».

In macchina, ha tirato giù lo specchietto e si è passata le dita sugli zigomi. Non voleva che in questura le si leggesse in faccia che era una madre incapace, di quelle che si perdono i bambini al mercato e che da grandi non li sanno tenere. Cercava di non far caso a Salvo che batteva l'indice sul volante. La irritava il gesto e anche il fatto che non dicesse niente, ci leggeva un'accusa implicita che non le sembrava di meritare.

«È impossibile che Tobia abbia fatto quello di cui lo accusano» ha detto poi, «Tobia non è uno così».

Salvo non ha risposto, al semaforo si è fermato col giallo e hanno atteso in silenzio che il verde tornasse. Col verde lui ha innestato la marcia, ma ha mollato troppo in fretta la frizione e il motore si è spento. Poi ha proseguito con una guida nervosa e indecisa, come se non riuscisse a prendere la via giusta.

L'ha incalzato: «Non dici niente?»

«Cosa devo dire? Sentiamo cosa dicono loro».

«Ma lo conosci Tobia, non è uno che...»

Ha riconosciuto lo sguardo: irritazione per quel vizio di spaccare il capello in quattro, l'urgenza di capire anche quando non c'è un accidenti da capire. Sentiva nel suo silenzio quello che le avrebbe urlato se non fosse stato l'uomo che è.

«Senti, Agata, sto come stai tu. Non voglio pensare adesso se è possibile o non è possibile. È la questura, non ti fermano perché hai fatto sega a scuola. Andiamo e sentiamo cosa dicono, se ce lo lasciano portare a casa o se serve un avvocato. Poi con calma pensiamo a chi è Tobia. Però adesso tu devi farmi questo cazzo di favore di stare zitta, perché non so nemmeno chi sono io e anche parcheggiare mi sembra una cosa che non so più fare».

Davanti alla questura, la piazza si rianimava con il rumore delle saracinesche. C'era un vecchio per terra a due metri dal posteggio, poggiava la testa su un cane nero, malconcio. Al loro passaggio l'uomo e il cane hanno aperto gli occhi e avevano tutti e due la stessa espressione, ma l'uomo si è rimesso a dormire mentre il cane ha seguito con il muso i loro passi. I suoi, Agata li muoveva incerta sul porfido scheggiato. Salvo le camminava alle spalle. Ha raccolto i capelli e le sembrava di sentire il suo sguardo sulla nuca scoperta, forse ha perfino desiderato che lui la guardasse e che posasse le labbra sul suo collo. Per un attimo solo ha avuto la voglia assurda di affondare la testa sul petto di Salvo prima di varcare il portone del palazzo. Sapeva che era un pensiero incoerente e infatti non l'ha assecondato, ma non ha potuto impedirsi di immaginare un abbraccio morbido e lento che li lasciasse sospesi per un po', prima che tutto cominciasse a correre sul serio. Era così facile, una volta, volersi bene.

A pochi passi dal portone Salvo si è fermato: «Agata, devo dirti una cosa sola, aspetta». Lei si è voltata e, davanti ai suoi occhi bagnati, lui non è stato più sicuro. Allora ha preso coraggio e l'ha inchiodato alla frase di prima: «Te lo ridico, Salvo: Tobia non è uno così». Lui non ha risposto, ma lei sa cosa avrebbe voluto dire: che Tobia è anche così, che forse da lui ha ereditato la tara di portarsi dentro un'ombra capace di rovinare tutto. Oppure che Tobia sta bene e che nessuno si è fatto davvero male, perciò la cosa migliore sarà stare ai fatti, non affrettarsi a pensare o dire cose che poi magari...

Si è voltata prima che potesse provare a dirlo. Ha rinunciato per tutti e due all'ultima della serie interminabile di discussioni che si chiudono sempre allo stesso modo.

L'accusa principale è vandalismo, colto in flagranza di reato. Hanno mischiato vernice rossa e sangue di maiale e deturpato il negozio della donna africana; poi hanno dato fuoco alle cassette della frutta e da lì è partito l'incendio. Se ne sono accorti subito, è andata bene così, ma c'era il caso che qualcuno si facesse male.

Salvo era livido. Agata poteva immaginare la sequenza del suo ragionamento: punto primo, Tobia non può aver fatto tutto da solo; punto secondo, è altamente probabile che sia stato lasciato da solo; e, dunque (questo è il terzo), che lo abbiano incastrato apposta, coprendo con quella specie di rito di iniziazione una trappola meschina. Per cosa? Per riderci. Si è fatto quest'idea, lo ha detto prima di salire in macchina, e adesso è dura levargliela:

Tobia è figlio suo, gli fa rabbia che lo abbiano messo in mezzo.

«Francesco c'era? E Yu, perché non eri con lui?» ha chiesto a Tobia piantandosi di fronte a lui, al centro del corridoio, e provando a incrociare i suoi occhi in fuga.

Un attimo dopo erano seduti tutti e tre davanti alla scrivania dell'ispettore. Tobia al centro, Agata e Salvo ai lati come due angeli custodi. Lei ha provato ad allungare la mano, ma Tobia l'ha ritirata nella manica della felpa, tre taglie più grande. Veste così adesso, affonda dentro agli abiti oversize, felpe e giacche sono il carapace con cui si protegge dal mondo. Ma non è così per tutti a quell'età? si domanda lei. Non cerchiamo ognuno un posto che sia solo nostro?

Salvo però non ci stava a lasciarlo rintanato lì, non aveva pazienza. «Cristo, Tobia, non lo capisci che ti hanno fatto fesso?» insisteva. E intanto Agata lo guardava passarsi la lingua sul piccolo piercing d'argento al centro del labbro inferiore, la prima cosa su cui non ha chiesto niente a loro, un mese prima: sfida o gesto d'amore e di fedeltà a sé stesso, vai a sapere.

Che suo padre urlasse non lo sorprendeva, ché non era la prima volta. Si stringeva i polsini della felpa nera e arancione, fissava un punto davanti a sé e, se gli avessero chiesto come stava, se gli fosse andato di rispondere a una domanda tanto stupida, Agata ne era quasi certa, avrebbe risposto che aveva soltanto una grande voglia di dormire. Da quante ore non dormiva?

Lei ha cercato con lo sguardo la finestra, si sente sempre a disagio quando Salvo alza la voce. «E adesso?» ha chiesto per uscire da una situazione che sembrava a tutti senza fuga.

L'ispettore era un uomo sulla sessantina, ventre abbondante e muscolatura rilasciata, da vecchio, occhi appuntiti però. Teneva le mani intrecciate sullo stomaco in una posa che ricordava quella di un prete di campagna. Ha spiegato quello che c'era da sapere trascinando le parole senza voglia: «Sentiamo cosa dice il pm e fortuna che vostro figlio è minorenne, probabilmente si arriverà all'archiviazione, concorderete un risarcimento... certo l'incendio poteva finire peggio».

«In ogni caso il fatto è grave, non si può archiviare come una bravata» ha concluso. «Se fosse figlio mio qualche domanda me la farei». Non nascondeva lo sforzo di prendersi una parte che non gli piaceva. Poi ha guardato il ragazzo, sollevato l'iPhone che stava sulla scrivania insieme alle cuffie e alle chiavi di casa. «Per ora questo lo teniamo noi, facile che tra foto e messaggi ci troviamo dentro tutto quello che non hai voglia di dirci. Però se parli è meglio, fidati».

Anche Agata ha guardato Tobia: fidati, pensava senza dirlo. Lui invece guardava senza vederli.

Così, per quel giorno, tutto si è ridotto a una faccenda di pratiche da firmare e di Tobia che si è calato addosso la maschera del guerriero, è tornato in un mondo suo che esclude sua madre, suo padre, tutti.

Quando gli hanno reso il portafogli, ha raccolto lo zaino, lo ha infilato sulla spalla destra e si è diretto obliquo verso l'uscita. Salvo si è trattenuto qualche minuto con l'ispettore, mentre Agata cercava inutilmente di stargli appresso. «Aspettami» ha quasi gridato, ma poi ha dovuto arrendersi a seguirlo con gli occhi mentre attraversava la piazza.

Salvo l'ha raggiunta dopo poco, ha detto: «Tieni» restituendole le chiavi dell'auto, e ha dovuto serrarle le dita perché era persa nei suoi pensieri. «Ehi, le chiavi!» ha dovuto ripetere per riportarla a terra.

Poi le ha preso il mento, ha accostato le labbra alla tempia sinistra e lì si è fermato. Agata ha percepito il suo respiro su di sé e una sensazione che conosce bene, perché Salvo ha sempre fatto così, anche quando le discussioni erano futili e amarsi sembrava facile. L'ha stretta più forte, lei ha sentito che in quell'abbraccio poteva sprofondare e allora si è sfilata.

«Chiamo mio fratello, vedo se ci segue lui» ha detto Salvo per nascondere la delusione.

«Chiama chi vuoi tu». E poi: «Senti, Salvo, sono stanca, dovevo essere in archivio due ore fa, non sono giornate in cui mi lasciano prendere permessi. Devo tornare a casa, farmi una doccia e andare al lavoro. Ci devi pensare tu a Tobia, almeno fino a questa sera. Ti prego, te ne devi occupare tu».

Lui ha scosso la testa: «Scordatelo, non puoi piantarlo, Agata. Chiami e dici che non ci puoi andare. Ci stiamo tutti e due a casa. Io da solo non servo, lo vedi anche tu, sono mesi che non mi parla».

Ha dovuto rispondergli che non lo stava piantando. Non è lei quella che se ne è andata: «Io ho sempre fatto quello che andava fatto, se c'è qualcuno da cui Tobia ha imparato che non si può sempre scegliere la vita che ci piace, quella persona è sua madre». Poi ha aggiunto: «Salvo, tocca a te, sei tu che adesso vieni a casa, ti piazzi sul divano e te ne stai lì anche se non ti parla. Ci stai e basta, fino a che torno. Quando è ora gli prepari due spaghetti. O non puoi? Dimmi che non puoi. Dimmi che devi andare da quella e dalla bambina».

Lui ha scosso la testa: «Angelica non c'entra, avevo un appuntamento di lavoro, ma non è quello il problema. Posso rimandare».

«Ecco bravo, rimanda».

Più tardi pettinava i capelli bagnati davanti allo specchio appannato. La bilancia davanti al lavandino segnava cinquantatré chili. Guardava il suo corpo liscio, chiaro, snello come non era neppure a vent'anni. La magrezza è l'unica gioia degli ultimi cinque anni: sentirsi dire che è in forma, entrare da H&M o in un negozio qualunque per comprare un abito da ragazzina: la pancia piatta, le gambe leggere, un posticipo di giovinezza strappato alla carne, ma per delusione e senza sforzo. Un privilegio, nel danno.

«Puoi capirmi, Mira? Continuerai a leggere le mie lettere o le cestinerai senza aprirle?»

# Tobia, Yu e il Colonnello

*Un liceo milanese, marzo 2019*

Prima che la campanella segni l'inizio dell'intervallo, Tobia ha preso questa piega di guadagnarsi cinque o dieci minuti in più camminando verso la porta dell'aula con lo sguardo al soffitto e un fazzoletto di stoffa colorata premuto sul naso, così non servono spiegazioni. «Va bene, esci, però devi farti vedere da un medico perché questa cosa capita troppo spesso».

Chiusa la porta alle spalle, butta il fazzoletto nel primo cestino per godersi con calma l'intera scelta delle macchinette.

Odia la folla, i rumori, ha fretta di tornare in classe. Perciò, dopo rapida riflessione, sceglie succo Ace (23) e monoporzione di noci macadamia, mandorle e uvette (47) – scelta sana e naturale, la sua signora madre, che poi sarebbe Agata, non avrebbe nulla da obiettare. Lo pensa con ragione, perché la sua dieta è stata ed è lo spazio di maggior controllo, la strategia che, quando era bambino, gli ha permesso di tenere a bada il disturbo che lo faceva sentire diverso da tutti.

«Fottutissimo Tobi». La voce di Yu Lin alle sue spalle lo coglie di sorpresa.

«Cosa?»

«Saresti fottuto, dato che hai finito il credito, ma io sono qui per ricordarti a cosa serve un amico».

«Grazie. No».

«Senti, ho capito che ti senti una merda, ma non vorrai mandare a puttane un'amicizia che dura da tutta la vita. Dunque ho deciso di accollarmi io il primo passo: ti perdono».

«Lascia stare».

«Sul serio, ti perdono. Hai fatto una cazzata, è palese, ma ti ci hanno portato, non era una cosa da te. Dunque io ti perdono».

«Non hai proprio niente da perdonare. Se anche avessi fatto una cazzata non riguarda te».

«Sicuro sicuro?»

«No. Cioè sì. Più che sicuro. Levati da me».

L'area sosta nel frattempo è diventata una calca. Tobia sfila la chiave e fa per andarsene. Al solito Yu, ostinato cinese, non molla.

«Ehi, ti serve una lezione sulla proprietà transitiva?»

«Anche no, grazie».

«E io ti faccio ugualmente una sintesi: la porcata che hai fatto con quegli stronzi fascistoidi... colpire in quel modo dei poveracci che non hanno mai dato fastidio a nessuno...»

«Oddiomio, poveracci. Yu, fammi capire: erano parenti tuoi? Erano, chessò, non dico cinesi, ma almeno coreani, vietnamiti, vagamente asiatici?»

«Dovrebbe fregarmi solo delle minchiate che fai a quelli con gli occhi a mandorla?»

«Fottiti, Yu. Dimenticami. Non mi pensare proprio. E, soprattutto, lasciami re-spi-ra-re».

Non hanno fatto più di trenta passi utili a raggiungere l'atrio, ma Tobia si sente al centro dell'attenzione di tutti. Agata sa bene quanta fatica gli costi mantenere il controllo di sé, quando sente le persone addosso, o troppo vicine. Lo sa per quanto hanno dovuto lavorarci.

Cinese di merda, pensa Tobia: la rabbia è tanta che non gli importa di inscatolare l'amico di sempre in una parola che per lui non ha mai significato niente. Però evita di guardarlo, rovista nelle tasche alla ricerca di qualcosa da masticare, mentre Yu gli allunga una barretta di cioccolato: «Ho anche moneta per la chiavetta se vuoi». Sono amici dai tempi delle elementari, Yu accudisce Tobia come una volta Agata faceva con Mira. O era Mira ad accudire Agata? Quale delle due era quella debole?

Cinese di merda, pensa di nuovo Tobia, scansando stizzito la barretta, che bisogno ha di essere sempre così incoerentemente buono? Quindi chiude gli occhi e stringe le labbra, tiene a freno l'istinto di urlare qualcosa, ma non ne avrebbe comunque il tempo perché in quello stesso istante una pressione sulla spalla lo avverte dell'arrivo di Diego. Anzi di Diego e degli altri, i fedelissimi del Colonnello che, non appena Tobia si volta, gli restituiscono uno sguardo metà saluto e metà intesa così ben coordinato da far sospettare ore di allenamento.

Tobia studia un gesto fluido per sottrarsi alla stretta di Diego e ritrovare la giusta distanza. Se gli amici di Diego dovessero fare un passo avanti griderebbe, sente già i loro corpi addosso. Non vuole reagire ma ha bisogno di spazio e di aria. Yu intanto si è smaterializzato, risucchiato dal casino, messo in fuga da Diego o da Dio sa che cosa.

«Grazie» fa il Colonnello.

«Grazie per cosa?» Tobia, dopo aver ritrovato un po' di calma.

«Grande Tobi! Hai ragione tu. Nessuno ha mai pensato che avresti parlato. Rispetto massimo, davvero. Per essere la prima volta che finisci nei guai, stai dando lezioni a tutti qui dentro, volevo dirtelo. Sacrificarsi così...»

«Nessun sacrificio» risponde Tobia e intanto sente la campanella e gli prende una gran voglia di vomitare. Il Colonnello è il tipo per cui si può usare l'espressione «quelli come lui» e condensare in tre parole un modo di pensare lontanissimo da quello con cui Agata e Salvo hanno cresciuto Tobia.

Aria, pensa, ho bisogno di aria, mentre il rumore della folla gli urla nella testa, moltiplicato dall'urgenza di essere solo. Gli serve un angolo di vuoto, infilarsi la musica nelle orecchie, dimenticare il mondo. Forse calcola quale conseguenza può avere fare le scale di corsa, appiattirsi dietro al platano o infilarsi nel deposito presidiato dal bidello con la faccia butterata da vecchio eroinomane (e c'è chi giura che lo sia stato sul serio).

«Non mi sacrifico. Non voglio proteggere nessun fratello» dice Tobia. «Non ho fratelli».

Scandisce l'ultima frase con un tono più alto e il rumore intorno a lui si abbassa. Non sa chi abbia smesso per primo di parlare, non guarda in faccia nessuno, ma sente su di sé gli occhi degli altri come si sentono le cose solide.

Ha il tempo di ricordarsi dell'ultima volta che Diego gli ha messo la mano attorno alle spalle – gesto non scontato per il suo aplomb camicia azzurra stirata senza riga e profumo Armani Young. Rinunciare alla distanza, invadere lo spazio, contaminarsi con uno come lui, un perdente come lui, per Diego ha una funzione precisa, è un messaggio rivolto a tutti. Ma per Tobia il contatto non è mai una cosa innocua, non gli piace essere toccato. Da bambino la sua sensibilità alla prossemica è stata un problema, crescendo ha imparato a non reagire, ma la noncuranza è artificio. Tobia è come un animale con un'elevata soglia di allerta.

La campanella suona di nuovo, mentre i tre hanno già voltato le spalle a Tobia e si separano a due metri dalla classe di Diego, davanti alla Tedeschi, la donna che ancora oggi ha le chiavi del destino di tutti, specie quando la sorte le assegna la doppietta fisica e matematica. Ogni anno giura che è l'ultimo, ma poi in pensione non ci va. Davanti a una così, solo Diego può azzardare la mossa teatrale, col gesto secco di battere i tacchi portando la mano alla fronte. La Tedeschi non si scompone, come può immaginare chi la conosce: «Mettiti pure a riposo, Colonnello. Ti avviso: oggi proprio non è aria».

Giornata di merda, vita di merda, pensa Tobia nell'atrio che adesso è deserto, prima che la voce della bidella lo riporti alla realtà: «Io dico che è meglio se entri in classe». Girato l'angolo del corridoio, però, infila la porta del bagno, mette la bocca sotto al rubinetto, prova a togliersi la sete prima di rientrare in aula con un ritardo di dieci minuti, la maglietta bagnata e una faccia stravolta che solo un anno prima sarebbe stata l'orgoglio di suo padre, Salvo.

Appoggia i gomiti sul banco dell'ultima fila, la guancia sul braccio, chiude gli occhi. Porta la mente nello spazio in cui il mondo scompare e il respiro torna facile. Non c'è ragione di avere paura.

*Interno milanese, stesso giorno*

Salvo si leva il casco sotto il portone, guarda i limoni del portico interno e avrebbe voglia di sedersi in terra con la schiena a ridosso della colonna, magari anche rollarsi una canna come gli capitava da ragazzo. A volte lo attraversano pensieri sciocchi, da adolescente appunto. Un brivido gli risale la schiena se pensa a tutto quello da cui si è tenuto alla larga quando aveva l'età di Tobia. È tornata l'eroina, gli ha detto un collega, l'eroina è la fata che si è portata via un paio dei suoi amici più cari.

Se prova a domandare cosa gira adesso, Tobia alza le spalle, giura che non lo sa. Gli crede, è facile credergli. Tobia la sera esce poco, se capita che esca torna a orari decenti, sospetti che, anche fuori casa, sia rimasto da solo e non ti viene di chiedergli dove va, se fuma o non fuma, se beve e cosa beve, se il sesso è protetto. Il sesso, poi, è fuori questione: non riesce a pensare Tobia in certi frangenti, gli pare troppo diverso dagli altri. Si chiede se si sia mai innamorato, se ha provato attrazione per qualcuna, qualcuno. Ma sono cose di cui nessuno dei due parla.

Tobia non dà i problemi dei figli degli altri, la notte dell'arresto è stata un episodio unico, qualcosa da archiviare. L'hanno messo in mezzo, Salvo è andato in fissa su questo, si giocherebbe la testa che anche in questura si sono fatti la stessa idea. Come si fa a credere che suo figlio abbia fatto quello di cui lo accusano? Anche solo pensarlo lì, sulla scena dell'incendio, ha dell'incredibile.

Ma ci pensa di continuo, anche ora, mentre si sfila gli abiti zuppi e li butta nel cesto, perché ad Angelica non saltino i nervi appena mette piede in casa. Le manca solo di raccogliere i panni suoi con tutto il carico che si ritrova addosso, tra la bambina, la tesi che non si scrive di certo da sola e sua madre che non la smette di starle sul collo. Invitarla pareva la soluzione, ma averla attorno ha un costo che non avevano messo in conto quando Angelica ha composto a memoria il numero che in rubrica non teneva più. Adesso è pentita, dice che c'era una ragione per starle lontana, scarica la sua rabbia su Salvo, come fosse stata sua l'idea. E invece no.

Sotto la doccia Salvo intona in falsetto lo spot a cui sta lavorando: «La donna Gil Boudier è curiosa, intelligente, ironica, sa ridere di sé stessa ma soprattutto degli altri». Praticamente una stronza, pensa. L'ha detto infatti. Il copy ha finto di non sentire, ma il cliente ha guardato Salvo, poi il suo capo, poi di nuovo Salvo, finché qualcuno ha trovato una battuta per rompere il silenzio. Troppo tardi comunque. Lui è uscito dalla riunione senza salutare, la notifica l'ha raggiunto prima che arrivasse in strada.

*Lascia stare i testi, ti paghiamo per altro. O ti fa schifo quello che ti diamo?*

Il riferimento ai soldi è un pugno in pancia, pochi o tanti i soldi sono l'arma con cui il mondo ti tiene per le palle. Dice scegli: bolletta della luce o asilo di Livia? E prima: una casa per vivere con Agata e Tobia o tour con i supporter dei Van Pelt? E allora al diavolo i Van Pelt solo rimborso spese vive, se Agata è incinta e i suoi occhi che ridono ti esplodono dentro.

Agata, poi Tobia, adesso Livia, piccola principessa... Scegli loro perché non puoi avere tutto e passi il resto della vita a ripeterti che tornando indietro rifaresti quello che hai fatto. Lo giuri, però sai che c'è una parte di te che ha smesso di crederci e si chiede come sarebbe andata se invece... È la parte che non si accorge che nell'elenco delle sue persone Angelica, la sua compagna, non c'è.

Pensa a suo padre: non è arrivato alla terza media, aveva un mestiere che gli rompeva le mani e lo stesso riusciva a stringergli la spalla e a mettergli in riga i pensieri. Poche parole, per l'idea che sulle cose piccole insistere non ha senso, perché non è lì che sta la virtù. Le volte che ha tirato fuori una frase intera quella è diventata un tatuaggio. «Con le femmine, Salvo, conta essere giusti e il contrario di essere giusti si dice *furtari*, rubare». Lui allora alzava le spalle, ma era per non dare a vedere che si sentiva punto sul vivo.

Donne gliene sono arrivate tante, vuoi la musica, vuoi il sorriso bastardo ma buono, così dicevano. A volte si divertiva a ripeterlo agli altri: «Mario, vacci piano, che val di più essere giusti che rubare». E tutti a ridere, perché si sapeva da chi veniva la frase e ci sono età in cui è anche bello rubare. Anzi erano proprio loro, le femmine, che sembravano divertirsi a farsi rubare.

Poi è arrivata Agata, la prima volta in montagna e di venerdì 17, coincidenza da scappar via. Aveva capito in un momento cosa voleva dire essere giusti. Lo aveva capito perché d'un tratto la felicità di Agata, ma nemmeno la felicità che è una parola che suo padre non avrebbe mai usato, la sua contentezza, quel suono che le restava in gola quando lui le faceva bene, erano diventati la bussola di tutto.

A volte vorrebbe ripetere anche a Tobia che vale di più esser giusti, ma poi lascia perdere perché gli manca la storia netta di suo padre. Il mestiere per esempio c'è e non c'è. Come fai a chiamare mestiere la musica usata per vendere cose che non compreresti mai? Forse suo padre non l'avrebbe mai messa così, ma è un fatto che lui le mani non se le spacca e con Agata non gli è riuscito d'essere giusto fino in fondo. Neanche lei, a dirla tutta, ma questo non cambia le cose.

Che lei avesse una storia lo sapeva da anni. Non da subito certo, o forse sì dato che il nome di Davide entrava nei loro discorsi da sempre, tutte le volte che le cose non giravano bene. «Ho due mondi, finirò in quello in cui tu non ci sei e non posso sperare che tu mi venga a cercare, perché non te ne importa abbastanza». Lo diceva ogni volta che litigavano forte e lui, coglione che era, ci aveva messo una vita a capire che la minaccia non era uno scherzo.

«Non ti frega che ci sia stata a letto e che possa andarci ancora?» Salvo non rispondeva. Gli fregava? Aveva l'impressione che non fosse quello il punto. «Mi frega che ogni volta che stiamo bene, tu scappi».

Poi scivolava sopra di lei, cingendole i polsi dietro la testa, ma piano. Prima di baciarla si fermava a guardare i suoi occhi nocciola e le pieghe sottilissime che davano allo sguardo l'intensità di un sorriso. Sentiva il petto largo di una gioia e un orgoglio che, anche se non ci pensava, arrivavano dal mestiere di suo padre, dalla fatica che gli sporcava le mani di olio, vernici, benzina, macchie che nessuna pasta lavante cancellava del tutto. Era un orgoglio che forse veniva anche dalla musica che suonava allora. Voleva fare le cose per bene. Succedeva all'inizio, poi più.

Non serve il bilancio delle colpe e dei meriti, però solo lui sa cosa vuol dire consumare sigarette con il naso in su, percorrendo sotto la pioggia via Silvio Pellico, senza riuscire a mettere insieme un discorso utile a riportare sua moglie a casa.

Piove sempre nei suoi ricordi più bastardi, spesso su Milano si sfoga a fatica un cielo grigio e pesante che assoceresti a Londra o a Rotterdam. Anche quella volta, veniva giù una pioggia che non era nemmeno pioggia, leggera, inutile, come una specie di vapore diffuso che rendeva tutto grigio e lucido. Quando Agata era uscita dal portone, Salvo, che l'aspettava all'angolo, si era preso il tempo di buttare il mozzicone a terra e schiacciarlo dentro una pozzanghera. Lei si era incamminata nella direzione opposta, con le braccia strette al petto come quando aveva freddo, la camminata decisa di una che sa dove andare o vuol dare quell'idea. L'aveva seguita fino a via Santa Margherita, sempre sul punto di chiamarla, ma frenato da una rabbia ottusa, per aver scoperto di sé d'essere quello che spia sua moglie per strada. All'incrocio lei si era fermata e aveva lasciato andare le braccia lungo i fianchi. Ancora un po' e dondolava sulle caviglie sottili che facevano capolino tra il pantalone bianco e la ballerina blu.

E lì, proprio lì, Salvo aveva capito qualcosa che lo aveva fermato del tutto: poteva chiamarla, spingerla ad ammettere di essere la merda che era, ma, se lo avesse fatto, non gli sarebbe più riuscito di fermare la tempesta che gli rovinava dentro. Rovesciare su di lei le colpe di entrambi non equivaleva a rubare? Era rimasto lì e in quell'indecisione si era fumato l'istante in cui avrebbe potuto soffiare forte e buttare giù il castello di carte e Davide e tutto il resto. Conta essere giusti, si era detto, cacciando indietro il sapore amaro che gli risaliva dalla gola e sfilando dal pacchetto un'altra sigaretta.

Adesso stende la tovaglia pulita sulla tavola, mette da parte i pensieri e apre il frigorifero: costolette di agnello in salsa di senape, insalata di arance e riso nero.

Angelica è all'università, Livia ancora al nido: ha almeno un paio d'ore da passare con Tobia, prima che la madre di Angelica rientri con la bambina. A quel punto Tobia non ci sarà, perché l'accordo prevede che Salvo non lo costringa ad avere rapporti con Livia. Hanno fissato la regola nell'urgenza del primo momento, quando la scoperta di una sorella già nata aveva sconvolto Tobia. Da allora fanno dieci mesi, ma per Agata un patto è un patto: così restano tutti fedeli a una regola che, a dirla tutta, adesso non servirebbe più.

In una zuppiera unisce al succo d'arancia una parte della polpa, quindi due cucchiai di mostarda rustica, qualche goccia di aceto balsamico e i semi della senape polverizzati tra due veli di carta da forno con il pestacarne. Trita il rosmarino con il coltello di ceramica, aggiunge l'olio extravergine, mischia tutto. Mette una cura particolare per operazioni che al mixer non chiederebbero più di un minuto. Poi rovescia la marinata sulle costolette d'agnello e le copre con la pellicola perché riposino in frigorifero. Pulisce e taglia i finocchi a listarelle sottili, li adagia sul songino, decora con fettine d'arancia e pepe rosa. Svuota in un padellino piccolo la scatola di fagioli bianchi all'uccelletto precotti, aggiunge anche a quelli un filo d'olio e un po' di peperoncino per coprire il sentore di glutammato. Cucinare gli piace, ma non vuole strafare perché anche l'affetto di un figlio è qualcosa che non puoi rubare.

L'autunno di due anni prima, con Agata e Tobia in Portogallo, ogni cosa era perfetta, limpida come la luce di Lisbona. O magari la perfezione nasceva dall'imminenza della fine, che dà a ogni piccolo particolare un senso e un gusto che prima non aveva. Cercava il momento giusto per dire che Angelica aspettava un bambino, ma gli mancava il coraggio.

Angelica si era infilata nel lavoro e nella sua vita con la sicurezza di una che c'era sempre stata. Non era il tipo che Salvo avrebbe mai scelto, ma si era offerta per una serata divertente, le serate erano diventate due, poi tre, un piacevole diversivo, quindi un'abitudine confortevole nel gelo che ormai divideva lui e Agata all'interno della stessa casa. Era finita che Agata li aveva scoperti o Salvo si era lasciato scoprire. Si era trasferito da Angelica perché non aveva un altro posto in cui andare e lì era rimasto, per inerzia e mancanza di alternative. Tutto questo senza mai smettere di amare sua moglie, per di più riamato. Tobia, come un elastico, garantiva la giusta distanza e in quella, a poco a poco, come succede, erano tornate la curiosità e la leggerezza che la convivenza aveva soffocato. E dunque cene comuni per il bene di Tobia e per la stessa ragione anche qualche weekend nelle capitali europee, persino una settimana al mare in agosto. La famiglia ricomposta, insomma, ma senza le bufere di prima e senza le aspettative in cui va a finire l'incoscienza dei primi tempi. Qualche volta erano finiti a letto, era stato molto bello e si erano detti che la bellezza stava tutta nell'esserci arrivati senza intenzione. Chi ha detto che la poligamia è il problema degli stati teocratici? gli aveva scritto Agata una volta e lui non aveva capito se il messaggio comunicasse ironia o amarezza.

Di fatto, la ricetta sembrava perfetta, l'equilibrio ideale anche per Angelica e per il suo piano di costruzione familiare. Perché avesse scelto proprio lui per realizzarlo era un mistero: forse il tacco disinvolto e l'inglese perfetto dissimulavano un'ingenuità schietta, come la provincia da cui arrivava, oppure il dubbio di non poter puntare più in alto. Per Salvo conta che Angelica gli si affidi come Agata non ha mai fatto: c'è qualcosa di commovente per lui nella fragilità e nell'energia impiegata a nasconderla.

Due anni prima, in una domenica di settembre, da Londra decollava un aereo diretto a Malpensa, con la pancia piena di adolescenti scomposti e nessuno che esprimesse una pronuncia buona abbastanza da giustificare la distanza, il tempo, la spesa; tra questi, anche Tobia, l'unico felice di tornare. Nello stesso istante, Salvo si allacciava le Converse seduto sul bordo del letto. Angelica alle sue spalle, sveglia e silenziosa, aspettava che proprio il suo silenzio lo spingesse a voltarsi. Si era voltato infatti e lei aveva pronunciato le sue tre parole concise con uno sguardo né grave né lieto: aspettiamo un bambino.

Se fosse dipeso da lui, Livia non sarebbe mai nata. Se aveva avuto un padre, lo doveva alla pacatezza con cui Angelica aveva lasciato che sfogasse la furia a parole e si sbattesse la porta alle spalle. E, se oggi ripensa a quel giorno, l'immagine più definita è proprio il corpo abbronzato di Angelica tra le lenzuola di lino color salvia, lo sguardo fermo con cui lo aveva guardato. Sono così le madri? si era chiesto lui che aveva quasi dimenticato la sua e che in Agata non aveva mai visto la stessa serena determinazione.

Il primo silenzio è paura, il secondo è scelta, dal terzo in poi sono tutti anelli di una lunga catena di omissioni. Nel tragitto verso l'aeroporto superava una macchina dopo l'altra, sentendosi impotente come un bambino. Conta essere giusti, non rubare: ma cosa voleva dire essere giusti nel suo caso? Chi è il ladro, quando senti che ti stanno strappando qualcosa?

Tra le bugie di quei mesi surreali ci sono gli abbracci al tramonto davanti alla foce del fiume Tago, i selfie fatti in tre, la disinvoltura con cui lui addenta il quinto pastel de Belém davanti alla faccia disgustata di Agata e alla risata di Tobia. Tobia che a casa non ride e che invece in quei giorni è rilassato e sciolto come non è stato mai. Con l'auto presa a nolo avevano raggiunto Nazaré e nei pressi del faro si erano lasciati scuotere da un vento che a novembre era quasi bufera, stretti per mano davanti alle onde più alte che avessero mai visto.

E lì aveva anche provato a dire la verità, con lo sguardo fermo sull'orizzonte e sussurrando nel vento quello che stava per capitare e persino come fosse bastato un momento, una stupida distrazione e nessuna intenzione, per trovarsi padre la seconda volta. Ma il vento era forte e il ruggito del mare aveva coperto i sussurri. Agata aveva sciolto la mano per sistemarsi la pashmina attorno al collo, sotto il cappuccio della cerata, Tobia si era sfilato una cuffia e gliela porgeva.

*Losing My Religion*, i Rem.

Suo figlio davanti all'oceano con i Rem nelle cuffie e una canzone da condividere.

*I thought that I heard you laughing,*
*I thought that I heard you sing,*
*I think I thought I saw you try...*

Una canzone vera, ereditata e poi scelta, non quella musica lisergica e anestetica in cui Tobia si imbozzola adesso. Non gli era riuscito di spezzare l'incanto. Chi non lo assolverebbe per non averlo fatto? Nessuno spazio per la verità, nessuna cattiva notizia: una scena sospesa tra preghiera e profezia, davanti all'oceano.

Livia era nata in primavera, benedetta dall'alba del 21 maggio, dopo sei ore di travaglio terminate con il cesareo. Mentre Angelica e la bimba dormivano e la madre di Angelica presidiava il territorio come un soldato, Salvo aveva lasciato la stanza per chiamare Agata. «Devo parlarti, ma al telefono non si può. Mi raggiungi?»

Era solo una serie di quattro parole, aveva pensato poi, dopo averle pronunciate. Non serviva nemmeno prendere fiato, non c'erano scuse per aver taciuto tanto a lungo.

Dieci mesi ed era ancora fermo a quella mattina, la stessa vergogna di Nazaré, ma più forte, perché davanti a lui Agata portava una mano alla bocca per soffocare un grido, mentre con l'altra cercava di ancorarsi alla ringhiera che sormontava il muretto d'ingresso della metropolitana. E proprio lì, mentre lei si piegava per resistere a un dolore che pareva di carne, lui si scopriva a fare lo stesso – due corpi feriti in una via deserta, che a poco a poco cominciava a riempirsi di gente. Chi passò accanto a loro ebbe l'impressione che avessero entrambi interrotto una corsa per mancanza di fiato, come due maratoneti esausti: stessa posizione, stesso ritmo del respiro, stesso sguardo proiettato all'interno.

«A Tobia lo diciamo insieme» Agata, quando il battito era tornato normale. «Domani, dopo la scuola. Due regole: la prima è che, se lui decide di non rivederti mai più, tu fai quello che dice lui, perché pensare che sei morto è un suo diritto. La seconda è che a me di tua figlia non importa: non esiste lei, non esiste sua madre. Ne nascono quanti nel mondo di bambini? Centocinquanta al minuto? Questa vale come gli altri centoquarantanove. Sei tu che mi dici che è nata, per me lei non esiste, come è nata, è anche già morta. Domani, dopo scuola, alle due. Tu vieni, glielo dici e poi puoi morire anche tu».

Era finita con Tobia che ascoltava muovendo gli occhi da lui a lei, come lo spettatore di una partita di tennis. E quello che ti spezzava il cuore era il suo sguardo serio, adulto; lacrime poche, come fossero le lacrime di qualcun altro. Agata gli teneva la mano e Salvo non la smetteva di parlare, perché parlare era l'unica via per rimandare la separazione e confidare ancora un poco nell'ipotesi assurda di riguadagnare un diritto che aveva perso tacendo. Alla fine era stato Tobia a dettare il tempo per tutti: «Va bene, io però non voglio averci niente a che fare». Quindi si era alzato, aveva raggiunto la porta di casa, preso al volo il giubbino ed era uscito. Agata aveva aperto le mani, guardato stupita sui palmi l'impronta delle unghie di suo figlio.

Cose vecchie. Dalla nascita di Livia, si è definito un equilibrio nuovo, bello no, ma comunque accettabile. Ci si abitua a tutto: non lo ammetteresti mai, ma si nasce, si muore, si prova amore, gelosia, invidia anche sotto le bombe, vivere è sempre vivere, sotto qualunque cielo.

E nessuno è mai morto per amore, anche se le ferite del disamore, e dell'amore maldestro, hanno scavato trincee, costruito palizzate, a volte pacifiche e fragili, altre inamovibili come il vallo di Adriano. Le palizzate che alziamo sono cicatrici guarite male, lì restano i segni che ci facciamo stando insieme.

Come sono le ferite di Tobia? Su cosa si fonda la speranza che tra loro non ci siano muri?

Salvo scola il riso, infila nello stereo un cd dei Rem. Aspetta.

## Una che non sa quel che cerca

*Milano, marzo 2019*

Agata davanti a casa di Arturo. Quando Fatima esce la segue a distanza, protetta dalla gente, e per la prima volta si accorge che zoppica: una cosa impercettibile in effetti, che non le impedisce di portare gli zatteroni alti, compensa con la velocità un appoggio incerto. Mischiandosi alla folla sceglie la porta sul fondo dell'autobus e lì si siede, mentre l'altra ha trovato posto davanti, proprio alle spalle dell'autista.

Passano davanti allo stadio, Fatima guarda fuori, le sembra tranquilla, non le pare che faccia caso a lei. Così quando scende la segue e cammina al suo passo zoppicante per altri cinquecento metri, fino all'enorme piazza rettangolare su cui affacciano otto casermoni grigi. Per raggiungere il suo, Fatima attraversa i giardini con pochi alberi nuovi e spogli e i giochi di cemento: tunnel simili a quelli in cui Agata e Mira giocavano a nascondersi fuori da scuola; solo che oggi i tunnel di cemento sono colorati dentro e fuori e al colore si sono aggiunti graffiti incomprensibili, disegni volgari, frasi come «Dennis frocio di merda» e «Marlene tornatene a casa».

Agata resta lì, mentre Fatima taglia i giardini e sul portone incontra una donna araba vestita di nero che trascina un carrellino per la spesa di tela scozzese. Si scambiano qualche parola, l'araba si china, infila il braccio nel carrello e ne cava un'arancia. Vuole mostrargliela, la tiene tra le dita e annuiscono entrambe. Poi Fatima prende l'arancia e l'accosta al naso: sorride, la mette in borsa, e dice qualcosa che fa ridere la donna prima di salutarla.

Infila la chiave nel portone, è già sul punto di entrare, poi si volta: per Agata giusto il tempo di abbassare gli occhi e tornare a guardare da quella parte e la vede muoversi nella sua direzione. Per un attimo pensa che voglia raggiungere la donna araba, che infatti ha appena superato il punto in cui lei si trova. Gli occhi di Fatima non la cercano, non c'è ragione di pensare che voglia qualcosa da lei. Agata è stata proprio attenta a non farsi riconoscere, ma prova la fibrillazione della ladra che sta per essere scoperta.

«Vuol salire?» Fatima, appena a portata di voce.

«Dice a me?» Finalmente si guardano.

«Mi ha seguita fino a qui. Possiamo sederci sulla panchina e può spiegarmi perché, oppure può salire da me. Le mie gambe sono troppo stanche. Non posso stare in piedi».

«Io... Sono la madre di Tobia».

«Sì. Questo lo so. Agata, giusto?»

«Non ci hanno mai presentate».

«Mi chiamo Fatima. Allora che fa? Sale o ci salutiamo qui?»

L'atrio del palazzo odora di disinfettante, aglio e cumino. Nell'ascensore stretto nessuna delle due parla. Fatima apre la porta su un corridoio poco illuminato con i muri color ocra e, lungo la parete destra, una lunga panca di legno e velluto verde su cui posa la borsa. Si leva le scarpe tenendo una mano sulla maniglia della porta. Poi la guarda e lo sguardo è un invito a fare lo stesso.

In fondo al corridoio c'è la stanza principale della casa, un po' salotto un po' cucina: mobili e tavolo arancio, la cucina economica di smalto bianco, un divano marrone coperto da un telo colorato. Fatima si avvicina al lavandino e riempie il bollitore.

«A quest'ora io bevo sempre il tè».

La casa ha un profumo speziato ma leggero, niente a

che vedere col miscuglio di odori da cui sono state investite varcando il portone.

«Ho i datteri ripieni. Le piacciono i datteri?» Si avvicina al frigorifero ma non lo apre, guarda Agata con aria interrogativa.

«Il tè andrà benissimo. Non mangio dolci».

Fatima si siede e con la mano fa segno di fare lo stesso. Agata sente le piastrelle fredde sotto la pianta dei piedi nudi, li incrocia perché la punta delle dita resti l'unico contatto con il pavimento.

«Mi chiamo Agata. Sono la mamma di Tobia» ripete.

«Sì, questo lo ha già detto. Come posso aiutarla?»

«Vorrei sapere di più del signor Gargano». Sorride con un po' di imbarazzo, sotto lo sguardo indagatore dell'altra.

«E perché non chiede al signor Gargano? O all'associazione, sono loro che gli hanno mandato Tobia, giusto?»

«Certo, ha ragione, ma parlare con lei mi è parso... meno invadente. Le sembro una pazza, vero?»

«Pazza no. Una che non sa quel che cerca».

«Non è che mio figlio racconti molto, ma mi sembra, non so come dirlo, parecchio coinvolto dai racconti del signor Gargano. Ho scoperto che è stato anche in biblioteca, a quanto pare, si è messo a fare ricerche per conto di quell'uomo. O almeno questa è l'idea che me ne sono fatta io».

«Davvero io non so come posso aiutarla».

«Dice che il signor Gargano vede una persona che nessun altro vede. Io non capisco: l'associazione per cui Tobia sta lavorando ci ha detto che era cieco e invece ho l'impressione che i suoi problemi siano d'altra natura. Sbaglio? Se così fosse vorrei saperlo: per Tobia, perché non si lasci convincere di cose che non sono vere. Io sono...» ma non trova una definizione adatta.

«Allarmata?» la anticipa l'altra.

«No, forse questo è troppo. Diciamo curiosa».

«Davvero è la curiosità che la porta fin qui?»

«Curiosità e perplessità. Forse anche un po' di apprensione, in effetti. Mi piacerebbe capire che cosa passa nella testa di Tobia, è un momento così particolare per lui. E Tobia è sempre stato un po'... speciale, ecco».

«Conoscere i pensieri di un figlio, questa sì che è una sfida» Fatima, alzandosi per versare l'acqua bollente nella teiera. «Perché ne chiede conto a me?»

«Lei è la badante del signor Gargano, speravo che potesse dirmi qualcosa di lui».

«Non sono la badante. Ad Arturo non serve una badante» la corregge calcando sull'ultima parola. «Mi dica: esattamente cosa vuole sapere. Vedrò se posso aiutarla».

«Tobia dice che è africano. Mio figlio è ossessionato dalle storie degli italiani d'Africa. Io lavoro all'Istituto storico, se fosse una cosa che riguarda la scuola potrei aiutarlo, ma sembra che con me non voglia parlarne».

«Mi faccia capire: lei mi ha seguita fino a casa perché a Tobia piace la storia e non vuole parlare dei suoi interessi con lei che è sua madre?»

«Sembra folle, vero?»

«Folle no. Sembra il pensiero di una donna che non sa quel che cerca».

«C'è qualcosa che... Tobia sembra cambiato, anche in meglio, non voglio che mi fraintenda. Saprà anche lei che si era cacciato nei guai, la ragione delle ore che trascorre dal signor Gargano nasce da lì». La scruta per capire quanto sappia. «In queste settimane è più presente, ho l'impressione che le cose che fa siano più... finalizzate, se capisce quel che intendo. Dovrei essere contenta. E sono contenta. Credo anche che fosse questa l'intenzione del progetto che lo ha coinvolto. Però non riesco a levarmi l'impressione che il signor Gargano abbia troppa influenza su di lui. Questa storia della cecità che non è cecità e del fatto che vede i morti...»

«Tobia le ha detto così? Che Arturo vede i morti?»

«Una morta, esattamente. Ma poi non ha voluto dire di più».

«E adesso lei teme che suo figlio possa... contagiarsi? Che diventi, vediamo... pazzo?» Sull'ultima frase alza un po' la voce e spalanca gli enormi occhi neri prima di scoppiare in una risata. L'espressione di Agata tradisce sconforto e umiliazione.

«Semplicemente non vorrei che la sua testa si stesse riempiendo di sciocchezze. Di lui ormai so pochissimo: con me non parla, mi sembra di perderlo».

«Non mi pare che si possa perdere quel che non si è mai avuto».

«Lei non ha figli, immagino».

«Due. Entrambi molto lontani».

Finalmente si guardano e Agata sente che possono parlare davvero. Scopre dov'è nata Fatima, cosa l'ha spinta a partire, l'arrivo difficile, i lavori assurdi che all'inizio si è trovata a fare. Del signor Gargano, però, nulla.

«Lei sa cosa succede quando due anime hanno intrecciato profondamente le loro vite?»

«Non saprei».

«Parlo di amore. Vuol farmi credere che non ha mai amato?»

«Non ne farei una questione di anima». Sorride per levarsi dall'impiccio del suo sguardo, che invece insiste su di lei. Sente che sta dando di nuovo troppo potere ai suoi occhi.

«Eppure il punto è tutto qui: quando due anime si scelgono, la loro storia non è più una storia individuale. Probabilmente suo figlio ha scoperto questo e dal momento che è un ragazzo sveglio vuole capirne di più. Cosa la preoccupa? Perché non può fidarsi di lui? Arturo è l'uomo più buono che io conosca, le cose di cui parla non possono far male a nessuno».

Agata cerca di capire almeno da quanto tempo lei e l'uomo si conoscono e come sono diventati amici.

«Bene, lei ha ragione, non le ho detto che accompagno i morti: è il mio mestiere in effetti. Non mi guardi con quella faccia, però, non sono l'angelo della morte, più prosaicamente, come dite, lavoro in un hospice. Infermiera professionale. Però una parte importante del mio lavoro è la preparazione delle salme. Quando Arturo ha avuto l'incidente, sembrava non volesse svegliarsi più. Poi è tornato, ma i suoi occhi hanno smesso di vedere come vedevano prima. Io mi ero affezionata e ho deciso che non mi andava di lasciarlo da solo. I miei figli sono grandi, il marito si è trovato un lavoro che non scade ogni sei mesi, non ha più i tormenti di quando eravamo giovani, così, grazie a Dio, non dà più il tormento neppure a me. Sono padrona del mio tempo e ho scelto di occuparmi di Arturo».

Agata ferma con un gesto della mano il tentativo di versarle dell'altro tè speziato. Le pare che berlo la renda ancora più confusa.

«Le visioni di cui mi ha parlato Tobia sono... Cosa? Nostalgia di una donna che ha amato? O un sintomo del suo disturbo dopo l'incidente?»

«Ci crede se le dico che non lo so? Chi può dire cosa sono? Io no» alzando le mani. «Senta, io vengo da un popolo che sa cos'è l'ospitalità. Questa conversazione non è abbastanza: lei deve tornare a trovarmi e io cucinerò per tutte e due».

«È davvero gentile ma...»

«Agata, giusto? Sarò sincera, credo che lei abbia proprio bisogno di qualcuno con cui parlare e io sono un'ottima ascoltatrice. Oltre che una brava cuoca».

Qualche minuto dopo Agata lascia l'appartamento con la testa ovattata, chiedendosi se Fatima non abbia messo qualcosa di strano nel suo tè. Nel tragitto che la riporta a casa controlla la posta in arrivo dal cellulare. Nessun messaggio da Tobia, ma forse c'è ancora qualcosa che deve dire a Mira. Digita la sua nuova mail mentre l'autobus salta sulle buche, e dai finestrini abbassati arrivano i rumori di un traffico barbarico e ostile.

# L'Orto di Feven

*Milano, marzo 2019*

Conosceva la donna del negozio danneggiato da Tobia. Le piaceva passare all'Orto di Feven dopo il lavoro, acquistare il miele, i formaggi, la crema per le mani al latte di capra. Il ragazzo al banco, in principio, era certa che fosse figlio suo, invece pare che non sia così e forse è anche meno giovane di quel che pensava. Feven ha due botteghe, un commesso in ogni bottega, quello che Agata ha conosciuto è somalo, sciocca lei che ha visto in due facce dello stesso colore la stessa fisionomia.

Feven compare al negozio due volte a settimana, il martedì e il giovedì. Il lunedì viene solo per le consegne e sistema sugli scaffali il suo carico di verze, cipolle, cavolo nero, rape e carote, quand'è stagione le mele (piccole, rosse, profumatissime). Il giovedì mattina si trova il pane cotto nel forno a legna, ma la cosa che Agata apprezza di più sono le verdure pulite e tagliate già pronte per essere cotte: il minestrone, la caponata con i capperi e le olive verdi, il misto per risotto primavera, vari tipi di vellutate e le insalate con i semi.

«Fai tutto tu?» le ha chiesto una volta.

«Quasi. Non sono sola. Però il pane sì, mi piace impastare. Permette?» ha aggiunto poi oltrepassandola per controllare il prezzo dell'aceto di mele. La risposta è stata gentile, ma avvertiva che un confine c'era e lei non ci aveva badato. Avrebbe voluto scusarsi: c'era una soglia e lei non l'ha vista, si è lasciata andare a una confidenza irriflessa. Feven sorrideva in ogni caso, un sorriso mite, familiare, che tutto a un tratto le ha ricordato la madre di Mira da giovane. Prima non ci aveva mai fatto caso.

Settimana dopo settimana è diventata una cliente abituale: Feven la accoglie come una che torna, ma non è che dopo mesi si sia decisa ad accompagnare il sorriso con il tu. Risponde ai saluti con cortesia ma la gentilezza resta professionale, non suggerisce nessuna affinità. Stupisce, perché invece il ragazzo offre a tutti una cordialità vivace, che invoglia a parlare.

Feven porta guanti di maglia che lasciano scoperti i polpastrelli, così conta i soldi, risponde al telefono e batte gli scontrini. Se Agata le parla, gli occhi restano fermi: forse è diffidenza, forse vuol essere sicura che non la si giudichi da particolari che non valgono niente.

«La fattoria dov'è?» ha chiesto un'altra volta, stando bene attenta a evitare l'apostrofe, perché non sembrasse una ritirata tornare al lei dopo il tu.

«Concenedo, Valsassina, non tanto lontano».

«Quanti animali?»

«Per ora trenta capre, dodici galline, due cani e un'asina. Ma non voglio fermarmi. Ah, poi i gatti, ma quelli è difficile contarli». Il sorriso si è aperto, ma il telefono ha squillato e lei con lo sguardo ha cercato il ragazzo.

«Fa piacere che qualcuno abbia voglia di crescere» ha detto Agata.

E l'altra: «Non è tanto difficile, basta partire da molto in basso». Poi ha sorriso di nuovo, come per scusarsi. «In realtà è solo un modo di dire delle mie parti».

Ha risposto distrattamente con il cellulare stretto tra l'orecchio e la spalla, mentre continuava a battere i prezzi. Nella sua lingua ha dato alcune secche istruzioni alla persona che aveva chiamato. Poi ha battuto la mano sul banco, pareva seccata. «Oggi il pos funziona male. Posso segnare, così mi paga la prossima volta».

«Ho i contanti».

«Sì, ma preferisco il pos. Questo mese sono già venuti tre volte per il controllo». Con lo sguardo ha indicato un cartello in tre lingue: «Sopra ai cinque euro solo pagamenti elettronici. Così la cassa resta vuota e non corriamo rischi di furti né di multe».

Ad Agata è venuto spontaneo infilare le mani in tasca – soggezione, premura sciocca, la paura d'essere riconosciuta come la madre di Tobia, dalle mani, dalle impronte digitali? La mente è strana a volte. Ma è difficile che Feven sappia che suo figlio è il ragazzo di quella notte. Dei danni al negozio non hanno mai parlato.

Lei però sa. Quando il commissario ha fatto il suo nome, quel che Tobia ha combinato ha preso una consistenza diversa. Cerca di spiegarlo a Mira:

*Conosco la via, il posto, la risata del ragazzo sorpreso al telefono un pomeriggio che la serranda era già alzata e io sono entrata per sbaglio prima dell'orario di apertura. Ho visto le mani della donna sfrondare le foglie del cavolo prima di metterlo sulla bilancia. Di lui so la risata, di lei la pelle screpolata alla base delle unghie.*

«Il negozio, io so qual è» ha detto a Salvo in questura. «Ci passo qualche volta dopo il lavoro».

Tobia firmava un documento nell'altro ufficio. Lei e Salvo erano rimasti soli. «D'estate vendono anche il gelato di capra, pochi gusti, buono. Non ha nessun senso prendersela con gente così».

Salvo taceva, aveva l'impressione di parlare da sola. Poco prima, dalla lettura del verbale, avevano saputo il modo in cui i ragazzi avevano dato fuoco agli scaffali di legno grezzo che di giorno sostengono le casse di frutta e verdura (la notte non li ritirano mai, sono cose che nessuno ruba). Le toglieva il fiato il pensiero del fuoco che dagli scaffali avrebbe potuto passare all'intero stabile. Però Salvo diceva di no, che il fuoco era divampato per la carta delle cassette, ma le fiamme non erano di quelle che si propagano, all'arrivo dei vigili si erano estinte da sole. Non si sa da dove abbia ricavato tanta sicurezza, però si capisce che è rimasto più turbato dal sangue di maiale con cui hanno imbrattato la saracinesca e il muro.

Un gesto vile e orrendo che non aveva neppure il senso che avrebbe dovuto avere, perché la donna e il somalo non sono musulmani. Proprio dietro alla cassa Agata ha visto l'icona di legno con il santo cavaliere che sconfigge il drago, un disegno dai colori accesi, quasi infantile nei tratti. «San Giorgio è il protettore delle principesse e di tutte le donne» ha commentato il ragazzo, la volta che l'ha sorpresa a fissare il pannello di legno.

Il sangue per Salvo resta una cosa inaccettabile: la sua rabbia e la sua vergogna si concentrano lì.

*In questura si consumava un processo fatto di sguardi e poche parole: nessuno ha pronunciato un'accusa diretta a noi, la colpa era implicita e così non c'era modo di difendersi. Dico noi, perché gli imputati eravamo io e Salvo, Mira. E anche gli accusatori, sempre noi. Tobia invece la vittima, Tobia il testimone.*

Sulla parola testimone si interrompe, guarda lo schermo con più attenzione. Vorrebbe aggiungere altro: se Tobia è la loro vittima, il silenzio con cui li tiene lontani è anche quello una testimonianza. Chi meglio di lui? I figli conoscono i genitori anche dalle ferite che hanno ricevuto. Sanno tutto e testimoniano anche quando non dicono.

## Per la pelle

*Milano, anni Ottanta*

La bambina nera, capelli cortissimi, dolcevita bianco e salopette di panno scuro, infila il ciuccio nella bocca del bambolotto biondo con l'abitino azzurro. Accanto a lei, la bambina bianca: boccoli biondi trattenuti sulla fronte da due codini rosso ciliegia, camicetta a fiori e scamiciato blu, culla il suo bambolotto nero con il vestito a righe rosse e bianche. Una voce femminile fuori campo replica tre volte il messaggio: *Conoscersi giocando, giocando alle mamme con Cicciobello bellissimo e Angelo negro.*

Prima di diventare bambole, i bambini neri in televisione sono gli scheletri dal ventre gonfio nei telegiornali. Oppure gli adolescenti che picchiano e respingono Orzowei-corriragazzovai, il bianco coraggioso, *quello che fu trovato* dentro una cesta come Mosè e poi allevato dalla tribù di Amunai e Nanabay, nella savana africana: *maledizione alla bianca luna e al leopardo che non se l'è divorato: gli darò il latte della mia capra, la carne della gazzella, la farina di mais, digiunerò per lui, maledizione alla bianca luna...*

Costretto alla fuga, il bianco selvaggio si scopre straniero anche tra i bianchi. Se la pelle non basta a creare un legame, significa che non ha importanza, il colore non conta. E allora cosa conta? Il paternalismo salgariano che tinge le bambole e anima i racconti del maestro Manzi funziona davvero? Una nuova narrazione può cancellare quell'altra, costruita su secoli di supremazia bianca?

Anche di questo parla il convegno a cui Agata lavora. Allora non può evitare di tornare con il pensiero a quando lei e sua sorella Fabia hanno ricevuto per Santa Lucia lo stesso dono: due scatole della stessa misura, avvolte da carta colorata (argento con le stelle dorate per una, dorata con le stelle argentate per l'altra) e, all'interno delle scatole, i due bambolotti gemelli, a distinguerli soltanto il dettaglio del colore. Così Agata invidia a Fabia la bambola chiara con i capelli sottili e biondi e gli occhi identici a quelli della sua mammina, mentre a lei è toccato il bambolotto scuro. Non immagina che anche Fabia sia delusa dalla sorte, perché il bambolotto nero è la novità più ambita del momento. Entrambe vorrebbero protestare, ma non lo fanno, perché conoscono da sé la risposta (che la pelle non conta) e nessuna delle due vuole far torto ai bambini visti alla televisione. Il suo bimbo *trovato* le stimola in fondo una grande pena, così lo mostra con più orgoglio, si porta il bambolotto al collo come una medaglia. Funziona: Fabia la supplica di prestarle il suo *trovatello* per qualche ora. Decidono di chiamarlo Amunai, come il grande e paterno guerriero, e da lì in poi, per qualche mese, si contenderanno soltanto il bambino nero, mentre il bianco riposa con le palpebre abbassate nella culla rivestita di azzurro.

Quando Mira ha messo piede per la prima volta nella loro vita i due bambolotti stavano entrambi in bella mostra su una mensola della camera di Agata e la pedagogia democratica seguiva altre vie. L'Etiopia, devastata da una carestia biblica (*la cosa più vicina all'inferno sulla Terra*), era l'emergenza umanitaria che, dietro all'appello di Bob Geldof, dirottava su Notting Hill oltre trenta artisti. Ne uscì il pezzo musicale più venduto della storia dell'Inghilterra, registrato nell'arco di una sola giornata e veicolato da un video che ne moltiplicò la popolarità. Agata ha un brivido di commozione ogni volta che lo riascolta: è il suo primo disco da grandi. Il pezzo scalò le classifiche di mezzo mondo, aprì la strada a un concerto non stop con un'audience televisiva stimata in due miliardi di spettatori, che si aggiungevano alle centosettantaduemila persone che parteciparono dal vivo, diffondendo per tutto il globo la benefica sensazione di poter vincere a forza di buon cuore la fame dei bambini africani. Fare ammenda per il privilegio d'esser nati nella parte fortunata del pianeta aveva un costo più che accettabile.

Ma la realtà è sempre più complicata della rappresentazione che ce ne facciamo.

La prima volta che Agata ha sentito il nome di Mira, suo padre le tendeva una fotografia dicendo: «Ha i tuoi anni». Toccò a sua madre la concretezza: «Viene a stare con noi finché non si trova una sistemazione». Sua sorella Fabia, quasi adolescente, si fece promettere che la bambina avrebbe dormito con la domestica, sua madre. E infatti è così che andò.

Mira, appena arrivata, aveva un guardaroba misero di vestiti fuori taglia e parlava un italiano libresco imparato alla scuola italiana di Addis Abeba. Agata le domandava di tradurre il nome delle cose che avevano attorno nella sua lingua. Non le piaceva. «La mia lingua è questa che parlo» rispondeva.

Passato il primo momento, riuscirono a volersi bene sul serio, ma come capita a chi ha poco da scegliere. Per Agata si trattava di imparare a dividere spazi e giocattoli con l'ultima arrivata: la prima impressione fu che fosse venuta per prendersi un po' del cibo che restava d'avanzo, non aveva messo in conto che avesse talenti suoi, oltre che bisogni.

Invece la primavera di quello stesso anno l'avevano iscritta alla campestre e ai cento metri e Mira guardava i giochi dagli spalti, insieme alle madri e ai fratelli più piccoli. La maestra, avvertita del suo arrivo, la vide e volle che prendesse parte alla competizione. Sulla pista rossa, Mira stava proprio accanto ad Agata. I suoi pantaloni di tela bianca spiccavano tra le tute blu con la banda rossa delle altre atlete. Quando la pistola sparò, Agata si spaventò, esitò per un istante sufficiente a lasciarla in coda, mentre Mira varcava per prima il traguardo con la naturalezza di chi non ha dovuto imparare una tecnica. Agata fu costretta a festeggiare nella vittoria di Mira la sua prestazione peggiore, mentre qualcuno a pochi metri da loro sentenziava sulla stirpe di Abebe Bikila che ai Giochi di Roma del Sessanta correva scalzo.

Dopo aver lasciato che sua sorella Fabia le invidiasse il Cicciobello nero, si scopriva invidiosa dell'ultima arrivata, modello vivente e poco più grande di quel primo compagno di giochi.

Forse non è la pelle il problema. Agata ha una voglia color caffellatte proprio sotto al seno sinistro: un ovale oblungo, orizzontale, poco più esteso di una ferita da taglio all'altezza del cuore. Quand'era bambina sua madre amava dire d'essere stata lei a procurargliela, in gravidanza, non concedendosi di soddisfare una voglia tanto veniale come una tazza di cioccolata. Ne rideva, orgogliosa della sua disciplina del sacrificio: da sempre mangiava meno di un bambino, la compostezza alimentare era fedeltà a un corpo da ballerina, ma da che aveva smesso di ballare, le si leggeva in faccia il peso della rinuncia. Così si può capire con quanto sforzo abbia dovuto difendersi dagli inviti a mangiare per due, diffidando che le creature che portava in grembo si sarebbero prese davvero la parte aggiunta al suo piatto.

Secondo la leggenda di famiglia, la rinuncia a un capriccio del gusto ha lasciato un segno sulla pelle di Agata, mentre non ha intaccato l'incarnato di Fabia che resta ancora oggi la copia perfetta della madre: diafana, puntellata di lentiggini che si scuriscono al sole, i capelli d'un biondo ramato che ancora dura. L'esatto opposto di Agata. In spiaggia, d'estate, la madre l'avvolgeva nella salvietta e, posando il mento sui suoi capelli bagnati, cercava di convincerla a stare un poco all'ombra. Eppure non c'era da temere che si scottasse, in virtù della carnagione olivastra, «come quella di tuo padre».

Il padre di Agata veniva da una terra di mare, anche se diffidava dell'acqua e d'estate in spiaggia non scendeva mai. Compariva al tramonto, quando le sue braccia servivano a raccogliere ombrellone, salviette, giochi con cui le bambine campeggiavano al sole. Allora, senza nessuna coerenza, se non la sottile vendetta per la giornata trascorsa da sola, sua madre entrava lentamente in acqua: per sciacquarsi la sabbia di dosso, diceva. Delegava le bambine a lui, che infatti la fissava irritato dalla riva, carico di cose, esasperato dal loro andirivieni dall'acqua alla strada, per la fissazione incoerente di liberare piedi e ciabatte dalla panatura di sabbia.

Mentre scrive a Mira, Agata ricorda uno di quei suoi bagni più lungo degli altri: la testa di sua madre, un puntino scuro a un centimetro dall'orizzonte su cui il sole già calava. Accanto a suo padre, come sentinelle apprensive, lei, Mira e Fabia la sorvegliavano, oscuramente incerte del suo ritorno. Se pensa a sua madre come a un enigma (e forse a chiunque si dovrebbe concedere una dose di mistero), ritorna a quel giorno, quando per un momento le è parsa una creatura anfibia e ha avuto paura che tra terra e mare avrebbe scelto il mare.

«In fondo io e te siamo uguali» diceva a Mira ai tempi del liceo, ma Mira non si lasciava convincere: «Al massimo simili, ma solo da molto lontano». Tuttavia nessuna delle due si riferiva al colore della pelle.

Durante la gravidanza non è stata abbastanza attenta e il sole le ha lasciato sulla pelle del petto e del viso larghe macchie scure con cui combatte tuttora. La madre di Mira aveva il problema opposto della vitiligine: segni chiari sotto al mento, sul petto, tra le dita delle mani. Era una donna graziosa, lineamenti delicati, occhi profondi, una dignità composta con cui dissimulava per modestia un'intelligenza acutissima, che non doveva sembrarle un merito per una donna di servizio. *La donna*, era solita dire sua madre, riferendosi al ruolo di aiutante domestica. Però le voleva bene e per qualche tempo aveva fatto arrivare per lei un unguento speciale prodotto in Svizzera che avrebbe dovuto risolvere il problema della vitiligine. L'altra le aveva dato corda per un po', poi si era adattata ai segni sulla pelle come si era adattata a tante altre cose della sua vita, e le chiazze depigmentate erano diventate un segno di riconoscimento che Agata ritrova nella foto più bella di Mira: una donna ritratta di spalle mentre il suo bambino le dorme sul collo. Ha i capelli raccolti in un turbante ocra, il telo turchese che l'avvolge le lascia scoperte le scapole e lì, sulla pelle scurissima, distingui una larga macchia chiara. La foto si intitola *Mother*.

*Era lei che volevi risvegliare? Idealmente sei tu quel bambino?*

## Un uomo, una donna

*Milano, 2019, primo giorno di primavera*

All'ora dell'appuntamento il cielo è ancora chiaro. Nel locale che Salvo ha scelto il cibo è schietto, discutono di Tobia davanti a un calice di vino rosso: se i pomeriggi col vecchio sono un bene o un male, se non sarebbe meglio che frequentasse gente della sua età. Ovvio che sarebbe meglio, ma Tobia è Tobia e l'età non è più quella in cui lo si può costringere iscrivendolo al campeggio estivo o al corso di clarinetto. C'è la necessità di trovare una strategia, e poi quel bisbigliare intimo, da cospiratori, senza neppure un perché dato che nessuno fa caso a loro. Ne viene una bella serata dopo tutto.

Salvo propone di fare due passi. Il vino ha sciolto la conversazione, l'aria è fresca e la risata di Agata lo sorprende. Non è più abituato a quel suono limpido e alle pieghe che le stropicciano il viso: un piccolo miracolo, se ne accorge da come gli si ferma il respiro. «Sai quand'è stato che mi sono accorto che mi piacevi? La prima volta che siamo saliti al Rifugio Brioschi».

«Ma se quasi non mi conoscevi».

«Infatti. Però mi aspettavo una rompicoglioni, perché Marco ci aveva preparati: una che spacca il capello in quattro. E ci aveva preso, perché eri così, anzi tu sei così. Ma poi sul costone facevi fatica a salire e allora ti stavo dietro. Non so come, mi sono accorto che mi riusciva di farti ridere. Avevi anche smesso di lamentarti per la fatica. Non mi ricordo di cosa parlavamo...»

«Tuo padre. Il modo in cui alzava la voce quando ti

chiamava da giù, come se la distanza rendesse più complicata la comunicazione. E poi la volta che non gli riusciva di digitare i numeri in un messaggio e ti ha mandato il cellulare di qualcuno tutto scritto in lettere».

«Giusto, sì, mio padre... Comunque ti facevo ridere. Siamo arrivati al rifugio senza accorgerci della fatica».

«Mi ricordo, sì».

Lungo il sentiero Agata gli camminava davanti. «Hai sempre avuto caviglie sottilissime e mi ha preso una specie di tenerezza. Ti guardavo e pensavo che eri una cosa fragile, come un animaletto da proteggere. Ridi, eh? Ma dico sul serio. Dopo pranzo ti sei addormentata con la testa sulle mie gambe. Questo te lo ricordi, spero. Guardandoti ho pensato che era stato bello farti ridere. Tu dormivi e avevo già nostalgia del tuo sorriso. Ho avuto quasi paura. Pensavo: questa ha un sorriso che allarga il mondo». Poi, insaccando la testa tra le spalle. «È che non sorridi mai, sei sempre incazzata perché le cose non girano come vuoi tu, e allora quando ti esce un sorriso pare proprio un miracolo». Si ferma, la guarda: «Scusa. Parlo sempre troppo, vero?»

«No, invece» lei, incoraggiante ma seria.

«Dopo ero proprio sicuro che non ti avrei più rivista. Mi sembravi... boh, troppo. E quella sera del concerto è stata una specie di miracolo: averti lì e tutto quello che è venuto dopo».

Il primo concerto è anche la prima volta che avevano fatto l'amore e i loro corpi erano scivolati l'uno nell'altro come i pesci nuotano nel mare, senza parole. Il mattino dopo Salvo era disteso accanto a lei, con la testa appoggiata sul gomito e un sorriso stupito. «Come hai detto che ti chiami?» scherzava, perché in realtà aveva pensato molto a lei, anche se non aveva previsto una serata come quella. Neppure lei era uscita con l'intenzione di passarci la notte, ma non c'era stato nessun bisogno di dirlo. Erano stati bene in un modo leggero che non capitava spesso e che quel giorno sembrava dovesse dipendere dall'alcol e dalla musica.

La prima notte insieme era il 21 di giugno, a settembre Agata sapeva già di essere incinta. «Meraviglia» era stato il primo commento di Salvo quando gliene aveva parlato e poi l'aveva baciata con lo slancio impetuoso che aveva in tutti i suoi abbracci di quei primi tempi. Salvo è stato fin dal principio uno che vede le cose facili e in quel momento un bambino sembrava anche a lei una cosa bella... a saperci credere, sarebbe bello anche adesso.

A settembre la prima figlia di sua sorella aveva fatto sei anni e Agata si era presentata dai suoi con un enorme pallone a forma di balena gonfiato con l'elio. La bambina era impazzita di gioia, per il pallone e per lei che era vestita come la strega del Fantabosco: portava un cappotto di velluto bordeaux, stretto sotto il seno, con un lungo cappuccio a punta che, a tirarlo su, la faceva sembrare una creatura silvestre. La suocera di Fabia non aveva rinunciato a un paio di tirate delle sue, tanto che persino suo cognato le aveva girato un braccio intorno alle spalle: «Agata è quella delle sorprese, ma a noi piace proprio così, vero, Alice?» La bambina annuiva e lei aveva sorriso, ma non le importava più quello che gli altri pensavano.

«Vai già?» le aveva chiesto sua madre quando si era accorta che cercava la borsa. «Non hai assaggiato neppure un sorso di vino».

Sua madre, quand'è preoccupata, prende una posa molto particolare che la chiude in una specie di abbraccio con la mano destra che pare annodata al collo. Gioca con la collana, se la porta alle labbra, oppure leva e rimette l'orecchino a clip – il lobo si è allungato e lei ha lasciato che il buco si chiudesse perché i pendenti non le stavano più tanto bene. Quel giorno portava uno scamiciato grigio chiaro che arrivava al polpaccio e l'accoppiata dell'abito e della posa la faceva sembrare un fuso. Per una volta, Agata aveva l'impressione che non la guardasse come faceva sempre, con l'espressione con cui si guardano le cose che non funzionano, con dispiacere. Sulla porta si era allungata per un bacio di saluto che di solito non le dava mai. Lei portava stivaletti bassi di camoscio marrone sotto i quali scricchiolavano i sassi del viale. Arrivata all'altezza del salice si era voltata e l'aveva trovata ancora sulla porta, sempre avvoltolata nel suo abbraccio da fuso. A quel punto il sole era sceso e lei si trovava sotto l'ombra del salice e da lì era stata tentata di dire qualcosa, ma piano. Sua madre aveva stretto gli occhi e le era parso che la ricambiasse con un sorriso più forte: forse, anche chiusa com'era, aveva riconosciuto la luce di chi è innamorata.

Adesso tira un respiro profondo, si svuota dei ricordi. Si è fatto tardi, ma nessuno dei due ha davvero voglia di interrompere la tensione che si è creata. Con il vento arriva un profumo di glicine, Salvo si volta, riconosce il pergolato di un bar, segue con lo sguardo l'uomo che impila le sedie prima di chiudere tutto. Nel buio si nota meglio la scritta luminosa sulla bacheca comunale: *23 maggio, Giornata della prevenzione dentale. Fidati del tuo dentista.*

Si sente invadere da una tristezza che preme sullo sterno e gli impedisce di guardare in faccia Agata.

«Scusami, sto dicendo cose sciocche».

«Continua, ti prego». Ma il momento è passato, l'allegria si è trasformata in una specie di tristezza pneumatica. A volte è davvero questione di attimi: un pensiero stonato ha sciolto la leggerezza di qualche minuto prima. Salvo capisce che potrebbe spazzare via la malinconia con un bacio che sa ancora di vino, ma non lo fa.

«Meglio se lasciamo perdere. Tanto era tutto un abbaglio, no?»

«In che senso?»

«Nel senso che a volte mi sembra di vedere lo spiraglio di qualcosa, ma la verità è che tu non hai bisogno di nessuno. Anche questa cosa della fragilità non c'era, se c'era hai imparato a risolverla da te. Che dici, sarà il nome? Agata, pietra dura, nera».

Ma lei non ha voglia di litigare: «Qualcosa cosa? Prima hai detto che vedi uno spiraglio di qualcosa. Qualcosa come?»

«Dillo tu a me, io non sono bravo con le parole».

«Non sono brava neppure io».

«Eh, no. Così non vale, non puoi barare: le parole sono il tuo regno. Come la chiami quella parte scoperta che abbiamo tutti? Quella per cui possiamo farci male, ma anche bene? Quella che tieni per te, per capirci? Tu sei forte, Agata. Anche se a volte la forza è solo il guscio dentro cui ti rintani, un modo per esserci e non esserci allo stesso tempo».

«Vuoi dire che scappo?»

«Messa così sembra una cosa brutta, ma non lo è. Non sono quello che può dare lezioni di fiducia. E tu hai diritto di vivere in difesa se ti fa stare bene, solo che non mi sembra una scelta tanto compatibile con l'amore».

«Lo sai, vero, che sei una merda?»

«Sono sincero».

«Sembra il ritratto di un mostro».

«Senti: non mi va di discutere. Non ti piace che dica che sei dura, ma guarda che non è un'offesa, lo so che è una scelta».

«Che cazzo, Salvo. Per me i bambini sono sempre stati due: ho dovuto diventare forte, perché tu non c'eri mai, neppure quando c'eri».

«Oppure tu non mi vedevi».

Agata distoglie lo sguardo, cerca qualcosa in borsa e tutto il suo corpo tradisce la smania di andarsene, eppure resta. Dopo qualche secondo solleva di nuovo gli occhi su di lui (rabbia, supplica? Come fai a decifrare cosa prova davvero se nemmeno lei sa dirlo?): «Poteva essere una bella serata, poteva anche finire bene, una volta tanto. Che bisogno hai...»

«Di rovinare tutto? Non lo so. Magari ho solo smesso di credere alle cose belle».

«Ottimo. E infatti hai vinto tu. Il problema sono io che non ho abbastanza bisogno di te. Toglimi una curiosità, Angelica, invece, com'è? Una che si lascia proteggere?»

E lui, troppo in fretta: «Una che non usa sua figlia per tenermi lontano».

Troppo, per tutti e due. Agata gira i tacchi e lo lascia

solo a guardare stupito la sua schiena che si allontana. Salvo prende il cellulare: ventitré e zero sette. Scorre rapidamente i pochi messaggi WhatsApp: da Tobia nulla, ha criptato le informazioni di lettura, e non si può sapere se legge, se dorme, se è sveglio.

Lo immagina davanti alla Daw, perso nel suo limbo di voci liquide che si fondono in un arrangiamento lento e metallico. La Daw è l'isola virtuale che segna la distanza tra Tobia e il resto del mondo, un esilio volontario che Salvo fatica a digerire perché per lui tutto è scontro, guerra, anche la musica: sul palco, nella vita, è sempre un corpo a corpo che scarnifica e lascia segni sulla pelle. Anche l'amore per lui è questo farsi un po' male.

Immagina i passi veloci di Agata sulle scale della metro, Tobia immerso nel suo acquario di suoni artificiali e si sente solo.

*Fidati del tuo dentista.*

Se fosse proprio quello il nodo, se la fiducia fosse l'unica cosa da imparare per riuscire a essere giusti?

# Punto di fuga

*Milano, ottobre 2018*

Ancora scossa dal fermo di Tobia e da tutto il resto, Agata entra nel palazzo all'ombra del Duomo: dopo aver suonato, ha tutto il tempo di rallentare il respiro affannato dai quattro piani saliti con apprensione. Sbottona il piumino leggero, si liscia la gonna di gabardine grigio tortora – gabardine da quattro soldi, ha detto sua madre la prima volta che l'ha indossata. Dal fondo della rampa la raggiunge il rumore del portone, tacchi sulle piastrelle di graniglia, rumore di chiavi, un saluto senza risposta.

Casa di Davide è un pretenzioso palazzo del centro che ha perso tutto il suo lustro. L'ascensore, per dirne una, non funziona mai. Scomodità e decadenza sono il correlato perfetto per la sua negligenza. Quando la porta si apre, ha l'espressione di chi ha poco dormito o molto bevuto la sera prima, entrambe le cose probabilmente, pensa Agata entrando nella stanza che sa di chiuso, mentre lui infila il mozzicone di sigaretta nella terra del bonsai.

«Grazie» Davide, incoerentemente, dato che in realtà è stata lei a cercarlo, dopo l'ultimo addio, che voleva essere definitivo. La precede lungo il corridoio fino alla cucina. «Sono contento che hai saputo. Non c'è nessun altro con cui potrei parlarne in questo momento».

«Saputo cosa?»

«Ho fatto il caffè». Il lavello è sommerso dalle stoviglie sporche.

«Saputo cosa?» torna a domandare Agata.

«Tuo padre: hanno scelto Clerici».

«Mi dispiace» lei con una partecipazione sincera.

Le porge la tazza, si siede di fronte a lei e ha quel suo modo ampio di abbracciare la sedia e invadere gli spazi col volume di un corpo che, da quella posizione, sembra ancora più grande. Ha una barba di due giorni, una maglia grigia e stinta a cui mancano i primi due bottoni, piedi nudi e nervosi sotto i jeans sformati che porta in casa e a volte anche a lezione.

«Mi dispiace» ripete lei concentrando lo sguardo sulla tazzina, che stringe con entrambe le mani, in attesa che Davide le chieda cosa l'ha portata fin lì.

«Borgonovo dice che il giudizio di tuo padre è stato dirimente. Se avesse voluto...»

«Francesca non c'è» fa lei, ma più che una domanda è una constatazione. Quando la moglie di Davide non è in trasferta, il disordine dà all'appartamento la forma di un ambiente consumato ma vivo, al momento invece c'è una confusione che nausea. Passa lo sguardo sul cuscino buttato in terra, la trapunta macchiata, la bottiglia di vodka vuota. «Uno che beve male» aveva detto suo padre tanto tempo prima.

«È a Singapore, fino a venerdì» Davide, senza soffermarsi, troppo preso dalla sua questione. «Lo sai anche tu, c'era un patto. Lo aveva detto davanti a tutti alla festa di congedo, te lo ricordi: farò il possibile, anche se non spetta più a me. Invece Borgonovo giura che non ha mosso un dito. Cazzo, Agata, sono stato il suo zerbino per ventiquattro anni. Ho aspettato per tutto questo tempo. Potevo mollarlo e non l'ho fatto. Quando c'è stato da rinunciare a un posto a Roma, mi sono tirato indietro perché lui diceva che ero destinato a Milano».

Ventiquattro anni prima è anche la prima volta che si sono incontrati: a Morgex, nella villa di pietra in cui ha passato ogni estate dall'infanzia al liceo. Davide era comparso a piedi dalla strada sterrata, agile e alto nella forma dei suoi ventisette anni. Aveva scarponi tecnici e uno zaino di goretex giallo e blu, come la giacca antivento che avrebbe indossato la sera. Le aveva chiesto del Professore senza lasciarsi distrarre dal suo corpo grazioso e scoperto che rosolava al sole.

Agata di anni ne aveva quindici, non sospettava nemmeno di poter essere bella. Lui del resto sembrava troppo impegnato a contemplare la vista mozzafiato sulla corona di montagne che fronteggiano il Col d'Arpy. Aveva in ogni suo sguardo un'attenzione trattenuta, occhi vivaci, avidi. Lei ricorda di averlo trovato da subito interessante, certamente più curioso dei molti ospiti che frequentavano casa sua.

Uno dei lavori più importanti di suo padre stava per andare alle stampe: Il Libro, si diceva allora, come fosse il suo capolavoro. Davide Rosati era il suo assistente: revisione delle fonti e apparati bibliografici. Si sa come va quando ci si trova a dividere lo spazio e il tempo, la gentilezza riservata era sfumata alla svelta. In pochi giorni Davide si era abituato alle regole non dette della casa. Conversava galantemente con le amiche di sua madre, si informava sugli studi delle ragazze, reggeva senza imbarazzi la distanza che suo padre gli opponeva fuori dalle sessioni di lavoro e, soprattutto, esplorava ogni angolo di quell'ambiente rustico con una regalità naturale, felina, che ipnotizzava Agata e stimolava la diffidenza di suo padre.

A pranzo affettava il pane nero sul tagliere che stava tra il suo posto tavola e quello del padrone di casa. Non gli passava per la testa che fosse una giusta premura aspettare che fosse il padrone di casa a farlo, forse credeva di rendersi utile oppure agiva d'impulso, per allegria. In quei momenti, lei li studiava entrambi immaginando un gesto di stizza che non arrivò mai, perché l'estate era estate e la consegna delle bozze troppo imminente perché il lavoro potesse risentire di certe futili permalosità.

Suo padre aveva l'abitudine di riposare almeno un paio d'ore dopo pranzo, sua madre amava leggere al sole e Mira, rimandata in fisica e matematica, si divideva tra lo studio e un po' di aiuto in cucina. Così Agata trovò un compagno di passeggiate a cui mostrare i sentieri che conosceva bene. Davide parlava poco, ma sapeva ascoltare, o così le sembrava, perciò era lei a parlare moltissimo, di libri soprattutto e di poesia, che erano le passioni ereditate da suo padre. Era giovane, satura di storie lette sui libri, ignorante delle cose del mondo, e Davide seguiva i suoi monologhi con un rispetto nuovo, che la teneva in un perenne stato di esaltazione, in ogni momento desiderosa della sua compagnia.

«Rosati è un talento» aveva detto suo padre presentandolo in famiglia la prima volta, poco prima di cena e davanti alla moglie dell'ospite di maggior riguardo, giudice emerito della corte costituzionale. Agata ne era rimasta colpita perché suo padre raramente esprimeva in pubblico il suo apprezzamento. Con gli anni però aveva perso la certezza che quella frase fosse stata realmente pronunciata in quel modo, e proprio da suo padre che, sul finire della vacanza, si era lasciato scappare parole di tutt'altro segno: «È l'ambizione da povero il vizio che lo brucerà».

Secoli fa: val la pena tornarci anche solo col pensiero? Lo sguardo interrogativo di Davide la strappa ai ricordi. Ha urgenza di dirgli che la ragione per cui è venuta è Tobia: ci sono cose che può dire soltanto a lui, perché con Salvo parlare è complicato e i suoi non sanno niente dell'arresto di Tobia.

Accenna qualcosa, ma si confonde per la fretta di dire e finisce col raccontare per prime cose che sono successe dopo. L'espressione impaziente di Davide le mette soggezione, perde mordente, non ricorda più cosa l'abbia convinta a fare tutte quelle scale. Lui ascolta, annuisce, ma poi torna su quello che gli preme di più. Non c'è possibilità di intendersi, allora lei si alza, fa per andarsene, mentre lui l'accusa di non riuscire a capire il suo problema per la colpa originaria di aver avuto sempre tutto senza bisogno di guadagnare niente. «Io da ieri sono un nulla, professionalmente e umanamente. Morto. Finito. Se c'è una cosa che nessuno ti perdona è la sfiga. Lo capisci, vero? Sei in grado di capirlo?»

«Capisco solo che sei fuori di te».

«Porca troia, certo che sono fuori di me. Quel bastardo...»

Il bastardo però è suo padre, l'uomo a cui Davide deve un'abilitazione ottenuta quando non aveva ancora compiuto trentacinque anni. Ha quasi voglia di dirlo, ma lui allarga il braccio e per rabbia spazza via tutto quello che c'è sul tavolo. Agata si trova a fissare in silenzio le doghe di legno vecchio cosparse di zucchero bianco e pezzi di porcellana. Pensa di andarsene e invece sussurra quasi fra sé: «Tobia, la polizia lo ha fermato. Io sono a pezzi».

Restano zitti tutti e due, poi Davide le prende le mani. «Credevo che fossi venuta per me. Sei la prima con cui ne parlo, Francesca non sa ancora».

Il citofono suona. Davide le chiede un minuto e scende le scale di corsa per ricevere un pacco che aspetta da tempo. Sulle mensole della libreria si affastellano libri, carte, oggetti dimenticati, e lei potrebbe elencare ogni dettaglio anche con gli occhi chiusi. Cerca il movimento delle nuvole fuori dalla finestra, non vuole restare nel ricordo di tutte le volte in cui, in mezzo a quelle carte e alla polvere, si sono presi e lasciati come si fa con le cose a cui ti abitui perché sono tue da sempre e non riesci a buttarle.

Poi, di nuovo, i passi pesanti lungo le scale, più veloci del necessario per la paura di non trovarla più lì. Lei inspira, stringe gli occhi per trattenere le lacrime, allaccia il piumino e si annoda la sciarpa attorno al collo. Aveva sperato cosa, salendo fin lì? Di trovare la prova provata della sua guarigione? O cercava il conforto che in tanti anni non ha mai avuto? Si sente stupida, come quando tutto è partito l'estate di tanti anni prima.

Le era piaciuto ascoltare non vista Davide e suo padre nello studio, invidiando la complicità che si creava tra loro. Una sola parola poteva tenerli fermi per ore in una specie di duello dialettico che aveva dal principio un vincitore, ma che il Professore riteneva la parte saliente di una specie di apprendistato, con il quale offriva all'allievo un divertimento e una concentrazione che alle sue figlie non aveva mai riservato.

Fin da bambina Agata era stata l'unica femmina ammessa nello studio di suo padre. Quella familiarità era il segno di una predilezione, ancora più netta della sintonia che legava sua sorella Fabia alla madre, perché lì non c'era spazio per la soggezione: l'affinità tra le due donne annullava la distanza del ruolo e dell'età. Fabia e sua madre, come due coetanee, si scambiavano informazioni sul taglio degli abiti, i gioielli e le trame amorose che univano o dividevano familiari e conoscenti, tutte informazioni che attraversavano le orecchie di Agata senza lasciare nulla che valesse la pena ricordare. Era lo studio del padre il luogo in cui provava a plasmare sé stessa «a sua immagine» e non chiedeva altra soddisfazione che essere la degna figlia del Professore.

Una sera, prima che terminassero il lavoro, dalla porta socchiusa aveva visto Davide allungare la mano verso un blocco di fogli che lei stessa aveva battuto a macchina quasi un mese prima, trasferendo in bella copia un intero quaderno sul quale aveva appuntato le impressioni ricavate dalla lettura di *Guerra e pace*.

«Sembra interessante» aveva detto Davide, ma suo padre aveva risposto con spregio: «Impressioni infatuate».

Davide allora aveva insistito: «Ha solo quindici anni... Bisogna ammettere che c'è della determinazione».

«Dai, Rosati. Sappiamo bene che la determinazione è l'esatto opposto dell'entusiasmo. Mia figlia somiglia a certi spettatori che a teatro sono così presi dalla passione per ciò che vedono e sentono da impedire a sé stessi e agli altri di ascoltare».

A quel punto si trovavano entrambi in prossimità della porta. Suo padre però si era ricordato delle imposte, aveva raggiunto la finestra e aveva ufficialmente decretato che la giornata per lui era finita e anche la conversazione.

Per tutto quel tempo Agata era rimasta lì, immobile al di là della soglia dello studio, confusa da una vergogna che le impediva di muoversi, almeno finché Davide non aveva indirizzato lo sguardo al corridoio e distinto la sua figura nella penombra. Lo aveva visto socchiudere le labbra, sul punto di dire qualcosa, ma allora, sopraffatta, era corsa via. A cena giocherellava muta col cibo nel piatto e rispondeva a monosillabi a chi le domandava ragione del suo umore. Ma dopo, invece di ritirarsi a leggere, come aveva detto di voler fare, si era buttata nel buio fitto e gelato del bosco, piena di rabbia e sconforto, augurandosi di perdersi, di cadere rovinosamente o comunque di non tornare più.

«Senti: sono un coglione, e lo so. Penso soltanto a me. Non credevo...» Davide non appena varcata la soglia, lasciando scivolare il plico sulla poltrona. Le prende i fianchi, l'avvicina a sé, e lei socchiude le labbra a un bacio che sa di fumo, quindi gli solleva la mano, la porta alle labbra e poi al seno. Si lascia accarezzare, in un'abitudine di cui può prevedere ogni gradazione emotiva, inclusa la malinconia con cui scenderà le scale. Seguono da anni la stessa partitura monotona, un tempo amavano chiamarla destino.

Dopo poco è già sera: la luce naturale se n'è andata e lei si riveste davanti allo sguardo opaco di Davide, lo saluta con un mezzo sorriso e lui fa lo stesso. In strada si lascia svegliare dall'aria umida e fredda e inghiotte la delusione per le domande che non sono arrivate: di lei, di Tobia e di tutti quelli che le stanno a cuore a Davide non importa.

Quell'altra sera di molto tempo prima, lui l'aveva trovata in fondo al sentiero che era quasi notte. Si era seduto accanto a lei, come si fa con una bambina, per consolarla. Ma dopo le parole, il modo in cui lei lo aveva guardato, si è detta poi, lo aveva spinto a coprire i suoi occhi, le guance e la bocca di piccoli baci delicati. Lei aveva pensato: se mi bacia significa che tiene a me. E infatti lui le ripeteva di non essere triste senza mai smettere di baciarla. Siccome lei non si ritraeva, ai baci aveva fatto seguire le carezze, come fossero i baci e le carezze il modo per scacciare la tristezza di lei, o l'impazienza sua.

E Agata lo aveva lasciato fare. Anche quando era stato chiaro che non si sarebbe fermato, lo aveva lasciato fare. E forse persino qualcosa di più. Si era convinta col tempo di averlo incoraggiato e guidato, anche se a quindici anni non aveva altra esperienza che qualche carezza fra compagni di scuola: nessuno le aveva mai insegnato parole per dire certe cose, figuriamoci capirle mentre succedono. Aveva sentito male, certo, ma non era stata quella la parte brutta; è che, in quell'urgenza di lui, sulla terra molle e bagnata, si era sentita all'improvviso molto più sola.

Dopo, si era sfilata dal suo corpo improvvisamente pesante e, prima che lui potesse dire qualcosa, aveva imboccato il sentiero sistemandosi i capelli. Lui l'aveva fermata a pochi metri dal giardino.

«Stai bene, vero? Quello che è successo lo volevi anche tu. Non ti farai venire in mente di fare la bambina proprio adesso?»

Alla villa nessuno li aspettava in piedi, perciò levarsi le scarpe e salire in silenzio le scale furono premure inutili. La mattina dopo di Davide non c'era più traccia, e nessuno, non Agata, non i suoi genitori, aveva più parlato di quella notte. Anche Mira si era astenuta dal commentare e così, per via del silenzio, era finita che quel che si era rotto risultava rotto soltanto per lei, che provava a ricomporre da sola i suoi pezzi, stando attenta a non scalfire, con l'infelicità che aveva appena scoperto, la forma dei giorni e delle relazioni.

Il Professore rimase il Professore, l'allievo continuò a essere «alla fin fine il solo di cui ci si possa fidare», sua sorella Fabia si diplomò indossando le perle che sua madre aveva scelto per lei e l'anno dopo la villa di pietra fu venduta per ottime ragioni pratiche su cui nessuno tornò più.

## Quattro braccia: Tobia e Yu

*Periferia milanese, aprile 2019*

Di solito Tobia e Fatima si incrociano sul cancello: lei arriva e lui va, perciò non hanno avuto occasione di scambiare molte parole. Una sera però la donna si ferma davanti a lui con le braccia conserte, reclina un poco la testa di lato e domanda: «Sei libero sabato pomeriggio?»

«Perché?»

«Cosa vuol dire perché? Ti hanno insegnato a rispondere a una domanda con un'altra domanda?»

«No, è che...»

«Sei libero o no?»

«Se dico dipende, va bene?»

«Se dici dipende, significa che sei libero. E io ho bisogno di due braccia forti. Anzi quattro. Puoi portare un amico».

Tobia socchiude le labbra per dire qualcosa, ma lo sguardo di Fatima lo tiene in scacco. Due giorni dopo lui e Yu sono sotto casa di Fatima. Hanno fatto il viaggio in silenzio perché non si parlano da mesi e ricominciare non è mai facile.

Però Yu al telefono non sembrava stupito, non ha neppure chiesto cosa ci fosse da fare. «Pa', va bene se domani non ci sono?» a voce alta, in direzione dell'altra stanza. E poi a lui, senza attendere risposta: «Per me, ok. Ci sono. Vorrà dire che non serviranno involtini primavera. Dove andiamo?»

Il tono in quel momento era allegro, ma dal vivo è tutta un'altra cosa. Stanno zitti tutti e due.

«Musi lunghi non me ne servono» dice Fatima sul portone del palazzo. «Con me, rapidi». E si lascia seguire fino al garage. Ha una camminata strana, spiccia ma lenta, e ogni tanto si ferma, posa la mano sul muro e li guarda.

«Non è solo l'età, sono sempre stata così, per una malattia che ho avuto da bambina. Quando sono arrivata in Italia, mio marito si arrabbiava perché per strada gli stavo sempre dietro e lui aveva paura che la gente pensasse che succedeva perché lui mi trattava da padrone con la serva al seguito. Io una schiava obbediente, vi immaginate? Però a lui non piaceva che qualcuno potesse pensarlo e allora mi diceva di stare davanti. Finché un giorno gli ho detto: senti, tu ti devi ricordare che io cammino come posso e vado lenta, mi piace andare lenta perché così ho anche il tempo di vedere e di pensare. Tu ti devi decidere: se vuoi girare con me o vai lento o ti accontenti di una che ti cammina dietro, e pace per quello che pensano».

Yu scoppia in una risata. «Poveraccio. Si è preso quella giusta». Intanto parlando hanno raggiunto il box.

«Funziona così: tra mezz'ora arriva il furgone. Per prima cosa scaricate la roba. Vi fate dire da don Franco, che sa cosa fare. Il fresco lo mettete nel frigorifero grande. Il resto sul tavolo e sugli scaffali. Qui c'è una lista di nomi, saranno una trentina di persone. C'è scritto anche cosa gli dovete dare, ma non è il caso di essere troppo fiscali se chiedono. Io non ci posso stare perché devo stare alla distribuzione con don Franco. Tutto chiaro?»

«Perché non vengono anche queste persone alla... "distribuzione"?» chiede Tobia.

«Ma allora è proprio un vizio, questo delle domande».

«Perché hanno vergogna» risponde Yu per lei.

«Che ne sai?»

«Sveglia, Tobi. È quello che facciamo anche noi. Ci sono persone per cui chiedere aiuto è umiliante. Ma da noi ci vengono. A fine turno. Si portano via il pranzo per il giorno dopo».

Fatima lo guarda compiaciuta e dice qualcosa sulla

fortuna di avere amici intelligenti. Poi piazza un telecomando nella mano di Yu.

«Tu stai fuori e aspetti don Franco col furgone. Vedrai che è proprio una questione di minuti. Tu invece vieni con me: portiamo giù il thermos del tè, le torte e le caramelle. C'è una regola: se vi portano qualcosa, ringraziate e prendete. Se vi chiedono di assaggiare, assaggiate. È il loro modo. Il nostro è non fare la carità. La carità è una cosa brutta. Lo scambio invece è dignitoso. Se vogliono stringere la mano o abbracciarvi, lasciate fare. Abbracciate e, per favore, sorridete». Poi guardando entrambi ma soprattutto Tobia. «Col cuore sorridete». Tobia vorrebbe andarsene, ma lo sguardo divertito di Yu lo inchioda all'obbedienza. Pensa all'ultima conversazione con Arturo: «Va bene la musica, ma un amico ci vuole».

Quella sera lungo la strada per casa avrà il tempo di riferire a Yu la storia di Arturo e quella di suo padre Vittorio. Yu lo ascolterà dal sedile accanto, annuendo di tanto in tanto. E ogni volta che il racconto si interromperà (perché Yu quando ascolta chiude gli occhi e sembra proprio che dorma) si affretterà a incalzarlo: «Tobia, non fare come quella scassapalle dell'Angelucci. Lo sai che sono sveglio. Più chiudo gli occhi e più vuol dire che ti sto ascoltando».

Quella sera il sonno lo troverà ancora ubriaco di parole, con la testa piena di nomi sconosciuti, sulle spalle l'impronta di alcuni abbracci, sotto al palato il disgusto per l'eccesso di zucchero e bibite gassate.

Agata passerà per una carezza, come ogni sera, ma diversamente da molte altre sere scoprirà sulle labbra di suo figlio un sorriso e per una volta, guardandolo, si sentirà tranquilla.

QUARTA PARTE

# Aria

Quanto sangue, quanto sterminio, quanti morti, e vi affannate a sgozzare, a uccidere, ad annientare... e io nasco! E non mi fermerete e crescerò e con me milioni di altri esseri nasceranno dal sangue innocente, dal sangue dei padri trucidati e trionferemo perché la giustizia è con noi.

Alessandro Boaglio, *Plotone chimico*
(a cura di Giovanni Boaglio e Matteo Dominioni)

# Il bambino Y

*Milano, 2010*

Agata accarezza con i polpastrelli il graffio che taglia in due la fiancata destra dell'auto e, assurdamente dato il tempo trascorso, pensa a Y: che Y è tornato a colpire, che non dimentica, che non vuole che lei o chiunque altro dimentichi. Il segno sulla carrozzeria è la ferita che non si rimargina.

Tira un respiro profondo. Per un attimo è di nuovo seduta sulla sedia bassa, davanti alla maestra troppo bionda. L'educatrice si è presa suo figlio, lo ha portato in palestra, ha medicato il taglio sotto lo zigomo con la pomata emostatica. Suo figlio non piange più, ha trovato un pallone da basket, lo scaraventa contro il muro, al secondo rimbalzo di ritorno lo prende e ripete il gesto in una sequenza ininterrotta. Il pallone segna il tempo di una conversazione in cui i silenzi sono più delle parole, è come il battito di un cuore che impazza, è il tamburo: ogni colpo sul linoleum segna il passo del nemico che avanza.

«Il nemico è un bambino, tuo figlio la vittima» la maestra scandisce le regole del suo buon senso. «Non si empatizza con il bullo, il bullo non prova empatia, l'allontanamento del bullo è l'unica difesa».

Dettaglia le coordinate etniche dell'avversario, bambino Y, non un bullo qualunque, radici guaste, padri violenti, madri marionette, madri burattinaie, astute come volpi, timide come gazzelle, manipolatorie, bugiarde. Tutto al plurale, come fossero legione, i bulli. «Nascono sotto un sole che non è il nostro, altra lingua, costumi diversi, il dialogo non funziona» argomenta. «Quella che chiamano integrazione sta tutta sulla carta. Poi dipende dalla provenienza, ci sono paesi in cui almeno la religione è la stessa...» Lei si ricorda di quell'altra volta, quando la maestra le aveva detto che odiava i preti e lei aveva perso la fede frequentando il liceo dalle suore.

«Conosci il mio affetto» continua, «la dedizione al lavoro. Tu sai che per ognuno di loro mi getterei nel fuoco, anche per quelli come lui. Ma questo è diverso. Il male esiste, ci credi? Se vedessi con che occhi guarda tuo figlio...»

Rapace, nero e fondo come l'invidia, karma funesto, lo sguardo di chi non ha cuore e non perdona. Per questo non si può perdonare, non è solo il pugno, il pugno è oggi, «e con che rincorsa, quanta forza, ci siamo impressionati tutti». Il problema di oggi e di domani è proteggere suo figlio da Y, l'imperdonabile.

La maestra ha il viso largo e biondo, l'eye-liner blu, è un fototipo nordico, ha la pelle segnata da un sole incauto e ai lati del viso orecchini turchesi, due giri di catena d'oro attorno al collo, unghie color ciliegia, sulle mani, quelle dei piedi color melanzana. Se la sedia fosse uno sgabello, se il banco fosse un tavolino vestito di tela damascata lungo una via del centro in una serata tiepida, la maestra bionda sarebbe la donna che smazza le carte e le porge a chi ascolta per la divinazione. (L'impiccato, il matto, la morte. La morte, il contagio, la contaminazione, il pericolo, la malasorte. La papessa.)

È passato del tempo, ma Agata, la madre, sfiora il graffio sulla portiera, così simile a quello trovato molti anni prima. Ripensa ancora all'aula colorata con i giorni della settimana appesi alle pareti, la carta fisica dell'Italia. Ritrova l'istante in cui era ancora possibile rifiutare nel giro di carte la condanna senza appello del bambino Y. Bagna la punta delle dita con la saliva, prova a strofinare la carrozzeria nel punto in cui termina il graffio, allarga un alone blu intenso ma il graffio non si cancella.

Poteva obiettare qualcosa, non lasciarsi portare da una

paura tanto trasparente. Non l'ha fatto. Ha sacrificato il figlio di un'altra donna alla paura per il suo. Ha cullato nell'animo un'ansia bulimica, maledicente: si perdesse Y, scomparisse con tutta la sua misera stirpe, lo inghiottisse il buio che l'ha portato, per il bene di suo figlio, per la pace sua di madre. Per un attimo ha sperato perfino che Y morisse. Ovviamente il pensiero l'ha sconvolta, ma il senso di colpa non è durato. Questione di chimica: l'ossitocina, l'ormone dell'amore che sgrava i corpi delle madri e le allena alla cura, non era abbastanza per tutti e due i bambini. Oppure era troppa, proteggeva soltanto il suo.

Adesso si chiede da dove arrivasse tanto malanimo, da quale altra maledizione più antica. Pensa sempre la vita come esito di qualcosa, non sa centrarsi senza un prima e un dopo.

E infatti, ora, di nuovo, in un eterno presente, la maestra le allunga il foglio della petizione: «Una firma qui sotto» e Y sarà rimandato alla sua riserva. Sfila il tappo alla penna, conta le firme, sono undici prima della sua.

«Basterà?» domanda, ma in cuor suo: Fermati, non firmare più!

«Fidati, cara, stai facendo la cosa più giusta. Possiamo soltanto aiutarli a casa loro». (Non mischiare il cibo, le voci, il respiro, camminare su marciapiedi diversi.) La cosa giusta: opporre alla loro la nostra blindata solitudine. Firmando ignora di quale impasto sia fatta la rabbia.

Padre: sbagliato, umiliato, incerto tra il troppo e il troppo poco, alla fine sparito.

Fratello: molto amato, ambizioso, migrato in Francia per fare prima.

Zio: affondato nel mare con la sua bambina, chi resta odia le braccia che l'hanno tolta all'acqua.

Madre: gabbia d'amore, ma forse imparerà.

Y ha un nome intero, Yonas. In quel momento, il demone di Yonas è che da solo non può liberarsi. Quello di Agata è che la paura fa scricchiolare le virtù in cui crede. Appone la sua firma sapendo bene il male che fa.

## Punti di vista

*Milano, 2019, di maggio*

«Lo sguardo d'altri forma il mio corpo nella sua nudità, lo fa nascere, lo scolpisce, lo produce così com'è, lo vede come io non lo vedrò mai. L'altro possiede un segreto: il segreto di ciò che io sono. Mi fa essere e con questo mi possiede, e questo possesso non è altro che la coscienza di possedermi». Sono le parole Jean-Paul Sartre, che aprono la sezione degli atti dedicata alla terza giornata del convegno, la più ricca proprio per via delle immagini: fotografia, pittura e scultura dell'Italia coloniale, soggetti neri e sguardo bianco. Dalle immagini si misura bene la percezione dell'altro, ma le immagini sono anche lo strumento con cui quella percezione diventa il sentire di tutti. Grazie all'iconografia di propaganda la brava gente d'Italia immagina quel che le serve ad accettare e sostenere le imprese d'oltremare.

Molti dei materiali esposti nella mostra curata da Agata sono fotografie e giornali degli anni Trenta. Scegliere cosa esporre è stato difficile. Lei avrebbe volentieri escluso le cartoline oscene, con il corpo nudo di donne poco più che bambine, ma poi si è deciso di dedicare proprio a quelle una teca, con le stampe voltate in segno di rispetto. Quello che si vede sul retro sono spazi bianchi non compilati, qualche firma, brevi dediche, le grafie veloci di uomini per bene, giovani promettenti, bravi lavoratori, gente a posto e, di lì a un po', buoni mariti, padri di famiglia, poi nonni.

Le cartoline oscene erano il lato nascosto della colonizzazione immaginale, poi c'era la versione addomesticata che circolava con più libertà, le figurine con profili esotici distribuite insieme al dado Liebig: *Estetica del corpo presso i popoli primitivi*, un titolo che dice già tutto. E, anche oggi, i corpi sinuosi di giovani donne nere continuano a promuovere cioccolato, liquirizia, caffè: porno tropic tradition, per usare la definizione rubata alla sociolinguistica.

Alle bellezze bianche va meglio? Agata pensa di no, ma il discorso sullo sfruttamento del corpo femminile non è mai un discorso semplice, le immagini non sono una cosa semplice.

Ripensa al lavoro che Mira ha firmato qualche anno prima: *Skin deep*, cicatrici, tagli, tatuaggi, la storia e la geografia delle relazioni di potere sulla pelle delle donne. La sorprende l'abilità di Mira nel leggere i segni, ha sempre visto le cose prima di tutti, è quello il talento. Il mestiere le ha permesso di denunciare ingiustizie e commuovere, ha vinto premi, ma ciò che dà senso al gesto è la sua capacità di isolare e fermare dettagli di una realtà che, non vista, scorre davanti agli occhi di tutti.

Mira fiuta l'umanità che vive lontano dal centro, lungo i confini, dove è la terra di nessuno. Ogni scatto è una garanzia d'esistenza. Grazie a lei l'istante ritratto può ripetersi all'infinito e non importa cos'è stato del soggetto nel frattempo, se è vivo o morto. Ha scelto questa via per la sua arte e, guardando le foto, diresti che c'è una vocazione etica, che ogni foto sia sempre accusa o domanda. Agata si chiede se tutta quella tensione serva. Ai suoi occhi il mondo resta sempre lo stesso impasto, qualsiasi cosa si faccia, per una proporzione immutabile di giustizia e ingiustizia; ciò che definiamo bene e male varia nella distribuzione ma la somma non muta.

Può sembrare una contraddizione, dato anche il lavoro che fa, ma proprio nel lavoro la assilla sempre la stessa domanda: conoscere il passato può servire a intentare processi? Da qualche parte ha letto che processo è una bella parola usata male: il processo è buono se libera il cammino. Ora pensa che quella è una frase che potrebbe dire Fatima.

*Ripenso spesso al Natale in cui mio padre ti ha regalato la macchina fotografica. Diresti anche tu che quello è il giorno che ha cambiato la tua vita? O piuttosto elencheresti i tuoi maestri, certe terre di confine che hai visitato quando ti sembrava che fotografare chi aveva visto la morte in faccia potesse cambiare il mondo? Se è così, tocca a me mostrarti qualcosa che forse non hai visto, ricordarti quello che ha fatto di te, una ragazzina qualunque, con una storia di miseria qualunque alle spalle, la donna che sei.*

Rilegge e cancella. La mail non è il modo migliore per dire certe cose: se Mira le stesse di fronte vedrebbe che non c'è nessun astio, così invece sembra tutto più duro. Certo lei non l'ha amata quel giorno, ma non è neppure vero che abbia sentito da subito che c'era qualcosa di irritante nel dono, facile anzi che sia stato quel che è venuto dopo a insinuare nei ricordi un'invidia che in principio non c'era.

Sarà stata anche la scelta di consegnare la Canon alla fine del pranzo, lasciando di stucco tutti loro che i pacchetti li avevano scartati al mattino, a colazione, ancora in pigiama davanti al presepe. Dalla mensola del camino vigilavano, come ogni anno, le pecore e i pastori di terracotta e anche certi angioletti di ceramica che hanno passato senza graffi e amputazioni due guerre e un buon numero di traslochi – massaggiati con un panno di velluto dalla madre di Mira e dalle domestiche che erano venute prima di lei, quindi riposti per bene nella scatola di latta, tra i batuffoli di bambagia e veline accartocciate.

*Capisci da te il senso di quei pendagli infantili*, scrive ora. *Maniacale attenzione a non disperdere il patrimonio neppure nei suoi orpelli più inutili. Esiste una sfida più alta al destino comune? La nobiltà non è sangue blu, Mira, ma il candore delle ceramiche intatte, la brillantezza degli argenti tirati a lucido, potersi specchiare nella lama del coltello da pesce. È la mia linea materna: piovevano bombe, crollavano muri e i nostri angioletti dalle ali dorate restavano lì a testimoniare una sorte indenne.*

*Giurerei che quando mio padre mandò a prendere il tuo regalo neppure mia madre sapeva. Ho davanti agli occhi la tua, di solito tanto contenuta. Ha servito il pranzo e (concessione liberale) ora siede insieme a te per il taglio del dolce. La vedo tamponare con il tovagliolo la fronte e intanto scuotere la testa, gli occhi sulla fetta di pandoro ancora intera come se fosse nel piatto la parola da cercare. Balbetta qualcosa, è quasi severa, indispettita: Non dovevate. Così è davvero troppo, non dovevate.*

Oggi pensa che, se avesse avuto allora il coraggio che ancora le manca, sarebbe sbottata. Eppure era solo una macchina fotografica, dove stava il problema? La irritava Mira al centro della scena, con la Canon tra le mani e lo sguardo incerto di chi non è davvero turbato, ma lo stesso non trova parole. Tra sé pensava: trovala una parola che dia un taglio a questo teatrino e ci lasci liberi di raccogliere i piatti e le briciole per far posto alle carte da rubamazzo. Ringrazia e basta, piantala di startene lì come una madonnina inginocchiata.

*Sii sincera, Mira: hai qualche memoria di quello che sto scrivendo, sapresti dire che tutto il tuo talento è nato lì, che lo devi a un pensiero che mio padre ha dedicato a te, anziché a Fabia o a me, che eravamo figlie sue? Mio padre, Mira, quello che non aveva pensieri per niente e nessuno a parte il suo mestiere e che invece quel giorno era ricco d'orgoglio per il bel gesto. E anzi da quel momento ha cominciato a fare un tifo matto per te, incoraggiando un talento che tu stessa non sapevi di avere. Lo conosci, il perché lo sai: il tuo successo doveva essere il premio per la sua intuizione. Lo è stato, per questo nel testamento ha disposto un lascito per te e non oso pensare quanto avrebbe patito il tuo rifiuto.*

In quegli anni suo padre aveva convinto il suo amico Pozzi, fotografo molto noto, a dare a Mira qualche lezione, perché il suo laboratorio era il migliore di Milano e forse, persino, di tutto il paese. Aveva riempito le pareti dello studio con suoi ritratti e non conta che i volti fossero i loro, perché quelli restavano comunque gli scatti di Mira. Ma, soprattutto, quando si era posta la scelta tra l'università e l'istituto di fotografia di New York, siccome il Pozzi appoggiava Mira, lui aveva sciolto i dubbi di sua madre, brigando perché avesse una borsa. Si era persino offerto di pagarle il viaggio e una parte del soggiorno nello studentato di Brooklyn.

*Non avevamo ancora fatto la maturità, io fluttuavo nell'incertezza della facoltà e tu avevi già nel diario il biglietto per l'America. Ti ho odiato per questo, Mira? Sai il bello? Non ti ho odiato, mi sono convinta che fosse giusto così.*

*Però poi col tempo ho capito. Sai cosa hai vinto quel 25 dicembre? Quel giorno mio padre ti ha regalato un superpotere: la possibilità che tutti vedessimo quello che vedevi tu, la tua selezione della realtà, ma con un'evidenza che le parole non hanno, perché tutti siamo più disposti a credere alle foto che alle parole, anche se uno scatto non costa nessuna fatica. Anzi, anche se, a dirla tutta, non chiama neppure allo stesso sforzo di gesti altrettanto semplici e crudeli come sfilare un portafogli, dare fuoco a un bancale, lanciare un sasso, togliere la sicura, sparare. Sbaglio o è proprio questa diversa responsabilità che rende le immagini più potenti di qualunque altro discorso? Credo che tu non possa darmi torto, con tutta la tua battaglia per una fotografia etica, anzi sostenibile – non è questo il termine? Ma sostenibile per chi, Mira? Quand'è stato che hai cominciato a usare questa attenzione e verso chi hai rivolto le tue premure?*

Su un dondolo estivo il padre di Agata indossa una camicia bianca e allarga le mani per distendere al sole le pagine del *Corriere*, su cui teneva allora una rubrica settimanale. Sua madre accanto, ma discosta, appoggia le mani distese sulla gonna stretta che le avvolge le gambe affusolate. Rivolge al marito un'espressione di domanda e di attesa. È talmente smaccata la sproporzione tra le due figure (la solidità generosa di lui, la sottile trasparenza di lei) che quasi non noti nel mento appena sollevato una sfumatura di accusa. Agata sta in piedi, a sinistra, la sua schiena si inarca su due gambe cavalline e guarda sua madre con la stessa espressione che lei rivolge a lui. Fabia, sua sorella, invece siede a terra, in una postura rilassata e cordiale, è la sola che guardi in camera con un sorriso adatto, l'unica per cui lo scatto di Mira non sia un furto.

*Guardo le tue prime foto, quelle che ritraggono tutti noi. Ne eravamo avidi: ognuno di noi cercava nel tuo sguardo fissato sulla carta fotografica qualcosa di sé stesso; volevamo scoprirci migliori di come ci pensavamo e finivamo per provare, ciascuno per sé, una delusione difficile da condividere. Se oggi sfoglio quelle foto, mi pare che quegli scatti siano più crudeli di qualunque parola abbiamo mai usato noi con voi. Non so se in quei giorni ti ho detestato, ma col tempo ho capito che la scelta del regalo, comunque sia venuta a mio padre, aveva qualcosa di numinoso: la magia dello strumento era già tua, si trattava solo di decidere come usarla, come farne una via di riscatto che non valesse soltanto per te.*

Il suono del citofono la riporta a terra. Agata si sporge dalla finestra: Tobia, sotto casa, di nuovo senza chiavi, con una mano scrolla le notifiche sul telefono e con l'altra tiene Curry per la pettorina. Il cane no, pensa gettando per la casa un'occhiata sconfortata, ma poi preme il pulsante e apre.

# Blue Dream: Tobia e Sara

*Milano, maggio 2019*

Sara chiude gli occhi, infila le cuffie e si isola dal resto del mondo. Il brano che ascolta s'intitola *Natural Mind*. Tobia lo ha creato soltanto per lei raccogliendo in un'unica traccia i rumori che ha registrato durante un weekend al mare in Toscana e quelli che hanno raccolto due settimane prima durante una passeggiata al parco Ravizza. Il suono del mare dura quattro minuti: immagina Tobia che cammina lungo la spiaggia, cerca un punto deserto con le onde che si infrangono lunghe sul bagnasciuga, si siede sui talloni, collega il cavo e fissa il microfono sul cavalletto.

Le manca Tobia. Ascoltare il pezzo che ha composto è come essere insieme a lui sulla sabbia ancora grigia, tra gli ossi di seppia, le alghe secche, i rami trasportati a riva dalle correnti e levigati dal vento e dal sale.

La prima volta da soli, in camera di Tobia sono arrivati dopo una lunga passeggiata nel parco. Si sono baciati e accarezzati, poi lei gli ha sollevato la maglietta e ha accostato le labbra alla sua pancia tesa, slacciato il primo bottone dei jeans. Tobia si è irrigidito, ha riso.

«Sara, aspetta, io non ho niente...»

«Non importa, non serve».

«Così no». E poi, piano: «Io non l'ho mai fatto».

«Se intendi tutto, neppure io».

«Credevo che tu e Diego...» e dopo qualche secondo: «Ma io non sono Diego», come fosse una cosa logica da cui discende tutto il resto. Lei si è sentita ferita.

«Guarda che alla fine Diego non è come sembra».

«Però ti ha fatto male».

«Un po'. Ma è stata colpa mia. Quando l'ho conosciuto lo odiavo, lo odiano tutti all'inizio. Poi ho visto il bambino dietro all'armatura e ho creduto che... Lascia stare, sono una cretina, vero?»

«Non mi sembri cretina».

«Vabbe'. Comunque a un certo punto con lui ero io ma non ero più io».

«Questa l'ho già sentita» lui, sorridendo.

«Cosa?»

«Il fatto che eri te senza essere te: è quello che hai detto dopo aver visto il video».

«Non è lo stesso. *Blue Dream* era il tuo sogno, non qualcosa che facevi a me».

Tobia avrebbe voluto aggiungere che, per quel che ne sapeva, era questa l'essenza dell'amore: vedi una persona, qualcosa ti ferisce, non sai il perché ma ti resta la sua immagine e il suono della sua voce imprigionato nella tua mente. L'immagine di chi ami vive una vita propria dentro di te. Non era questo un blue dream? Ma non l'ha detto, dirlo supporrebbe che la loro storia abbia a che vedere con l'amore. Parola grossa, l'amore.

«Ti sei innamorato di me?» gli ha chiesto Sara quando ha visto e sentito il pezzo la prima volta. Ma allora era per ridere e c'era tanta gente attorno, infatti la risposta di Tobia è andata da un'altra parte. «Non c'entra l'amore, quello che faccio nasce dalla testa».

Adesso che sono soli può spiegarlo meglio: «Senti? Per cominciare c'è il parametro tempo, è la dimensione in cui nasciamo, viviamo, moriamo. Ma nei lavori che faccio io suoni e immagini si possono riprodurre all'infinito e allora il tempo non vale più. Immagina le tracce come universi paralleli che però puoi sentire e vedere simultaneamente».

«Il multiverso» lei, ridendo.

«Diciamo così. Il concetto è un po' quello. La cosa importante è che *Blue Dream* non è una prigione, al contrario. In realtà quello che ho fatto è liberarti dal tempo».

Tolti sua madre e Yu, Sara è la prima persona che entra nella sua stanza. Tobia ha pensato così tante volte a lei: la immaginava come l'ologramma della principessa Leila e pensarla non era meno reale che averla lì, a un passo da lui, mentre fa scivolare le dita sul mixer digitale e sulla tastierina midi che gli ha visto usare poco prima.

«Costa molto tutta questa roba?»

«Boh, dipende. Con centocinquanta euro puoi processare musica, voce, segnale, abbinare un software per le immagini, fare quasi tutto quello che faccio io. Se però vuoi registrare suoni come abbiamo fatto noi oggi, ti serve un setup decente: registratore portatile (questo che vedi è uno zoom). Poi le cuffie, il cavo per il microfono, lo stativo...»

«Ecco, giusto, lo stativo: possiamo chiamarlo cavalletto?»

«Possiamo».

«Processare» di nuovo lei, ironica, scandendolo bene. Mentre parla si accorge dello sguardo di Tobia. Lo sente come una carezza, infatti gli prende le mani. «Sono belle» dice portandosele alle guance. «Hai mani belle». Pensa che con Diego non è mai stato così facile, perché l'amore per lui era una specie di negoziazione, tutto sembrava avere un prezzo e a lei non piace avere un prezzo.

«Processare è solo gergo, come campionare o melodizzare. Vediamo se riesco a spiegarmi. La voce è un suono come un altro. In verità, se ci pensi, non è tanto diversa dal fruscio dell'erba o dal vetro che si infrange per terra. Campioniamo esperienze sonore, come abbiamo fatto oggi. Poi io le collego e ne esce un linguaggio completamente diverso. La cosa importante è l'acustica, il suono, non il significato. Non mi interessa il significato».

«Tutta un'altra cultura, tipo gli extraterrestri, il mondo animale...»

«Sì, dai, Qualcosa del genere. Solo che non c'è niente da decifrare».

«Posso provare?»

«Puoi» lui, collegando il cavo del microfono al mixer, il mixer al pc.

Sara si mette a terra con le gambe incrociate come una yogin, mentre Tobia continua a muoversi per la stanza sullo sgabello con le ruote.

«Ci va del tempo per far partire il computer» dice e nel frattempo digita sullo smartphone per cercare qualcosa. «Senti questo intanto: Steve Reich, compositore minimalista americano. Una cosa vecchia. Avevano arrestato dei ragazzi di colore, Reich ha campionato un frammento di qualcosa che uno di loro ha detto. Dimmi che effetto ti fa».

«Sembra uno scioglilingua».

«Ecco, sì: è la stessa frase ripetuta infinite volte, a ogni passaggio c'è una lievissima variazione rispetto alla precedente, questione di millesimi di secondo».

«Ma cosa c'entra la musica?»

«Aspetta. Senti cosa succede adesso».

«Forte. Si dilata. Come un... canone?»

«Un loop».

«Ipnotico».

«Già. Ma non ci è arrivato per caso. Siamo negli anni Sessanta, forse il primo loop sarà stata la puntina incantata sul vinile che ha attirato l'attenzione di qualcuno, chissà. Però quando Steve Reich lavora a *Come Out* ha un'idea precisa di quello che fa».

«*Come Out*... e poi? Cosa dice la voce?»

«*Come Out to Show Them*, ma vedrai, tra poco le parole saranno indecifrabili».

«Diventa inquietante».

«Non vuole essere piacevole. Io dico che è interessante».

Anche la storia del brano è interessante: 1966, un ragazzino di colore freddato per strada da un poliziotto bianco. Parte una rivolta violenta e, tra i tanti scontri, c'è un gruppo di poliziotti che massacra di botte dei ragazzi che, nei giorni della manifestazione, avevano cominciato a tirarsi frutta rubata da un banco in strada. Un paio di persone intervengono in difesa dei ragazzi, ma vengono presi a calci e pugni e poi arrestati anche loro. Sarebbe finito tutto dimenticato se i ragazzi picchiati non fossero stati accusati, di lì a un po', dell'omicidio di un bianco e quindi di nuovo arrestati e pestati e condannati a pene durissime.

Gli piace l'espressione di Sara mentre lo ascolta. Si rende conto per la prima volta che tutto quello che pensa, davanti a lei, prende una consistenza diversa. Una storia astratta diventa una cosa vera, raccontare è come essere nell'America del 1966.

«È la punizione per essersi opposti agli agenti: torture, confessioni strappate con la violenza, senza uno straccio di difesa. Te l'immagini?»

«Assurdo».

«Abbastanza, sì. Comunque c'era tutto un movimento di attivisti che non voleva lasciare andare la cosa e che chiese a Steve Reich di scrivere un pezzo in difesa dei ragazzi innocenti. E lui, dalla registrazione del processo, prese la frase nella quale uno dei condannati diceva di aver dovuto incidere un ematoma per farne sgorgare il sangue e mostrare in questo modo cosa gli avevano fatto. L'assurdo vero è che fosse necessario rendere visibile a tutti quel che era successo, perché i suoi aguzzini negavano di avere una colpa. Magari erano persino convinti di aver fatto la cosa giusta pestando lui e gli altri.

«Il brano prende giusto un frammento del discorso del ragazzo nero: *Come Out to Show Them*. Reich registra la frase come un loop infinito su sedici canali in totale, ma lavorando di quattro in quattro. Prima quattro, poi otto, quindi dodici e alla fine sedici. Tieni conto che all'epoca i mezzi erano tutta un'altra cosa, questa roba circolava solo su nastri magnetici. Lui fa muovere i due canali prima insieme, all'unisono, poi aumentando sempre di più la discrepanza. In questo modo, lo senti, dopo un minuto, le parole cominciano a confondersi e alla fine quello che resta è puro suono».

«Allora un significato c'è: è un brano antirazzista».

«La richiesta era questa, ma io non credo che per Reich l'obiettivo fosse solo la difesa dei diritti di qualcuno. Ci sono un'infinità di canzoni che parlano di uguaglianza, hanno fatto la storia della musica, le riconosci, le canti. Questa no, tipo che non è neppure piacevole da ascoltare, non è orecchiabile. Anzi, se ci pensi, non è neppure bella. Se ha fatto la storia della musica, non è per il messaggio. La parte interessante è la sfida: calcola che siamo nel 1966 e lui si inventa la possibilità di innescare un processo che prima non si usava. Con una piccola manipolazione della variante tempo è in grado di generare una trasformazione totale della voce umana, che infatti diventa altro, puro suono».

«E questo per te è...»

«Interessante».

«Giusto. E dunque *Blue Dream* significa che anche io sono interessante?»

«Sì, anche». Ride, si baciano. Di Sara non ha paura, tra paura e amore ha vinto l'amore. Ma non sa dire quello che prova.

Lei: «Sono felice che tu mi abbia trovato interessante».

«Però non proprio tu. La tua immagine a nove anni, il rumore dei tuoi passi che ho registrato di nascosto all'uscita da scuola, il video dei camosci, anche se non erano gli stessi che abbiamo visto insieme. Quello che cerco è lo spettro delle onde sonore e poi, a seguire, nel caso di un video come questo, quel che si può fare della luce, del contrasto, della saturazione dell'immagine. È bellissimo il modo in cui una fotografia si può frazionare e poi replicare, secondo un ritmo ripetitivo che dà l'illusione del movimento. Ma, anche qui, quello su cui si lavora è sempre il tempo».

«Si può fare anche con la mia voce?»

«Basta che parli qui dentro».

«Cosa dico?»

«Quello che vuoi, anche niente di comprensibile. Il software associa a ogni onda un colore, così la tua voce diventa qualcosa che si vede».

Sara raccoglie i capelli con una mano, se li fa scivolare sulla spalla destra, accosta con prudenza le labbra al microfono, pronuncia *Tìtiretùpatulérecubàns* e ascolta la sua voce parcellizzata, contempla la danza dei colori sullo schermo.

Tobia aveva scoperto di essere stato selezionato leggendo il suo nome sulla bacheca nell'atrio. «Miti_fest 2018» e sotto un elenco con i nomi degli artisti che avrebbero eseguito un brano dal vivo alla festa, tra gli altri: Tobia Palmisano, *Blue Dream*, audiovideo mixage.

Bastardo, fottutissimo Yu. Aveva spedito il pezzo, lo aveva fatto sul serio, non scherzava.

«Che ti frega. Non devi neppure suonare, sta tutto nel file. Non è che poi ci devi andare alla festa, puoi anche fingere di non essere tu l'autore, tanto, tolti due o tre sfigati della classe, nessuno sa che esisti. Lo mandiamo e vediamo l'effetto che fa».

«Non ci provare».

«Dai, pensaci, è una bomba».

«La bomba è quella con cui faccio saltare te, se provi a fare una cazzata simile».

Glielo aveva vietato, aveva detto: «Cancella il file che ti ho mandato» e quello aveva giurato, ma invece aveva impacchettato per bene tutto, dettato un titolo che nell'idea di Tobia doveva essere provvisorio e aggiunta quell'assurda didascalia: audiovideo mixage. Fottuto Yu, traditore.

Il video era tutto costruito con le fotografie del campo estivo in cui Tobia aveva conosciuto Sara. E anche se lei allora era una bambina (lo erano entrambi ovviamente), anche se le immagini erano state lavorate, gli sembrava riconoscibilissima.

«Ma se è solo un'ombra ricavata da una foto di quando aveva quanto? Dieci anni?» Yu, per difendersi.

Ombra o non ombra, Tobia si è sentito nudo, chiunque a quel punto poteva vedere quello che lui poteva fare delle persone: ridurle a ombre, mixare il loro profilo nero secondo una scansione randomizzata, accostarle a una base musicale e confezionare... Cosa? Né omaggio né tributo, nulla che si potesse comunicare o vendere, ma comunque qualcosa da cui si capiva quanto contasse Sara per lui e da quanto tempo.

C'è una sola parola per descrivere quello che ha fatto: *appartenenza*. Il gesto di comporre è la via attraverso cui Tobia offre sé stesso a qualcosa di sacro, definitivo, perfetto. Eppure chiunque fraintenderebbe, associando a una definizione tanto sottile la traduzione opposta di *appropriazione*.

Dove sta il confine tra *appartenenza* e *appropriazione*? Poteva difendere quello spazio, lo spazio del suo immaginario, dalle semplificazioni che sarebbero arrivate? Davanti alla bacheca della scuola questo pensiero lo aveva turbato più della paura per le critiche a cui sarebbe andato incontro un lavoro lontanissimo dai gusti musicali di chi partecipava alla festa. Al dunque, però, non era successo nulla di quello che aveva temuto: nei sette minuti e dodici secondi di proiezione del brano sul megaschermo (appositamente noleggiato per una cifra che aveva portato il biglietto d'ingresso a quotazioni stellari), il suo *Blue Dream* aveva vinto sulle risate e i fischi che avevano preceduto la proiezione. Sullo schermo le montagne e gli alberi erano diventati sagome nere che si stagliavano su un blu metallico e cangiante. Metalliche erano anche le percussioni che mimavano una pioggia sempre più fitta e poi lo stridore che richiamava il verso di un uccello lontano, mentre una figura infantile compariva a più riprese, secondo una sequenza ripetuta ma non prevedibile, nell'atto di scalare un masso, seduta accanto al fuoco oppure in uno scatto che la sorprendeva sospesa durante il salto o la corsa. E alla fine aveva inserito i camosci: non quelli che avevano visto loro, ma quelli che il coordinatore del campo estivo aveva fotografato e poi spedito al rientro, insieme alle immagini che dovevano testimoniare la cronistoria della vacanza.

A sorpresa, sui social il video aveva continuato a girare per giorni, tanto che qualcuno aveva cominciato a usare il nome *Blue Dream* per riferirsi alla festa. Una cosa strana, a pensarci: le performance video-musicali come la sua erano passioni rare, Tobia non conosceva nessun ragazzo della sua età che le apprezzasse. Ma quella sera, per pochi minuti, uno stupito incantesimo aveva avvolto tutti, e pace se non era durato, presto scalzato dall'allegria alcolica e dalla techno. Quello che stava capitando ai suoi compagni era una magia che Tobia conosceva bene per averla sperimentata nell'età in cui però gli incantesimi tendono a fissarsi. Lavorando a quel «sogno blu» aveva cercato di replicare il suo primo incontro con la musica elettronica, in una sera d'inverno milanese, quando neppure dodicenne era stato trascinato da suo padre alla performance di un collettivo multimediale.

«Suona un collega. Anzi non è che proprio suoni, è musica sintetizzata attraverso un computer, ma la performance è live. Una cosa interessante, vedrai». Lo era stata eccome. Le immagini vibravano sullo schermo che occupava l'intera parete dell'aula principale di un edificio industriale, fino a poco prima bianco gesso, ora completamente buio, illuminato a tratti da una luce bianca, lunare. Tobia ricorda le pareti tappezzate da foto stampate su lastre di alluminio e i suoni onirici: un fischio dentro una bottiglia, un bicchiere di vino sfiorato con un dito, il bastone della pioggia, il canto di un cuculo, forse, e le foglie, un battito d'ali, frinire di cicale... Erano anche quelli sound artificiali, ripetuti secondo logiche casuali o matematiche, ossessive e perfette. Intanto sul soffitto e sulle pareti sgombre si avvicendavano il nero dei rami, il grigio e il blu del cielo, poi un sentiero di pietre piatte, bianche, quasi azzurre sul fondo nero. E su tutto il rumore del vento cresceva fino a fondersi con il respiro profondo di un grosso animale e la pioggia prendeva il ritmo di un monsone e si apriva alle percussioni tribali. Luci, colori, ritmo. Sinestesie astratte da cui era stato rapito: sogno, poi incubo, poi di nuovo sogno.

Sinestesie astratte, ma emozioni concrete: la sua sindrome di Stendhal non nasceva solo dal suono e dalle immagini, ma anche dall'osservazione dei due performer al lavoro. Era ipnotizzato dai loro gesti calibrati, che uscivano dallo schermo e dilagavano sulle pareti, sul pubblico e sul pavimento, sul soffitto a capanna che un tempo aveva ospitato uno stabilimento tessile. Questo era il sogno che Tobia cercava di replicare, ridisegnando il loro Gran Paradiso e poi raccogliendo (questo sì a tradimento) il rumore dei passi di Sara all'uscita da scuola e la sua risata sul pullman al ritorno dalla gita a Torino. Aveva mischiato quei suoni alla registrazione del tram, della pioggia sulla tettoia metallica, dei rumori di cucina raccolti nel ristorante del padre di Yu, delle foglie sotto i suoi piedi, poi foglie e sassi, poi rami spezzati. La realtà, manipolata e ridotta a suono, si fondeva con una danza di figure nere su fondo blu, era appunto il suo *Blue Dream*.

Il lunedì dopo la festa, sulla strada di casa Yu non era con lui, dal momento che dopo l'invio del file aveva pensato bene di starsene alla larga per evitare nuove liti. Sara lo aveva raggiunto.

«I camosci erano quelli, li ho riconosciuti. E la bambina sono io».

«Mi dispiace» lui d'un fiato e senza guardarla, proseguendo la marcia verso casa.

«Non me la sono presa. Solo, perché io?»

«Non c'è perché. Sono lavori che faccio. Ne avrò migliaia, soggetti diversi ogni volta. Non so nemmeno perché quel coglione di Yu abbia scelto di inviare quel lavoro e non un altro».

«Vuoi fermarti?» Il tono era così perentorio che era stato costretto a interrompere i passi e a lasciare che l'incontro con il suo sguardo severo e limpido gli rovesciasse lo stomaco, come immaginava che sarebbe successo.

«Scusa».

«La pianti di scusarti? Non è quello, ti dico. Nessuno sa da dove arrivano le foto e sono così elaborate che non potrei farti causa neppure se lo volessi».

«Mi dispiace lo stesso».

«Ho capito. Ma a me no. Voglio dire, non sono offesa: è

stata una sorpresa, non credevo neppure che ti ricordassi che eravamo stati insieme a vedere i camosci. E alcune foto che hai usato le ho anche io, le ho tenute tutte».

«Non sono delle gran foto. Lui non era un gran fotografo».

«Già. Non era bravo in niente a pensarci, è stato il campo più assurdo in cui mi sia capitato di andare».

«Lo penso anche io».

«Mi piacerebbe vedere come fai», ma Tobia aveva distolto lo sguardo e ripreso a camminare con più determinazione. «Se ti va, ovviamente», rincorrendolo. «Non so come spiegarti: ma in quel video io ero io e allo stesso tempo non ero più io. E non è solo perché hai usato foto vecchie. Voglio capire come fai».

«Senti, io non so cosa ci hai visto tu. Mi pare che esageri. Era una cosa così, non c'è una scrittura dietro, non devi leggerci per forza una trama. Prendo delle cose, le metto insieme, come fare un frullato. Yu ha spedito quel file, ma con gli stessi ingredienti ne avrò almeno cento. Mixando si generano sequenze diverse, non sono io che comando».

«Mi piacerebbe vederle».

«Ma vedere cosa?»

«Le altre sequenze».

«Ascoltami: già è stato un supplizio l'altra sera. Io la chiuderei qui. Mi dispiace per le tue foto. Davvero. Bisognerebbe sempre chiedere il permesso, anche se in questo caso, come hai ammesso, eri tu ma non eri tu».

«Lo so, ma mi piacerebbe...»

«Ti piacerebbe, ma non è possibile. Adesso devo andare. Scusami, davvero, non voglio essere antipatico. Ma sono serio: è tutto un grande equivoco. Tu fa' finta che non sia successo niente». E si era messo a correre per due isolati, poi a camminare veloce fino al portone di casa, pensando a un modo per sotterrarsi in un letargo di anni e a scuola non tornarci più.

Però Sara aveva avuto pazienza. Lo aveva avvicinato piano come aveva fatto con Memory, il gatto adulto che aveva raccolto malconcio per strada, sottraendolo a una zuffa tra felini nella quale stava avendo la peggio. Anche Memory era selvatico, non si lasciava prendere volentieri. Il veterinario da cui l'avevano portato dopo la visita li aveva guardati e aveva domandato: «Pazienza ne avete?» e appunto lei aveva scoperto di averne.

La sezione con le onde è finita, parte una pioggia torrenziale che Tobia ha chiamato *Milano monsonica*: si sente la violenza dell'acqua e del vento che sfibra gli alberi del parco Ravizza. Nel vuoto che cerca, Sara ritrova l'immagine di Tobia, un nodo in gola le ricorda quanto è stata dura per tutti e due imparare a fidarsi e poi perdersi in un abbraccio vero che ricordava tanto un sogno blu. Alza il volume, porta l'avambraccio sugli occhi per restare ancora un po' nel sogno. Domani, forse, con un po' di coraggio, lo cercherà e avranno di nuovo un angolo di paradiso.

## Perché? Tobia e Arturo

*Milano, maggio 2019*

Tobia e Arturo si sono detti così tanto, sono talmente tante le cose che sanno l'uno dell'altro e così intime quelle che il vecchio ha capito di lui, che c'è più confidenza tra loro di quanta Tobia ne abbia avuta con qualunque altro essere umano. Persino Yu sa meno cose, perché un amico è qualcuno con cui passi il tempo e la vicinanza non si misura a parole: non c'è bisogno di dirsi tutto, lo capisci da te se l'altro è triste o incazzato, se gli va bene o male, sono cose che puoi anche vedere. Però alla vista Arturo ha rinunciato e dunque deve osare. «Me lo vuoi dire adesso com'è andata la famosa notte?» E Tobia, tirando indietro la schiena, serrando le braccia al petto: «Non è una cosa di cui mi senta orgoglioso».

«Va bene, fuori il rospo. Fammi capire perché uno come te pesta una merda tanto grande».

«Un po' di più che pestare una merda».

«Un po' di più se tu fossi finito dove volevi finire. Però mi pare difficile credere che tu abbia avuto intenzione di far male a qualcuno o di ficcarti in un guaio tanto grande».

«Da dove parto?»

«Parti da dove vuoi tu».

Fatima sta cambiando la cerniera a un paio di vecchi calzoni a cui Arturo è affezionato. Dalla cucina può sentirli, allora abbassa di poco la radio, posa l'ago e ascolta con più attenzione.

Tobia non voleva averci nulla a che fare con quella gente, non è il tipo che va in cerca di amici. Dice proprio: «La gente in genere non mi piace». È stato Yu a farsi venire in mente quella stronzata di spedire il brano al concorso per la festa. Di botto Tobia si è trovato al centro di un'attenzione che si sarebbe risparmiato volentieri, col danno collaterale di Sara che ha scoperto d'essere la bambina del video e tutto il resto. Però a Sara il video è piaciuto.

«E questo va bene, giusto?»

«Questo sì. Cioè: adesso sì. All'inizio non volevo attorno neppure lei».

«Capita di avere paura. Vai avanti».

La verità è che il video era piaciuto a tanti e allora Diego, quello che chiamano il Colonnello, si era preso il gusto di farlo entrare nel giro di quelli che contano. È una cosa molto da Diego questa: sceglie gente che nessuno conosce e regala un po' di popolarità in cambio di fedeltà. Di solito funziona, la popolarità piace quasi a tutti.

«A te no però».

«A me zero. Però non è che sia tanto facile chiamarsi fuori con persone come Diego, perché non sono proprio capaci di accettare un rifiuto, non lo capiscono». Se uno dice di no (e Tobia ci ha provato a dire di no, non una, ma un migliaio di volte), quelli tornano alla carica, perché proprio non gli riesce di pensare che esista qualcuno che non consideri una fortuna poter essere come sono loro.

«E come sono loro?»

«Boh... come faccio a spiegarti?»

«Gente abituata a vincere?»

«Anche, forse. Più che altro gente che non sa proprio perdere. Qualsiasi obiezione è un'offesa. Tipo: o sei con me o sei contro di me».

«Va bene, vai avanti».

Tobia ci prova: spiega che anche così una misura per starci senza starci l'aveva trovata. Si dava quel tanto che bastava, senza contraddire nessuno e senza mettersi troppo in evidenza, con l'idea che la ruota sarebbe girata e che quelli, una volta scoperto che lui, video o non video, in realtà era di una noia mortale, lo avrebbero lasciato in pace. Tutto quello che doveva fare era tirare fuori la pazienza che aveva da bambino, quando ai campi estivi aveva imparato la legge dell'invisibilità.

«Sarebbe?»

«Diciamo che è un modo per diventare trasparente. Non è che per sopravvivere si debba sempre lottare, ci sono animali che si adattano benissimo confondendosi con le foglie. Io in questo sono parecchio bravo».

Infatti stava funzionando: si accorgeva che poco alla volta l'attenzione che aveva avuto scemava e, a parte Sara, gli altri cominciavano a non filarselo più. Poteva andare tutto liscio, ma ecco che quel pirla di Yu si era messo di traverso, con le sue frecciate su chi sta nelle alte sfere e si dimentica degli amici.

«Yu. Ti rendi conto, Arturo? Quel pirla che spedendo il mio pezzo aveva fatto partire tutto il casino. Vuoi che era geloso, ma di cosa non si capisce, visto che non poteva pensare che a me stesse bene frequentare gente così... Fatto sta che mi è venuta voglia di sbattergli in faccia che aveva ragione e che quella era proprio la gente con cui io volevo stare. Loro, non lui. Un giorno è arrivato uno dei dementi che sono l'ombra di Diego: a lui piace dire che sono i suoi pretoriani. Quella mattina all'uscita da scuola il tipo arriva e mi fa: tu stasera ci sei, vero, perché questi hanno rotto il cazzo. E io: questi chi? Così lui mi spiega che il ragazzo del negozio era venuto alle mani con uno di loro per non so quale questione e che nella rissa era finito in pezzi uno smartwatch. Vai a sapere se poi è vero e se il tipo del negozio lo aveva fatto apposta».

Mentre Tobia parla col pretoriano, Yu è sui gradini di scuola con alcuni compagni di classe, ma non smette di fissarlo con un disprezzo che a Tobia fa salire il sangue alla testa. Allora, invece di tirare fuori una scusa, dice che sì, ci sta, quella sera anche lui ci sarà. Si fa spiegare dove e a che ora, senza avere la più pallida idea di cosa debbano fare. Però all'una di notte sono tutti lì, una decina, davanti all'Orto di Feven. C'è quello con la tanica di sangue che dice essere di maiale (procurato al macello in cui lavora non sa più bene chi), un altro con la bottiglia dell'alcol in una mano e lo zippo nell'altra, e tutti a gridare insulti mentre alle finestre del palazzo si accendono alcune luci e il Colonnello se ne sta dritto in piedi a dirigere con un cenno questo e quello, perché bisogna fare in fretta e il coordinamento dell'azione è tutto in certi casi.

A parte il Colonnello, che è sempre in sé, e Tobia, che è praticamente astemio, sono tutti un po' pieni di vodka o birra e chissà cos'altro.

Dunque lui è lì, a cavallo del suo cinquantino, con il casco appoggiato sulla gamba, indeciso sul da farsi, ma anche ipnotizzato da quella scena assurda.

«Vuoi che non lo sappia che potevo urlargli di smetterla o essere io quello che dà l'allarme? O anche solo filarmela? Ci ho pensato un sacco, ma dopo. In quel momento non riuscivo a muovermi».

«E sono arrivati chi? Carabinieri?»

«Polizia. Abbiamo sentito la sirena, gli altri hanno piantato tutto lì e si sono dileguati in un lampo, senza neanche dirsi che era il caso di tagliare».

«E tu?»

«Io non lo so perché sono rimasto, Arturo. C'era il fuoco che si mangiava i bancali, la tanica rovesciata per terra, le scritte lasciate a metà... Guardavo lo schifo che erano riusciti a produrre in meno di dieci minuti, ma non so più cosa mi passava per la testa. So che ho perso il momento. Quando ho fatto partire la moto loro erano già lì a urlarmi fermo, dove vuoi andare...»

«Perché non hai detto che era colpa di quegli altri?»

«Ma come fai a non capire, Arturo? Io c'ero. Magari all'inizio non lo sapevo, ma poi sono rimasto lì. La sfiga di non sapere non è mica un alibi. Mi capisci?»

Certo che lo capisce, avrebbe così tante cose da dire, ma si concede una sola battuta. «Lo so che i consigli alla tua età non sono richiesti e non servono, perché c'è molto più gusto a sbagliare da soli. Però una cosa te la voglio dire: il tuo amico e Sara, fossi in te, non li lascerei andare. Qualche volta bisogna uscire dalla modalità spettatore. Ci sono momenti in cui sta a te scegliere la prossima carta». Riflette qualche secondo, poi aggiunge: «La storia di Vittorio, mio padre, ce n'è ancora un pezzo che non sai».

## La caverna: Vittorio, finalmente

*Africa Orientale Italiana, aprile 1939*

L'ultimo racconto di Arturo è stato il più difficile da ascoltare e anche da riferire. Vittorio non è solo l'assassino della bestia che ha violentato Ekelé. Fino a quel punto la storia risultava quasi edificante e anche vagamente eroica – non proprio qualcosa di che andare fieri, ma, per essere uno che nel 1937 stava nel posto sbagliato e dalla parte sbagliata, Vittorio ne era uscito anche bene: omicida, certo, ma anche salvatore. L'ultima parte del racconto invece cambia parecchio il quadro.

Tobia prova a immedesimarsi. Per cominciare, Vittorio, dalla fine del 1937, aveva perso tutto insieme alla tessera del partito, che gli era stata ritirata; perciò niente camion, niente denaro da investire, giusto il tetto di Ekelé sulla testa, ma di Ekelé nessuna notizia. Offrirsi come trasportatore diretto per l'esercito gli permetteva di recuperare almeno la tessera e magari, con quella, sperava di sganciarsi al momento giusto, prendere a nolo un camion e riaprire l'impresa.

Così finisce che nel 1939, un giorno d'aprile, si ritrova in una carovana di mezzi militari diretti a centocinquanta chilometri da Addis Abeba. Non è tranquillo: hanno già percorso un bel tratto, deserto e molto esposto, e lungo la strada i pochi villaggi, piccoli aggregati di capanne, sono tutti bruciati. In più questa volta il carico dei due autocarri che precedono il suo è particolarmente pericoloso e facilmente incendiabile.

Quando arrivano al fortino le camicie nere esultano:

sono sfiniti e ogni nuova è una buona nuova. Si è a un giorno di marcia dalla grotta assediata di Gaia Zeret, l'Amazegna Washa, dove stanno i ribelli. L'attesa si è protratta troppo a lungo, perciò tra i miliziani c'è chi spera in una mossa qualsiasi, perché l'idea di uno scontro aperto è meglio di quella sequela di giorni tutti uguali. Anche gli ascari non funzionano bene nella guerra di posizione. Dunque il morale è a terra e i viveri scarseggiano perché nei villaggi non c'è più nessuno e i rifornimenti aerei sono falliti. I sacchi di cibo piombano giù dal cielo senza paracadute e, se non finiscono nei burroni, come toccano il terreno esplodono spargendo il contenuto. Le pattuglie di cambusa si spargono in cerca dei piccoli coni bianchi di farina da cui però non si ricava granché.

Anche Vittorio è stanco, lo spiegherà bene ad Arturo nell'ultima conversazione tra padre e figlio. Ha tirato avanti per ore con il suo Lancia RO lungo la strada asfaltata e poi sulla pista fino all'orlo dell'abisso, dove appunto iniziano i canyon che nascondono i ribelli. Partecipa alle operazioni di scarico, perché diversamente non può fare, poi cede metà del suo rancio in cambio di una sigaretta da fumare sul limitare della piana, dove le pareti a precipizio si aprono sull'immensa vallata interrotta dalle ambe, i caratteristici torrioni con le cime a terrazzo, alti quanto la terra su cui stanno. È un racconto avventuroso fin qui, una di quelle cose che ai figli e ai nipoti piace ascoltare, perché ha dentro quel tanto di esotico che stimola l'immaginazione.

La missione però è particolare. Non importa che Vittorio sia lì per scaricare corde, tende, taniche d'acqua; voltandosi riconosce i soldati del plotone chimico impegnati, con tutte le cautele, a travasare da una bomba un liquido denso e giallo. Pensa che, tolta la puzza che arriva fino a lui, il liquido sembra olio d'oliva. Si allontana di qualche decina di metri ma, come tutti, resta a guardare le operazioni. In capo a un'ora i dodici bidoni sono sigillati a dovere e, per evitare qualsiasi rischio di contaminazione, i soldati sotterrano nella grande buca i resti della bomba che conteneva il liquido e che era stata progettata per gli attacchi aerei.

Intanto si è fatto buio, per Vittorio cala la prima notte al forte, in branda sotto la tenda con altri nove. Prima di addormentarsi domanda al compagno che dorme alla sua destra se sa qualcosa dell'azione prevista per il giorno dopo. E quello: «Vieni proprio giù con la piena tu. Hanno attaccato due volte il Diciannovesimo, ma hanno trovato pane per i loro denti. Il sergente maggiore e gli ascari li hanno incalzati finché si sono infilati tutti come topi in una specie di buco, che poi è l'imbocco di una caverna. Fai conto che la parete sarà profonda anche duecentocinquanta metri e la grotta gli sta sotto di un centinaio. Dicono che sia parecchio grande».

«E sono ancora lì?»

«Non si riesce a stanarli. C'è un sentiero solo per arrivarci, ma stretto da far paura, e chi lo percorre cade sotto i colpi del cecchino di guardia».

«E allora?»

«E allora. Quelli sono più ostinati di un demonio. Ma tu lo sai chi sta a capo del Diciannovesimo?»

«No».

«Un signor colonnello. Era al Polo quando è precipitata l'aeronave *Italia*. Gli hanno dato una medaglia d'oro perché ha tradito gli ordini per salvare Nobile».

«Quello del dirigibile precipitato nei ghiacci?»

«Lui».

«E allora?»

«E allora l'assedio non si molla. Questione di principio».

«Ma tu come lo sai?»

«Due settimane che sto qui. E poi sono cose che sanno tutti quelli che hanno orecchie. Guardati intorno, non ci sono tanti segreti da difendere da queste parti».

È a quel punto che viene fuori il nome dell'alpino medagliato che ha sfidato i ghiacci. Ma lì ghiacci non ce ne sono: è aprile, il mese più crudele anche in quella zona attraversata da cinque corsi d'acqua, di cui il principale è il Nilo Azzurro. Durante la stagione delle piogge tutta l'area è completamente isolata dalle piene e l'acqua lavora su un terreno malleabile, che ostacola l'azione. Ma già prima delle piogge sono arrivati i ribelli. Non c'è tempo da perdere.

La mattina dopo i bidoncini vengono issati sul dorso di due muli e parte la marcia sul sentiero ripido scavato dall'acqua. Vittorio li segue dritto in piedi finché scompare dalla sua vista anche l'ultimo dei *negradas*, gli indigeni che, a proprio rischio e pericolo, si aggregano ai battaglioni con gli asini carichi di vettovaglie.

«Quanto ci va?» domanda a uno che sta lì con lui.

«Fai anche due giorni di cammino con quel carico fino al fortino di Dobà. Se non stanno attenti ci restano sotto, senza contare il rischio di piombare giù loro, i muli e anche l'iprite. Il sentiero si chiama Aiafecc, morte degli asini: vedi un po' tu se c'è da stare tranquilli».

«E cosa fa l'iprite?»

«Porco Giuda, sei qui da quanto che non lo sai? Chi la tocca o la respira muore, ma piano, che è peggio».

Avrebbe voglia di levarsi di lì. Il sole scotta anche per l'altitudine che sfiora i tremila, ma sa che li attende un'altra notte ghiacciata. Potesse, prenderebbe il camion e filerebbe via, ma ha barattato la paga sicura con la perdita della libertà, perciò non gli resta che obbedire.

«Vediamo se c'è da procurarsi un po' di fumo?» l'amico, saltando giù dalla cabina del suo camion. «Così ti levi quella faccia da funerale. Va bene che non siamo comandanti di brigata, ma il rancio è decente, si trova anche qualche lusso di straforo, mentre quelli sono lì con l'iprite da esplodere, i colpi dei tiratori e solo scatolette da mettere sotto i denti».

Tre giorni dopo, quelli che erano partiti rientrano pallidi come i mori della facciata di Santa Croce a Lecce. Qualcuno trema per una febbre che durerà giorni. La missione è anche andata a buon fine, i topi sono venuti fuori dal buco, quelli sopravvissuti all'esplosione, ben inteso, perché in tanti ci hanno lasciato la pelle. Il buono è che non hanno dovuto combattere più che tanto.

E allora? Cos'è quella faccia da morti in piedi?

Pare che gli indigeni siano usciti dalla caverna lamentandosi per le esalazioni e per le vesciche che l'iprite ti lascia addosso. Detto così sembra niente, ma quell'olio denso, a toccarlo, inizia subito a corrodere le mucose e la pelle. Di più non si riesce a capire, perché sono pochi quelli che hanno voglia di dire cos'hanno visto. Lo stesso gira voce che nella caverna i ribelli avessero nascosto anche le loro famiglie: donne, vecchi e bambini.

E una volta fuori dalla grotta, questi, i bambini, se appena raggiungevano i dieci anni, li si spediva volentieri tra quelli che venivano fucilati sull'orlo del burrone. Una ferocia inimmaginabile se si considera che a guardare c'erano le loro madri e che delle volte le esecuzioni erano vere e proprie torture.

Si dice di un giovane che si rifiutava di rispondere alle domande e allora un tenente, giovane anche lui, rosso di rabbia, gli perforava la pancia lentamente, un colpo di fucile dietro l'altro, furioso perché nella sua agonia quello non tirava neppure un urlo. E siccome alla fine non moriva, il tenente si era stancato e aveva mandato a chiamare i guerrieri galla, perché gli staccassero la testa con un colpo di scimitarra.

Arturo si ferma, cerca di sentire i pensieri di Tobia, anche se non può vederne l'espressione; è tentato di togliersi gli occhiali, ma il buio che lo protegge è diventato l'abitudine a cui non sa più rinunciare.

Morire o vivere dipendeva dal capriccio degli ufficiali, che sceglievano un po' a caso le loro vittime e poi si accanivano sui prescelti, senza dar segno di turbamento per quei poveri corpi che piombavano roteando nell'abisso. Anche a tenere in considerazione un conto da regolare, per le imboscate che avevano preceduto l'assedio, non c'era giustificazione.

«A me pare che la crudeltà fosse tutta nostra e l'eroismo tutto di quella gente» commenta Tobia.

«Lo penso anche io. Mio padre ascoltava e si domandava se non valesse anche per quegli uomini e quelle donne un diritto a difendere la terra. Ma non è tutto. Fammi finire».

Allora Vittorio sta lì, vede i soldati tornare, prende pezzi di racconti e prova a metterli insieme. La curiosità, man mano che ascolta, diventa ammirazione, ma per i ribelli. Quello che prova gli fa problema, perché così ha meno chiaro da che parte stare, anche se non ha ancora raggiunto la consapevolezza a cui dovrà arrivare. Fino a quel punto, può anche permettersi un pensiero divergente perché porta una casacca dell'esercito, ma non è arruolato, non spara, non ha neppure la libertà di scegliere cosa fare o non fare. Diciamo che si sente coinvolto come lo sarebbe un testimone.

Intanto al forte si allestisce alla bell'e meglio un campo di concentramento, con pochi paletti e una corda tesa, ma controllato dalle guardie armate. Serve per i prigionieri sopravvissuti: Vittorio, che sta lì, li vede arrivare. E qui gli scatta qualcosa, perché i prigionieri del recinto sono quasi tutte donne.

Ce n'è una giovanissima che si muove con fatica, sostenuta dalle compagne. Lui vede attorno alla ragazza una piccola folla di donne avvolte nei loro sciamma, che non sono più bianchi come vuole il costume di lì, ma hanno preso il colore della terra. Lo colpisce la disperazione che legge nei loro occhi, ma di più la pelle che mostra lo scempio dell'iprite in forma di vesciche gonfie di veleno oppure già esplose. Alcune hanno il collo piagato perché il contatto è arrivato attraverso lo sciamma.

Le vede supplicare la guardia per avere almeno un po' di acqua, mentre proprio dalla ragazza, stesa a terra e riparata dalle sue compagne, si libera il vagito di un neonato.

È una creatura che non arriverà a sera. Lo sa Vittorio, lo sanno le guardie, lo sa anche la madre.

Il primo pensiero allora va a Ekelé: sarà salva con il suo bambino o la disfatta delle coscienze avrà già divorato anche loro, in quella parte sbagliata di mondo, regno della paura e dell'odio?

Ma poi, guardando le donne, la madre, il bambino, Vittorio sperimenta un buio ancora più fondo di quello che ha sentito la notte in cui è diventato un assassino.

Uccidere Elvio a mani nude, dopo quello che gli aveva visto fare, era quasi un riscatto, invece nei giorni di Zeret si completava il suo apprendistato di uomo cattivo (ma come sono cattivi tutti gli uomini), perché proprio lì, davanti al bambino che non arriverà a sera, anche senza agire, lui sentiva di aver preso parte a qualcosa di imperdonabile.

Si dice che la guerra è guerra, non una faccenda per signorine. Era anche l'imperativo di quel tempo marcio, nell'ultima provincia senza regole: prima agire, pensare poi, ma solo per dimostrare la legittimità dell'azione compiuta, così da santificarla sull'altare della patria e di un dio che, con la vittoria, premia sempre i migliori.

Però da lì in poi, lui, Vittorio, dovrà fare uno sforzo indicibile per convincersi che ci sia una giustificazione alla crudeltà e che, tutt'al più, lo scarto tra il giusto e l'ingiusto sia questione di giudizio e di misura: vale a dire che solo chi eccede sbaglia, mentre una quota minima di connivenza è accettabile e tocca a tutti.

Sarà stato ingiusto, Arturo, quando quel giorno ha pensato che la confessione di suo padre fosse un modo per alleggerirsi la coscienza e andare al creatore più leggero? La confessione è testimonianza: grazie a suo padre lui sa cos'è la consapevolezza d'essere un uomo cattivo, appunto cattivo come possono essere tutti gli uomini, non importa se liberi o schiavi.

La superiorità delle armi è subdola: vincendo il forte s'illude di avere dalla sua la ragione, il fato e gli dei, ma non esistono i forti, esiste soltanto la forza che li usa. E la forza trasforma per sempre chiunque ne venga toccato. Perciò Caino è il padre di tutti e chi lo impara capisce che, da soli, non si può avere perdono e neppure pietà.

Dopo aver ascoltato, per un tempo lungo Tobia è rimasto muto. Arturo pure, grato di non dover riconoscere l'emozione adulta che si fa largo sul suo viso da bambino. Però adesso tocca a Tobia: la storia della grotta è una cosa troppo importante per non parlarne a sua madre.

## Nulla è come sembra

*Milano, giugno 2019*

Fatima ha chiamato Tobia. Nell'urgenza Tobia ha cercato suo padre e ora sono lì, tutti e due. Sulla porta trovano Paolo, il figlio di Arturo: indossa un pullover di cotone blu scuro da cui spunta un colletto candido e rigido, ha l'eleganza misurata del bambino biondo ritratto nelle foto che Tobia ha visto sul comò della camera da letto. Fatima fa capolino dietro di lui.

«Finalmente. Fallo entrare, è Tobia, il ragazzo dell'associazione».

«Quale associazione?»

«Su vieni» a Tobia e poi all'altro: «Quello che fa compagnia a tuo padre, mandato dall'Unione italiana ciechi e ipovedenti» mente.

«Non ho parole». Poi rivolto a Tobia e a Salvo che l'accompagna: «Mio padre non è cieco, non è nemmeno ipovedente, mio padre è un uomo anziano che non è più in grado di badare a sé stesso».

«Guarda che è stato Arturo a dirmi di chiamarli».

Salvo, qualche passo indietro, tocca il gomito di Tobia per convincerlo a rinunciare. Fatima però ha già superato l'uomo con il pullover blu, ha preso la mano di Tobia e lo trascina in casa: «Vieni, ho detto».

Il tono risoluto pretende di sovrastare i guaiti di Curry, che nel frattempo è uscito dal nascondiglio in cui si è rintanato quando gli umani hanno cominciato a gridare.

Salvo li segue, vorrebbe attraversare la stanza e riprendersi il figlio, ma Fatima con la mano sulla sua spalla lo obbliga a sedersi di fronte ad Arturo e a Tobia.

Dunque attorno al tavolo tondo del soggiorno c'è una compagnia surreale di sconosciuti. L'unica altra donna, oltre a Fatima, è una quarantenne vestita di nero e di rosa: raccoglie in una cartelletta di plastica verde i fogli sparsi sul tavolo.

«A me pare che non sia proprio il caso di proseguire» fa, rivolta all'uomo con il pullover blu, che invece insiste perché resti. «Se il signor Gargano si convince, ci risentiamo. Mi sembra chiaro che non ha intenzione di lasciare la casa. Resta l'ipotesi della nuda proprietà, ma, come ci siamo detti al telefono, ne ricaviamo meno, perché una casa occupata non ha lo stesso mercato di una casa libera, tanto più che già ora avrebbe bisogno di parecchi lavori. Tra l'altro, ve la sentite di pagare voi una ristrutturazione che alzi il valore dell'immobile?» Stringe la cartellina al petto, i modi spicci tradiscono la fretta di andarsene. «La posizione è buona. Villini così a Milano sono una rarità, però non possiamo obbligare il signor Arturo, giusto? In ogni caso i miei recapiti li avete».

Arturo dietro ai suoi occhiali neri non la smette di scuotere la testa, di tanto in tanto alza il bastone con un gesto di rabbia. «Tu vuoi la casa. Ti importa solo della casa», contro Paolo che ha ripreso il corridoio sulla scia della donna con la giacca rosa.

«Forse è il momento di andare anche per noi, cosa ne dici, Tobia?» Salvo, in tono ostentatamente calmo.

«Mi reputi tanto meschino?» Paolo di nuovo sulla porta, rivolto a suo padre. «Non chiedi mai niente. Non sai se Holly e le bambine stanno bene, se io sto bene: non ti importa di nulla che non siano le cazzate che si inventa questa specie di strega. Io rivoglio indietro mio padre, riesci a capirlo? Devo venire a Milano per riuscire a sentire la tua voce? Vuoi sapere a chi importa dei tuoi soldi? Allora cerca vicino a te, prova a chiedere a quella che ti sei tirato in casa».

Fatima, impassibile, si è sfilata un bracciale di lana

nera e argento, snocciola i nodi come fossero i grani di un rosario, guardando e non guardando un punto sul tavolo. Se Tobia fa per alzarsi, con la mano gli accarezza il braccio e dondola la testa. Vuol dire: resta qui. Sembra convinta che tutta questa scena serva anche a lui. Allora Salvo si rivolge al figlio di Arturo: «Posso parlarle da solo? Giusto pochi minuti. Ho bisogno anch'io di capire».

Sotto al portico accetta una sigaretta, ma non la accende. «Mio figlio passa in questa casa la metà del suo tempo da sveglio, e da diversi mesi. A questo punto però non so cosa pensare: cosa significa che suo padre non è cieco?»

«Vi hanno detto che è cieco. Ma con quali documenti, quale diagnosi? Come vi viene di fidarvi di gente così?»

«No, senta, io la diagnosi devo averla anche avuta per le mani. Cecità corticale, diceva la scheda dell'associazione. E abbiamo fatto delle ricerche. Era una cosa nuova anche per noi».

«Mi ascolti bene: mio padre ha avuto un brutto incidente, è stato in coma quattro mesi, credevamo che fosse spacciato, invece no. Si è svegliato e ha recuperato quasi tutte le sue funzioni, solo che poi è subentrata una specie di... paranoia. Punto. I medici hanno detto che era uno degli esiti possibili, tenuto conto dell'età. Fatima, l'abbiamo conosciuta perché è infermiera, lo seguiva in ospedale, durante la riabilitazione. Quando si è offerta di accompagnarlo anche a casa, è stato un sollievo. Mia madre è mancata cinque anni fa. Doveva essere una soluzione temporanea. Io sto a Londra...»

«Questo sì, lo sapevo».

«Quello che non sa è che, mentre lo aspettavamo a Londra, questa donna, che... Lasciamo stare. Diciamo solo che lei lo ha convinto di cose che non stanno né in cielo né in terra».

«Come Lilit?»

«Perfetto: sapete anche del fantasma. Creda, io la capisco la sua preoccupazione, sarei preoccupato anche io se mio figlio finisse nelle mani di certa gente». E poi, schiacciando il mozzicone con il piede: «Spero che non abbia tirato fuori anche la storia dell'Africa».

«In che senso?»

«Vi avrà detto che è nato in Etiopia».

«Diciamo che le origini etiopi hanno catturato molto l'attenzione di Tobia».

«Ottimo. Immagino tutto: la guerra coloniale, i miei nonni scampati alla dittatura, la fuga in Italia, le memorie dei massacri...»

«Non è così?»

«Le dico quello che so. Addis Abeba è un nome sul passaporto. Che io sappia, sono rientrati tutti in Italia prima della vittoria inglese, nel '38 o nel '39. E mio nonno è stato padre per poco, anzi è un miracolo se mia nonna è riuscita a tirare su un figlio sano, per come è andata la sua vita. Dopo che è morto, avevano le pezze al sedere. Lei si è presa un treno che saliva al Nord e ha pagato gli studi di mio padre con i soldi che tirava su pulendo le case degli altri. Questa è la storia con cui sono cresciuto: nessuna Africa nella sua vita, e neppure nella mia. Nessuna donna da ritrovare».

«Vuol dire che non vi ha mai parlato della sua infanzia? Per questo non gli crede».

«Mio padre è un uomo della sua generazione. Poco presente, spesso in viaggio: Algeria, Egitto, Turchia, America Latina. Anche Etiopia, certo, ma questo non fa di lui un conoscitore di tutti quei paesi, non crede? Era il suo lavoro. E, perché lo sappia, i miei genitori erano la coppia più affiatata che abbia mai conosciuto. Lui è sempre stato, non so come dire, devoto alla nostra famiglia. Fino a che mia madre è morta. Anzi fino all'incidente. Tutte le cose che adesso racconta piovono dal cielo, non hanno niente a che vedere con noi. La demenza senile è una brutta cosa: quando il cervello si annebbia, il confine tra verità e fantasia non esiste più. Capisce perché dico che quella donna è tanto pericolosa?»

Salvo si volta verso la finestra: dietro al vetro, suo figlio tiene tra le sue la mano del vecchio e gli parla con dolcezza, chinando le spalle, cercando con i suoi occhi il volto dell'altro, che però non dà segno di vederlo. Fatima è rivolta verso di loro, incontra il suo sguardo e anziché dar seguito all'impulso di rientrare in casa e liberare almeno suo figlio da quella specie di truffa, Salvo si sente invadere da una grandissima tenerezza. Pensa ad Agata: dovrà parlargliene, allineare quello che sente alle sue impressioni, perché nessun altro è capace quanto lei di mettere ordine nei suoi pensieri.

«Vuol spiegarmi?» a Fatima, dopo che anche Paolo ha lasciato la villetta e Arturo riposa. «Come può ricordare qualcosa che non ha vissuto?»

«Non lo so. Ma so che non ho inventato io le storie che racconta. Io mi sono limitata ad ascoltare. Ho fatto come avrebbe fatto chiunque, come ha fatto suo figlio, come farebbe anche lei e come dovrebbe fare Paolo. Lo ha visto Arturo, è un uomo buono, non si può che volergli bene. Che colpa ne abbiamo noi se le cose che racconta oggi non collimano con le storie con cui ha cresciuto suo figlio? Si potrà pensare che chi ha visto la morte e sente un tempo corto davanti a sé possa avvertire il bisogno di condividere dei segreti, prima che sia troppo tardi?»

Salvo non capisce. «Ma Lilit chi è?»

«Non lo so. Ci ho pensato tanto e davvero non lo so. Si è svegliato, ha detto che c'era un'altra persona nella stanza, che la conosceva. Cosa dovevo fare? Lui parlava, io ascoltavo. Senta: i medici che lo hanno avuto in cura non sono stati a giudicare le cose che Arturo vede o non vede. Non hanno neppure detto che le sue visioni minano la credibilità dei ricordi. E questi, ne converrà anche lei, se ha parlato con Tobia, sono molto dettagliati e molto precisi. La storia della grotta, per esempio: ne parli con Agata, è stata Agata a riconoscere il luogo e le circostanze. Collima tutto. Come crede che possa sapere certe cose lui, se non perché le ha sentite da suo padre?»

«Ma suo figlio...»

«Suo figlio Paolo è affezionato alla storia che ha conosciuto. E gli viene facile pensare che il problema sia io. Voglio dirle una cosa: io lo capisco. A parte il fatto di prendersela con me, che proprio non ha senso, non è che Paolo non abbia anche la sua parte di ragione. Ci si concentra sul passato, quando in realtà non abbiamo che il presente. Voglio spiegarlo così: il presente è un lago e il passato è il vento che qualche volta increspa la superficie dell'acqua. Conta davvero? Per me conta se ho freddo, se il vento rovescia la barca. Lei dirà che il vento è tutto nella testa di Arturo, che più o meno è quello che dice anche Paolo. E va bene, facciamo che sia così: Arturo si è inventato un passato che non c'era. Della barca rovesciata, però, cosa facciamo? Ecco, io sono quella che porta ad Arturo la coperta di lana e poi gli prepara un pasto caldo».

«Sa che non la seguo? Sul serio. Non capisco proprio quello che mi sta dicendo. Però penso che dovremo dire a Tobia che è stata tutta una farsa».

«Oh, no, questo no, la prego. Non faccia quest'errore. Non era una farsa. Per Tobia è importante sapere che Arturo è sempre stato sincero, e anche per Agata».

Salvo la guarda con più attenzione. «Ma lei chi è esattamente? Una specie di... guaritrice?»

«Gliel'ho detto: io porto la coperta, ascolto e ogni tanto cucino per lui. Di più non potrei. Mi veda come una che fa la sua parte». E, siccome Salvo continua a tacere, aggiunge: «Sono arrivata qui nel 1991. In quel momento potevo scegliere di non partire, non era proprio un bisogno, ma sono partita lo stesso. È stato un viaggio lungo e molto brutto, ma non brutto quanto i viaggi di chi è partito dopo, magari anche da altre regioni. Certe cose le so perché le ho vissute sulla mia pelle» dice colpendosi il petto. «Siccome so e non dimentico, non posso evitare di fare la mia parte. Non vado a caccia di persone da aiutare. Sto nel mio, mi basta fare onestamente il mio lavoro. Però se qualcuno chiede, io rispondo».

«E con noi che parte pensa di avere?»

La donna lo fissa per qualche secondo: «Solo perché

me lo chiede, le dirò che c'era una volta un uomo che aveva due vite. Non sapeva scegliere, ma due vite sono troppe per un uomo solo».

Salvo tira un pesante sospiro, poi si dirige verso il giardino dove Tobia gioca con Curry. Prima di raggiungerli però si volta. «Com'è finita per l'uomo?»

«Scoprì di non essere solo e riebbe la sua vita».

# L'eredità

*Periferia milanese, giugno 2019*

Fatima distribuisce sull'injera lo spezzatino fumante, le verdure stufate, l'insalata e qualche cucchiaio di lenticchie rosse. Benedice la tavola, poi con le dita prende il pane e lo zighinì, prima di portarlo alla bocca solleva il boccone invitando Agata a fare lo stesso. La tavola è apparecchiata a metà, sulla parte scoperta, Agata ha posato una cassetta di legno.

«Devo parlarti di Cosimo Penna: mio nonno» dice quando il piatto è vuoto e Fatima la guarda come un confessore in attesa. «Ho trovato il suo nome tra le carte su cui lavoravo. Non è una bella storia. La parte peggiore è tutta qui dentro: il mio cimelio d'Africa. Ho faticato a convincere mia madre a darmelo».

«Cosimo è il padre di...»

«Mio padre».

«Ed è stato almeno un buon padre per tuo padre?»

«Credevo fosse morto prima che io nascessi e invece lo hanno sepolto una decina di anni fa, senza farne parola a nessuno, come uno scomunicato».

«Il perché si sa?»

«Ho capito che c'era molto rancore. Mio padre è cresciuto come un orfano».

«Questo spiega».

Agata dispone con cura il contenuto della cassetta e Fatima guarda tutto con molta attenzione.

«Non ti pare assurda questa catena di coincidenze? Il mio lavoro sull'Africa Orientale di quegli anni, poi l'incontro tra Tobia e Arturo, i segreti di Arturo. Hanno arrestato Tobia proprio la notte in cui io ho scoperto in un documento del 1937 il nome di mio nonno, il 3 ottobre».

«Aspetta, sei sicura? Il 3 ottobre? Questa mi mancava. Nell'anniversario di...» si alza, raccoglie i piatti e Agata ha l'impressione che sia un modo per nascondere la commozione. «Sono... ecco... Questo sorprende anche me. A questo punto bisogna proprio che mi domandi cosa c'entro io con la vostra storia».

Così tocca ad Agata ascoltare la donna che le sta di fronte, tenerle la mano quando non sa più andare avanti.

«Ha una tomba tua sorella Alemash? Hai un posto in cui puoi piangerla?»

«Il suo corpo è rimasto sull'isola».

«Sai che è anche il cimitero in cui è sepolta la madre di Salvo?»

«Davvero?»

«Non c'è logica, vero?»

«Non lo so, Agata. I racconti di Arturo, quello che ha passato la mia famiglia, tuo nonno... Sono cose che fanno male. E io non sono un genio. Però una cosa mi pare di averla capita: alcuni non hanno nessuna pietà, altri mi pare che ne abbiano così tanta che si prendono pure le colpe degli altri, ma è sempre troppo o troppo poco e non va bene, per quelli che vengono dopo non va bene. Tu sei madre, lo devi sapere».

«La madre conta di più?»

«Forse. Anzi, sì. Scusami, davvero, sono un'ignorante, non dovrei esprimermi su cose che non conosco bene. Però c'è una cosa di cui ci hanno parlato al corso per il diploma. Hanno fatto un esperimento, all'università di non so più dove: le cavie ricevevano scariche elettriche mentre erano esposte a profumi che di solito trovano attraenti, tipo mandorla o ciliegia, non ricordo con precisione, ma non è importante. A distanza di tempo le cavie sono state fecondate e i cuccioli, già a poche settimane, manifestavano reazioni di paura in presenza di quei profumi che per tutte le cavie del mondo sono attraenti. Ne hanno dedotto che dai genitori era arrivata anche la paura acquisita. E questo valeva anche per la seconda generazione di cavie.

«Forse anche noi ereditiamo da chi ci ha preceduto il ricordo della fame patita e degli schiaffi ricevuti, oppure la paura delle bombe e di chissà cos'altro. Dalle madri di più, forse, per via del Dna mitocondriale che è tutto materno. Non sono una scienziata, lo so: posso solo azzardare e magari sbagliare, perciò non mi arrabbio se non ci credi. Però pensaci, solo per un attimo: ciascuno di noi potrebbe essere il punto di arrivo di tutta la linea materna da Eva in giù». Sorride. «Ti sembrano sciocchezze, vero? Ma forse non lo sono. Quello che voglio dire è che non si parte proprio da zero con la vita: c'è magari una promessa che qualcuno ha stretto prima di noi, un patto, oppure un debito e allora si comincia con un peso che rallenta l'uscita».

«L'uscita?»

«Oh, sì, mi piace vederla così la vita».

«E di tutto quel dolore ereditato che cosa si fa?»

«Io so quello che il mio popolo fa da sempre: ci sono persone che per mestiere cantano le storie. Vengono pagate per conservare le memorie, ma in un modo poetico, che pacifica i ricordi: è per via del canto che è un modo dolce per tenere insieme tutto. Grazie al canto, chi ascolta non è più obbligato a sentire la colpa di qualcuno che è venuto prima o a serbare rancore».

## L'addio: Arturo e Lilit

*Milano, agosto 2019*

La casa è vuota, il grosso è stato chiuso nelle scatole impilate sotto al portico, pronte per essere imbarcate. Arturo aspetta il taxi che lo porterà in aeroporto. Si è tolto gli occhiali, sa che vedrà Lilit per l'ultima volta. Un nodo gli stringe la gola: avrebbe così tanto da dire e invece non può che ascoltare, questa volta come tutte le altre.

*Ho voluto l'Italia anche per me, perché per me l'Italia eri tu. Dopo Roma, sono stata a Vitorchiano. Mi ci ha portata un uomo anziano e ricco che si era incapricciato di me. Mi aveva liberata dal fotografo che voleva fare di me una stella e giurava di volermi bene, anche se non era difficile capire quanto poco valesse il suo bene. Invece il vecchio mi amava davvero, la sua infatuazione era tanta che mi aveva lasciato una fetta di collina con il frutteto e il vivaio. Aveva persino fatto costruire una serra per le orchidee: così ti senti a casa, diceva, ma in realtà le mie prime orchidee le avevo viste con lui. Non ero innamorata, non l'avevo scelto, ma era gentile e sapevo che nessuno avrebbe fatto un centesimo di quello che faceva lui per me.*

*Poi un giorno il passato è venuto a cercarmi: risalivo un sentiero, ho alzato gli occhi e mi sono sentita mancare, perché c'era mia sorella al cancello. Non la vedevo dal giorno in cui mi avevano portata via da casa. Impossibile sbagliarsi. Sapevo che era lei, anche se, a vederla, dimostrava meno degli anni che avrebbe dovuto avere. Portava scarpe basse di tela, dall'abito troppo largo spuntavano le gambe magrissi-*

*me e bianche di polvere, il suo bambino, di pochi mesi, era legato sul dorso con una lunga fascia blu. L'ho chiamata. Non ha risposto, ma non era neppure sorpresa. Ho preparato per lei latte e biscotti, che ha mangiato con avidità, tenendo il bambino attaccato al petto.*

*Il mio uomo è rientrato dai campi, mi ha presa da parte. Ha detto che la donna e il bambino non potevano restare. Ma è mia sorella, insistevo, e siccome la stagione era tiepida, ho ottenuto di poterli sistemare nel capanno vicino alle serre. Avevo tre giorni soltanto, poi li avrebbe denunciati lui stesso.*

*La mattina dopo il capanno era vuoto. La trovai seduta per terra, sull'erba ancora umida, davanti alla magnolia. Guardava il paese e lo sguardo andava dal roseto alla vallata, alle colline intorno. Il vestito le scopriva le spalle e le cicatrici lungo la scapola si vedevano bene. Ho dato ai ragazzi le istruzioni per la giornata e mi sono messa a sedere accanto a lei. Parlavo, domandavo. Lei però restava in silenzio e con la mano teneva la testa del bambino tra il mento e il petto.*

*Continuavo a parlarle nella nostra lingua, perché credevo che, con un po' di pazienza, mi avrebbe riconosciuta e avremmo ripercorso insieme tutti gli anni in cui eravamo state lontane e lei si era dimenticata di me. Insistevo a dire il suo nome e, per convincerla, cercavo con i miei occhi i suoi. Lei però mi guardava come una che arriva da un altro mondo. Mi disperavo al pensiero di cosa avesse potuto ridurla in quello stato.*

*A pranzo il mio amico Gabir si è messo a sedere di fronte a me. Dal cesto ha preso una mela, l'ha tagliata in quattro spicchi, me ne ha passato uno. La donna viene dal sud Sudan, ha detto. Si chiama Juma, ha sedici anni.*

*Come lo sai?*

*La sua lingua è la mia lingua.*

*Gabir era bravo a potare gli alberi e le rose, tagliare era la sua specialità. Tutti pensavano che fosse un uomo saggio e infatti lo era. Ha chiamato il centro Caritas, ha accompagnato la donna e il bambino al furgone azzurro mandato apposta per prenderli, poi è tornato da me. Mi ha messo una mano sulla spalla e mi ha guidata nel frutteto: c'è bisogno di te per legare i fusti delle piante nuove, ha detto. Mia sorella non era ancora tornata che già la perdevo. Non l'ho più rivista.*

*Certe volte mi incantavo pensando a te, sognavo di ritrovarti. Nelle mie fantasie, vedendoti ero così emozionata che, come nei film, pronunciavo frasi sconclusionate, del tipo: ho un mestiere e non lo posso lasciare. E tu allora: posso aspettare, ma stasera ti porto a cena. E io: è complicato perché non mangio carne. E allora tu: vorrà dire che non ne mangerò neppure io. Poi cenavamo senza scambiare parole e senza smettere di guardarci. Io credo che sia sempre così quando ci si ritrova dopo molto tempo, c'è un rituale dei sensi in cui l'udito arriva ultimo. Anche se il Signore sa se tu hai continuato a parlarmi in tutti questi anni, se è stata la tua voce che cercavo nel fondo di ogni conchiglia.*

*Dunque, nelle mie fantasie, c'era sempre una prima sera e andava così: un lungo silenzio, il cuore una danza e nella testa la vertigine di desiderare soltanto il tuo fiato nel mio.*

*Suona ridicolo? Non si dice abbastanza quanto siano inadatte le parole al mistero dell'amore. La lingua pretende di dare un nome, ma non sarebbe meglio scambiarsi solo suoni che non stringono patti, promesse che lasciano intatta la libertà?*

*Ovunque tu fossi conducevi la tua vita senza di me, avevi certamente figli che non conoscevo e Linda al tuo fianco. Non ho mai domandato cose impossibili, non lo facevo neppure nei miei sogni a occhi aperti: avevamo sempre una sola notte da passare insieme e la consumavamo con lo struggimento di chi sa che è anche l'ultima.*

*Qualche volta, pensandoti, fingevo che tu fossi lo sposo che lavora lontano. Immaginavo anche per me una vita cittadina, una casa in cui ti aspettavo. C'era un banco di fiori da cui compravo i tulipani freschi, le fresie, i ranuncoli, oppure, se era inverno, i narcisi blu. Aspettandoti, cucinavo i piatti che sai e mi preparavo a parlarti nella nostra lingua quando i nostri corpi si fossero intrecciati con la naturalezza del gelsomino.*

*Poi arrivò il rapimento dei due tecnici e le pagine dei giornali si riempirono di questa storia molto «bravi italiani e ingrati africani». Era la stagione dei sequestri anche qui e quel sequestro lontano faceva ancora più notizia, richiamava alla memoria vecchie leggende d'Africa nera: le tribù, i selvaggi e tante altre sciocchezze che mi hanno fatto sempre stare male.*

*I due tecnici rapiti erano italiani, perché italiana era anche l'impresa per la costruzione della diga. «Portavano l'acqua», leggevo nelle cronache, come fosse semplice la faccenda: la diga un aiuto e non, allo stesso tempo, la condanna di tanti villaggi che avrebbero visto prosciugati i loro campi.*

*In uno di quei racconti lessi il tuo nome: genero del primo consigliere d'amministrazione, doppia lingua madre, il solo che possa trattare, diceva l'articolo. E infatti la trattativa andò bene: i due uomini atterrarono a Fiumicino e tu eri con loro.*

*Succedeva in un giorno di sole e di vento: lo so dalla presenza di tua moglie sotto la scaletta dell'aereo, di fianco al console etiope e al ministro. Nella foto, i suoi capelli sono mossi dal vento, una mano tiene a bada il trench e l'altra tira a sé il bambino. Ecco tuo figlio: tre anni o poco più, caschetto biondo spettinato, sguardo serio e giacchetta blu, un piccolo Arturo, stesso velo di malinconia negli occhi. Guardando la foto ho capito che i sogni erano tutti miei. E la mattina dopo ho preso le mie quattro cose e ho lasciato l'Italia.*

*Un giorno, tanti anni fa, mi hai detto che l'amore non si cancella e non si perde. Era vero? Una promessa è una promessa, non si può scordare. Mentre il treno partiva io sapevo che dovunque fossi andata ti avrei portato con me. Non smetto di parlarti neppure ora, anche se non c'è mai stato nessuno a rispondere, anche se non ci ritroveremo mai.*

Arturo si alza al suono del citofono. Prima di uscire guarda per l'ultima volta la donna in piedi al centro della stanza. Dovunque andrai, pensa, e dovunque andrò. Forse il fantasma di un amore è comunque una specie di amore.

## Ultima lettera: l'albero

*Milano, ottobre 2019*

*Mio nonno si chiamava Cosimo Penna, ma questo tu già lo sai. Sai anche che la sua scelta di non tornare dall'Africa dopo la guerra ne ha fatto un morto vivo, dimenticato. La sabbia lo ha sepolto per decenni e, quando ha bussato alla nostra porta, mio padre non lo ha lasciato entrare: aveva fatto senza quando un padre serviva e, a vederselo davanti, dopo tutti quegli anni, vecchio e malato, non ha provato niente.*

*Nel settembre del 1934 mio nonno Cosimo era stato chiamato alle armi come soldato semplice, in forza al Plotone chimico del Regio Esercito Italiano. Si è imbarcato per l'Africa Orientale mentre il suo bastardo nasceva in un ospedale romano e, per la levatrice, mia nonna era la sventurata che non aveva saputo tenere le gambe strette. Il riconoscimento è venuto dopo, nel 1952, e per procura. Quando è arrivato in Italia, tu e tua madre abitavate già con noi da diversi anni, lui stava molto male, mi dicono che è mancato di lì a poco.*

*Tu sei tu e io sono io, gli ha detto mio padre prima di richiudere la porta quel giorno. Mia madre gli teneva la mano sulla spalla, in segno di solidarietà, perché di quella parte di famiglia ha sempre avuto paura. Adesso, dice, si spiega meglio perché. La paura è la ragione per cui ho impiegato tanto a ottenere da lei il poco che poteva darmi e che sta tutto in una cassetta di legno.*

*Per aprirla ho aspettato di essere sola. Curry, respinto a cuccia perché non toccasse le carte sparse sul tappeto, ha mugolato per poco, ma, ogni volta che alzavo lo sguardo dai documenti, lo ritrovavo al suo posto: un leone vigile e protettivo, statuario e misterioso nella sua attenzione così umana.*

*Alcune foto in bianco e nero risalgono agli anni Trenta. Le didascalie sul dorso le collocano nello spazio e nel tempo:* Il minareto della nuova moschea di Asmara. Davanti alla chiesa copta. Con un ascaro sull'altipiano. Io, Gino e Franco a spasso per Asmara. *Ricordi di guerra, commilitoni in posa e, nei pressi, automobili, fucili, un dromedario.*

*Poi ci sono le ragazze indigene: un piccolo album di sei centimetri per quattro. La frase sulla copertina traveste l'oscenità del pensiero:* Fior fiore dell'Aoi. *A sfogliarle, a intuirne l'età, capisci che non poteva essere soltanto un gioco.*

*Infine c'è il suo diario. Il bloc-notes ha una copertina gialla, sul fronte una grechina liberty e le scritte a stampa: W. IL RE IMPERATORE e W. IL DUCE. Più sotto, a mano, la grafia di mio nonno ha scritto il suo nome,* Cosimo Penna, *e il titolo,* Alcuni ricordi. 1936-1941. *L'impiego dei gas sulla popolazione inerme non è menzionato in modo esplicito, ricorre però l'eufemismo* Esperimento/Esperimenti. *Il 3 ottobre di un anno fa io avevo trovato il suo nome tra i soldati del Plotone chimico e nel peggiore dei giorni, ma anche chi leggesse soltanto il diario non potrebbe dubitare, incontrando la cinica descrizione degli effetti del* Flit sulle mosche, *le bombe paragonate a caramelle e, nei passaggi di maggior esaltazione o sconforto, il sogno di sterminare mille abissini alla volta, così da tornare presto a casa. A casa però non tornò.*

*Leggere il nome di mio nonno, la notte in cui Tobia è stato arrestato, mi ha molto scossa. Per cominciare il 3 ottobre era un'assurda coincidenza: il giorno d'inizio della Guerra d'Etiopia, con l'attraversamento del fiume che segnava il confine con l'Eritrea e l'anniversario del naufragio di Lampedusa, che anche tu ricordi bene, per averlo documentato.*

*Nessuno mi aveva mai parlato di Cosimo ed è stato naturale pensare a un caso di omonimia, ma la verità dei fatti era già nell'emozione che provavo. Quello che poi ho sco-*

*perto serve solo a dare la misura di una memoria ferita, taciuta per anni.*

*Chissà se accogliere in casa nostra tua madre, e poi anche te, è stato una specie di risarcimento, l'unico aiuto che mio nonno ha chiesto a mio padre. Ma non era un favore a Cosimo, tiene a dire mia madre, affezionata all'idea che mio padre fosse tutto testa e che perciò accogliere o non accogliere voi sia sempre stato per lui un fatto di civiltà. Il sentimento, dice, non c'entra, per lui era essenzialmente una questione di giustizia. Forse è quello che pensi anche tu e allora si spiega il rifiuto della tua piccola parte di eredità.*

*Due settimane fa, Arturo è partito, per questo ormai Curry sta con noi. Tobia parla sempre poco, ma con la scusa del cane esce di più. Martedì scorso, al ritorno dall'istituto, passando dietro al Museo di Storia Naturale mi sono accorta che lui era lì, insieme a Yu e alla ragazza bionda. La ragazza bionda spingeva Livia sull'altalena. Tobia ha rotto il patto: adesso lui e la bambina di Salvo si vedono spesso e io sono contenta per loro. Penso che sia una cosa bella per lui avere questa piccola con cui crescere e un padre da non disprezzare.*

*Quando l'altalena saliva, Livia rideva forte e loro con lei. Ho pensato che erano belli e persino che si somigliavano. Intendo proprio tutti e quattro, non solo Livia e Tobia. Mi sembra che siano molto più belli di noi e pensarli mi mette di buon umore.*

*La donna del negozio è stata risarcita dall'assicurazione, ma ha chiuso bottega. L'ultima volta le ho chiesto dove si trasferirà e lei ha stretto le spalle: c'è l'altro negozio e poi servo un paio di ristoranti, per ora va così. Mi dispiace, ho detto. E lei, senza astio: lo so. È stata un po' dura, ma ce l'abbiamo fatta. Non è la prima volta che si vede costretta a lasciare tutto: ci ha raccontato di quando provava a spendere la sua laurea da agronoma nel suo paese e ha rischiato la vita. Tobia era con me, mi è parso che l'ascoltasse con molta attenzione. Li ho lasciati soli e confido che tutto quello che si poteva dire sia stato detto.*

*Ho raccontato a Fatima del lascito che mio padre aveva*

*stabilito per te e di quanto ci avesse ferito il tuo rifiuto. Lei allora ha preso un foglio, una matita temperata con il coltello e ha disegnato una pianta. Questa pianta sei tu, Agata, questi sono quelli che sono venuti prima, qui invece c'è tuo figlio Tobia e gli altri che arriveranno, se arriveranno. Hai capito bene? Tobia pensalo qui, ha detto.*

*La pianta disegnata era attraversata da fili e allora lei ha aggiunto: di qui passa la linfa dell'albero. Quindi ha preso la mia mano sinistra e l'ha voltata, ha fatto scorrere in silenzio i polpastrelli sulla pelle a partire dal polso, calcando sulle mie vene blu.*

*La linfa nostra, di esseri umani, scorre per tre canali: uno è il sangue, il secondo è fatto dalle parole che sono state dette (se ci sono state promesse da rispettare o debiti da saldare) e il terzo viene dai gesti, dalle cose che uno fa. Se un canale si chiude la linfa si ferma oppure, se può, scorre per gli altri due canali, ma con più fatica.*

*E allora? ho domandato.*

*Allora è più difficile per la pianta. Qualche volta i frutti non vengono o se vengono non sono buoni da mangiare.*

*Che si fa se succede?*

*Se mancano le parole, si cercano le parole, se mancano i gesti, si trovano i gesti.*

*E il sangue?*

*Il sangue è una cosa più complicata. Qualcuno pensa che sia una scusa per quelli che non hanno buona immaginazione.*

*Io non so se risponderai mai e se pensi anche tu che possa farci bene poter dire noi, come è stato quando eravamo bambine e anche quando l'infanzia è finita e abbiamo cominciato a essere le donne che ora siamo.*

*So che Arturo è partito e forse, lì dove sta, Lilit avrà smesso di parlargli. Ma così certe storie non hanno più chi le canti, come direbbe Fatima. Smettere di raccontare è una perdita immane e può fare molto male, dice. Forse è per questo che ti ho cercata: vere o non vere, le storie che nessuno racconta restano lì, a impoverire o avvelenare le falde e non c'è da stupirsi quando la pianta soffre o muore.*

# Mira

*Parigi, ottobre 2019*

*Quando mia madre si è ammalata vivevo a Torino. Abbiamo deciso che sarebbe stata meglio da me ed è stato un bene, perché il destino ci ha regalato un tempo supplementare: la sua malattia ha rotto la gabbia e a trent'anni ho avuto gli abbracci che non mi aveva mai dato. La sera mi coricavo accanto a lei, mi accarezzava la testa sussurrando canzoni che avevo dimenticato.*

*Avevo girato un documentario sugli «insabbiati» d'Abissinia, intervistando una trentina di coloni italiani che non avevano lasciato il paese dopo la caduta dell'impero fascista. Era il 1995 e quasi tutti gli intervistati passavano gli ottant'anni. A trattenerli nella vecchia colonia, dicevano, era una specie di malattia che non trovi in nessun manuale, per la quale avevano anche coniato un neologismo impronunciabile: antchilite. Il morbo di cui erano certi era una specie di sortilegio, il paradosso che rovescia i destini, con il maschio occupante irretito dal fascino della femmina indigena.*

*Se trovi il documentario, se lo hai già visto, puoi riconoscere tra gli intervistati l'uomo che risponde al nome di Oreste: è un napoletano, arrivato in Etiopia negli anni Trenta come operaio. La sua prima amante lo ha salvato dai campi di deportazione inglesi, ha avuto dopo di lei una moglie e altre donne locali, da ciascuna diversi figli, tutti piuttosto devoti. Nell'intervista si dichiara orgogliosamente fascista, ma non sa spiegare cosa alimenti il suo orgoglio per una patria che ormai non ricorda.*

*Non è il solo: certe nostalgie del Ventennio sono una co-*

*stante tra i miei intervistati di allora, gente senza talento né arte, esperti di lavori da poco e piccoli imbrogli. Eppure intransigenti quando si trattava di segnare il confine tra la civiltà a cui si vantavano di appartenere e l'arretratezza del paese in cui avevano passato quasi tutta la loro vita.*

*Oreste non ha trovato la ricchezza in cui aveva sperato partendo per l'Africa. Però quel poco che aveva combinato bastava a dargli un primato: era il piccolo signore di una sua piccola corte che mostrava con orgoglio. Ho potuto misurare con i miei stessi occhi il rispetto, ma dovrei dire la cura, che aveva per lui quella specie di harem. Un* pater familias, *si sarebbe detto di lui una volta.*

*Vicino a lui, nelle riprese, distingui una ragazzina dodicenne: è la figlia adottiva, dice, e poi mi prega di portarla con me in Italia, perché sente che sta per morire e lei è destinata a rimanere sola, non crede che ci sia nessuno disposto a prendersene cura. È curioso, perché Oreste non è un uomo solo e c'è una donna matura, un tempo sua compagna, che continua a occuparsi di lui e della casa insieme alla piccola. Dunque mi convinco che la richiesta sia un modo per offrire alla vita della ragazzina qualche chance in più. Ovviamente non posso accontentarlo, però rispondo alla sua richiesta con una condiscendenza che, a ripensarci oggi, forzava il mio istinto.*

*Per esempio: la ragazza aveva un nome, Aida, ma Oreste la chiamava soltanto Micetta. Chiedeva proprio se potevo portare in Italia Micetta, la sua bambina, sosteneva di averla raccolta sulla strada a sette anni e adesso lei non aveva che lui. Nel pronunciare il nomignolo la sua voce esprimeva qualcosa di respingente. Però non ci fu tempo per pensare: la chiamata di mia madre mi raggiungeva proprio in quelle ore. Ero in Etiopia da quattro mesi, il girato era sufficiente, l'urgenza chiamava, così non c'era scelta, dovevo tornare. Sono stati, ti dico, mesi difficili, anche se intensi e molto belli per mia madre e per me.*

*Dopo la sua morte è iniziato quello che chiamano l'anno del pensiero magico e io l'ho vissuto sospesa tra la terra su cui stavo e il cielo che aveva accolto lei, se puoi capire quel che intendo. Per gran parte della giornata mi occupavo del montaggio: cercavo, studiavo, ma la testa viaggiava. E, inspiegabilmente, tra tanti pensieri, si affacciava il ricordo della ragazzina chiamata Micetta e tornava la sensazione di fastidio che avevo provato al cospetto di Oreste, anche perché lei lo chiamava* goytana. *È una parola del dialetto locale, significa maestro, ma negli anni Trenta i maschi bianchi l'avevano rubata al costume feudale abissino, per tradurre una dinamica di genere che oggi definiremmo con la categoria antica della serva e del padrone.*

*A chilometri di distanza e con l'intuito affilato dal dolore recente, ripensavo alla sera in cui Oreste aveva voluto che restassi a cena e, per tutto il tempo, la ragazzina era rimasta in piedi accanto alla tavola, mite, sorridente, sollecita come una perfetta cameriera.*

*Non mangia con noi? avevo domandato. Lui aveva alzato il mento e lei stessa aveva detto di non aver appetito. Eppure sembrava divertita dalla mia presenza: ascoltava e, qualche volta, chiamata in causa da Oreste, rideva con lui.*

*Nei mesi che sono seguiti alla morte di mia madre non avevo notizie di Oreste, ma Aida compariva spesso in sogno. Qualche volta stava sulla porta della loro casa e mi diceva nel suo italiano stentato: entra, ti prego, entra. Il sogno lasciava al risveglio un'inquietudine che mi ha spinta a partire. La ragazza non viveva più lì dove l'avevo conosciuta, ma non mi è stato difficile trovarla, non era neppure sorpresa di vedermi.*

*Puoi immaginare quello che ho scoperto? Dall'età dei sette anni non aveva che lui, più che un padre, giurava. Ma poi mi raccontava dei giochi che lui si aspettava da lei, chiedeva a me se fossero cose giuste. Certo, Oreste era troppo anziano e doveva sembrargli abbastanza che lei danzasse nuda davanti a lui o si accoccolasse ai suoi piedi, come un gattino da accarezzare: il loro gioco di tutte le sere. Ripensavo a come Aida mi aveva stretta sulla porta, la volta che avevo mangiato da loro, e a quanto ne ero stata scossa, perché mi era parso eccessivo quel moto d'affetto infantile rivolto a una sconosciuta. Avevo pena del mio poco coraggio di quella sera.*

*Ho trovato il modo di aiutare Aida, ma non è di questo che ti voglio parlare e neppure di Oreste, che è morto da tempo e, come tutti i morti, può avere lo spazio che vogliamo che abbia. Se pure lui è stato il peggiore dei miei intervistati, c'era anche negli altri qualcosa di respingente.*

*Nel mio primo viaggio avevo conosciuto un altro italiano che aveva la sua piccola fattoria in un villaggio non distante da Macallè. La donna etiope da cui aveva avuto quattro figli si dannava tra la cucina, il campo e gli animali, aiutata dalle figlie già grandi, che erano rimaste in casa. Lui le guardava con le mani dietro la schiena. Ho chiesto se potevo ascoltare anche loro e l'uomo ha risposto di no: se vuoi sapere chiedi a me, lo vedi da te che sono ignoranti.*

*Di tutti i suoi figli aveva iscritto all'anagrafe italiana soltanto il primo, avuto da un'altra donna, e la ragione era che quello gli era nato maschio e pareva quasi bianco. Lo diceva fissandomi dritta in faccia, come a lasciare intendere che anche io, che non avevo una carnagione troppo scura, potevo considerarmi fortunata. Ero, per un fatto di sfumature, quasi italiana. Divertito dalla mia espressione, ha aggiunto: devi capire che qui è stato il paradiso, per chi ci è arrivato a vent'anni e ha trovato ragazze che avevano proprio il gusto di fare all'amore. Anche adesso, la cosa buona di questo posto è che qui un uomo, a qualunque età, può sempre trovarsi la sua piccolina.*

*Ho pensato a quell'uomo quando ho letto dalle tue parole la storia del padre di Arturo. L'accusa di abuso qualche volta sarà stata anche merito, in anni in cui amare una donna straniera era un attentato al prestigio della razza: qualcuno avrà pagato per una legge infame e il padre di Arturo è fra quelli.*

*Sarà stato un amore anche la ragione per cui tuo nonno Cosimo non è tornato in Italia, nonostante il figlio che gli era nato qui? O avrà voluto riscattare, restando, il torto criminale commesso mentre indossava la sua divisa, perché sappiamo che Cosimo è stato tra chi quelle bombe all'iprite le ha preparate.*

*Chi era Cosimo nel 1937? E nei decenni dopo qual è sta-*

*ta la sua parte in quella terra e con la donna che ha generato me? Qual è insomma, Agata, la nostra storia, tutta intera?*

*Non volevo scriverti. Credo che non lo avrei fatto se di certe cose non avessi parlato tu per prima. Per mia madre, Cosimo è il benefattore che ha pagato il biglietto che l'ha portata in Italia, quando mio padre è morto e lei non aveva un lavoro che le permettesse di mantenere me. Posso testimoniare che ne parlava poco, ma con rispetto. Non so dirti di più di quel rispetto e neppure del loro legame: la memoria di mia madre è sempre stata una stanza in cui non era permesso entrare.*

*Scrivi che il 3 ottobre ti ha cambiato la vita, perché il 3 ottobre di un anno fa hai trovato un nome e un cognome in qualche vecchia carta, e così avresti capito, scrivi, l'origine del tuo naufragio e forse pure del mio. Io so bene cosa intendi. Ma resta il fatto che né tu né io conosciamo per intero la nostra storia, perché Cosimo non può rispondere alle domande che avremmo potuto fargli e anche tuo padre e mia madre hanno preferito tacere.*

*Eppure non trovi anche tu che ci sia comunque molto su cui costruire e che la verità dei fatti conti meno del turbamento che abbiamo provato? Perché è quel turbamento che ci avvicina, Agata. Sentiamo un lutto per qualcosa che ci ha precedute, da qualche parte nella nostra storia comune, che è poi la storia di ognuno. E dovrei dire di ognuna, perché forse siamo state ferite molto prima di venire al mondo, forse persino prima che nascessero le madri che hanno generato noi.*

*La mia pelle ha lo stesso colore di quella di Aida, ma la lingua in cui penso, quella che parlo, è la tua. Appartengo a due mondi, come si dice, il confine in me si confonde.*

*Penso spesso a mia madre. Quand'ero bambina l'ho odiata perché non mi aveva fatta abbastanza bianca. E non volevo neppure che mi parlasse di mio padre, che pure avevamo molto amato: a quell'età non sai che fartene di un padre morto, non può proteggerti perché non c'è. La rabbia nasceva dalla vergogna, giudicavo in una volta sola mia madre e me.*

*Puoi capirmi? Io non credo. Ci siamo dette tante cose da ragazze, ne hai confidate tante tu a me, ma non mi sembra di averti mai parlato della lunga strada che mi è servita per amare quello che mi legava a mia madre e alla madre di mia madre e a tutte le donne della nostra stirpe, che è poi, dicono, una stirpe di regine. Sono stata capace, la vergogna si è fatta orgoglio, ma neppure l'orgoglio è il traguardo che cerco.*

*Il mio mestiere mi ha insegnato che ogni esistenza è una storia a sé e si fa un torto a generalizzare. Però dall'obiettivo ho imparato che non si può sentire l'altro senza ospitare la sua storia nella nostra, anzi senza riconoscere che quella storia ci appartiene già da sempre.*

*Penso alle donne di cui mi hai scritto: Ekelé, Lilit, la giovane mamma di Zeret e forse anche Fatima e Feven. Mi pare che le loro vite, come quelle di Aida, domandino soltanto che la loro sorte non resti faccenda altrui, che si riconosca che da qualche parte una ferita c'è stata, che qualcuno ha sparso sangue e ne porta la colpa, che qualcun altro ha subito e anche subire lascia un segno nell'anima del mondo. Ad ascoltare le loro storie, si scopre che al posto loro potremmo essere noi e non ci sarebbe differenza.*

*Di quella loro ferita lontana nello spazio o nel tempo dobbiamo avere cura, perché dall'eredità discende una tristezza dolce che può rendere il mondo un posto migliore. Non è nella compassione ogni bellezza? Cos'altro merita d'essere coltivato?*

*Pensami con affetto, Agata, perché questo è il modo in cui anche io voglio pensare a te.*

# Enoch etiope e la buona terra

*Milano, ottobre 2019*

Mentre Agata racconta di Mira, Fatima la ascolta con grande attenzione. Sono entrambe sedute sulla panchina, nei giardini in cui si sono parlate la prima volta. Sopra di loro il cielo è limpido e azzurro come solo d'autunno, in certe giornate di vento.

«Voglio mostrarti una cosa» dice poi alzandosi con un po' di fatica. Lungo la strada le parla di un libro che esiste solo nella Bibbia etiope, il libro del profeta Enoch. «Il cristianesimo etiope ha creato una chiesa a sé, tra le più antiche, anche se molti dicono che gli etiopi siano copti. Sulle monete d'Etiopia la croce compare più o meno nello stesso periodo in cui da queste parti governava Costantino, puoi crederlo?»

«L'editto di Milano...»

«Quarto secolo. Possiamo fare a gara su chi ci è arrivato prima» dice ridendo. «Voglio solo dire che non sono stati gli europei a portare la fede. Nel libro di Enoch c'è una storia molto particolare, alternativa a quella della Genesi. Riguarda il peccato originale, anzi, diciamolo bene, la colpa di Eva, perché nella Genesi sembra che la colpa sia soprattutto di Eva. Se trovo la traduzione di Enoch te la mando».

«C'entra con quello di cui parlavamo?»

«Forse. Nel libro si spiega come il male entra nella storia umana. È un testo molto strano, per questo forse è considerato apocrifo quasi da tutti i cristiani. Si racconta che un tempo nacquero ai figli dell'uomo ragazze di bell'aspetto e che i figli del cielo le videro, se ne innamorarono e si istigarono gli uni con gli altri a prendersi con la forza le fanciulle. Nacquero dei figli. Ma Dio mandò i suoi angeli migliori per imprigionare i ribelli che avevano rapito le donne e portato nel mondo il male. Per Enoch etiope il male entra nel mondo con un grande stupro collettivo. La violenza fatta a quelle donne è l'origine di tutto».

«E i figli del cielo chi sono?»

«Angeli malvagi o ribelli. Oppure qualunque stirpe che abbia la presunzione di sentirsi superiore, secondo me. Ma eccoci, siamo arrivate».

Davanti a loro finiscono le case popolari e si stendono campi incolti che arrivano fino all'autostrada.

«Lo sai di chi è tutto questo?»

«Di chi?»

«Nessuno. Incredibile, vero? Al catasto risulta una famiglia che si è estinta e gli eredi lontani, che saranno una quarantina almeno, rischiano ciascuno un fazzoletto di terra non edificabile tra i condomini e l'autostrada. Nessuno sa che farsene».

«Tu invece sì, immagino».

«Sto provando a convincere don Franco. Se ce lo regalano, lo prendiamo noi».

«Ma per farne cosa?»

«Sei proprio un'italiana. Non lo vedi che è terra?»

«Ma non sarà terra buona».

«La terra è sempre buona per chi ne ha bisogno e la sa trattare».

«Tu la sai trattare?»

«Certo che no. Ma che significa?»

Agata scuote la testa. Ridono. Parlano dell'enorme fatica che serve a riportare a coltura un terreno probabilmente vuoto di nutrimento.

«Ho parlato con chi ne sa. Un modo c'è. La prossima estate bisogna lasciare che l'erba maturi e aspettare fino a ottobre. Così c'è tutto il tempo per procurarsi semi di ginestrelle, papavero selvatico e salvia campestre, mischiarli in grande quantità. A ottobre si sparge tutto sulla gramigna matura, in abbondanza. Dopo una settimana si procede al taglio con la falce. La paglia falciata però si lascia a terra, macerata dalle piogge concimerà il terreno e l'inverno farà il resto».

«Immagino che invece estirpare la gramigna richiederebbe molto più lavoro».

«Non è tanto il lavoro il problema, è che proprio non serve. Le gramigne sono piante ostinate. Così invece si devono convincere a lasciare il posto alle erbe buone. Può servire una seconda semina, in primavera, se l'autunno ha portato troppa pioggia e col gelo la semenza è marcita».

Davanti a loro la bruma dona al paesaggio la forma e i colori di un acquarello. Fatima guarda il campo con un sorriso, lo sguardo è quello di sempre: tranquillità, pazienza, attesa. Non diresti che abbia tanto sofferto. Quante vite anche per lei, pensa Agata e le stringe forte la mano.

# La conquista dell'Etiopia e i crimini coloniali: cronologia essenziale

*2 maggio 1889: Trattato di Uccialli*

Nel maggio 1889 il Regno d'Italia, che già dispone della colonia d'Eritrea, stipula un accordo con il nuovo negus etiope Menelik II. Il testo del Trattato di Uccialli, redatto nelle due lingue, presenta profonde discrepanze: nella redazione italiana, che contiene una clausola assente nella traduzione etiope, l'Etiopia si configura a tutti gli effetti come protettorato italiano. Nel luglio del 1890 la clausola viene scoperta. Le conseguenti tensioni circa i confini tra Etiopia ed Eritrea portano Menelik II a intensificare la propria dotazione di armi da fuoco.

*Gennaio-novembre 1895: Occupazione del Tigrè*

Le truppe italiane occupano la regione nord dell'Etiopia. Menelik II rompe definitivamente gli accordi ancora in vigore del Trattato di Uccialli. Il 7 dicembre 1895 le truppe italiane sono sconfitte nella battaglia dell'Amba Alagi.

*Dicembre 1895-ottobre 1896:*
*Guerra d'Abissinia (antico nome dell'Etiopia)*

L'Italia impegna nell'offensiva per la conquista dell'Abissinia un contingente di trentaseimila uomini tra reparti italiani e truppe composte da forze locali (ascari). Il 1° marzo 1896, la battaglia di Adua, combattuta tra le difficoltà logistiche legate alla scarsa conoscenza del territorio, si conclude con un bilancio rovinoso per le brigate italiane costrette a ripiegare in Eritrea. La disfatta ha un enorme impatto sull'opinione pubblica italiana e il governo presieduto da Francesco Crispi è costretto alle dimissioni. Nell'ottobre 1896 il Trattato di Addis Abeba riconosce la sovranità italiana sull'Eritrea, ma, abrogate tutte le clausole del Trattato di Uccialli, respinge qualunque ingerenza italiana nella politica dell'Impero etiope.

*5 dicembre 1934: Incidente di Ual Ual*

La politica estera fascista intensifica gli interessi espansionistici nel Corno d'Africa, puntando alla conquista della Somalia (nella parte meridionale, già protettorato italiano dal 1889) e dell'Etiopia. Il piano per l'impresa etiope viene affidato da Mussolini al ministro delle Colonie Emilio De Bono sin dal 1932 e l'opinione pubblica italiana è preparata attraverso un'intensa opera di propaganda. Il *casus belli* è offerto dal cosiddetto «incidente di Ual Ual», scontro italo-etiope nella regione dell'Ogaden, sul confine tra Etiopia e Somalia, dove il contingente italiano stava ampliando la propria area di controllo.

*2-3 ottobre 1935: inizio della Guerra d'Etiopia*

L'esercito italiano, il giorno dopo la dichiarazione di guerra, attacca l'Etiopia varcando il fiume Mareb, che segna il confine con l'Eritrea. L'Etiopia è fino a quel punto il solo stato africano ad aver preservato un'indipendenza plurimillenaria. Il ras Tafari Hailé Selassié è imperatore dal 1930, ma già dal 1923 ha favorito l'ingresso dell'Etiopia nella Società delle Nazioni e, nel 1931, ha firmato la prima carta costituzionale e ha promosso una politica internazionale volta a coinvolgere tutte le popolazioni dell'impero e dell'Africa in previsione di un attacco italiano più che annunciato.

L'impegno per l'occupazione italiana è straordinario; al termine della guerra, nel maggio 1936, risultano coinvolti 330.000 militari italiani, 87.000 ascari, 100.000 lavoratori italiani militarizzati, 10.000 mitragliatrici, 1100 cannoni, 250 carri armati, 90.000 quadrupedi da soma e d'attacco, 14.000 automezzi, 350 aerei (Paolo Borruso, *Debre Libanos 1937*, Laterza, 2020, p. 47). L'inserimento nell'esercito della Milizia volontaria per la Sicurezza Nazionale (Mvsn) dà all'impresa una direzione «popolare» che rende particolarmente efferate le operazioni di conquista e controllo del territorio. A ciò si aggiunge l'impiego regolare e su larga scala di gas e di qualunque tipo di lanciafiamme.

*30 dicembre 1935: armi chimiche*

Su ordine del generale e futuro viceré d'Etiopia Rodolfo Graziani, la Regia aeronautica italiana bombarda con iprite l'ospedale della Croce Rossa Internazionale di Malca Dida. Muoiono in condizioni terribili il medico svedese Gunnar Lundström e ventotto civili; il loro sacrificio è un chiaro invito di non intromissione alla Lega delle Nazioni. Non è l'unico attacco contro ospedali da campo della Croce Rossa e contro civili inermi: la guerra d'Etiopia inaugura la stagione degli efferati crimini coloniali italiani, dimenticati o misconosciuti anche dopo la fine della guerra, in piena età repubblicana.

*5 maggio 1936: Presa di Addis Abeba e nascita dell'AOI*

Il generale Pietro Badoglio entra nella capitale Addis Abeba. L'Etiopia è ufficialmente colonia italiana. Benito Mussolini proclama l'unione dell'Impero d'Etiopia, con le colonie d'Eritrea e Somalia: nasce l'Africa Orientale Italiana (in sigla AOI). Con la presa di Addis Abeba si inaugurano esecuzioni sommarie di qualunque etiope trovato in possesso di armi, condizione che non ferma la resistenza locale. Il 12 maggio il negus Hailé Selassié denuncia l'illegittimità della conquista e l'impiego di armi chimiche da parte dell'invasore in un discorso all'assemblea della Società delle Nazioni, di cui l'Etiopia è membro sin dal 1923. L'Italia ritira la propria delegazione.

*19 febbraio 1937: Massacro di Addis Abeba*

Nel giorno di Yekatit 12 secondo il calendario etiope, festa di Purificazione della Vergine, durante le elargizioni ai poveri disposte nel palazzo imperiale, due partigiani eritrei lanciano delle granate che feriscono il viceré Rodolfo Graziani. La reazione è sanguinosa: Graziani per tre giorni lascia «carta bianca» alle truppe e ai civili italiani presenti nella capitale. Ha inizio una rappresaglia volutamente incontrollata che coinvolse militari, miliziani e civili. La stima totale dei morti è difficilissima: tra 1400 e 6000 persone, secondo Angelo Del Boca (*Italiani brava gente?*, Neri Pozza, 2005, p. 222). La crudeltà di Addis Abeba è preludio di una vera e propria campagna di esecuzioni e massacri, furono inoltre predisposti campi di internamento dai quali era difficile uscire vivi.

*21-29 maggio 1937: Strage di Debre Libanos*

Per colpire il clero etiope, sospettato di collaborare con i rivoltosi, si apre un fascicolo dal macabro titolo: «Liquidazione del Monastero di Debre Libanos». Attaccare il monastero più antico e importante d'Etiopia significa ferire definitivamente il cuore e l'anima del popolo etiope. La «liquidazione completa», al di là delle dichiarazioni ufficiali italiane, colpisce a morte da 1423 a 2033 persone, tra monaci, diaconi e pellegrini (Del Boca, *Italiani, brava gente?*, p. 229).

*Aprile 1939: Strage di Gaia Zeret*

La resistenza etiope, duramente colpita dalle operazioni di polizia coloniale, non rinuncia alla lotta. Per il controllo del territorio l'esercito italiano continua a impiegare armi chimiche. L'uso di iprite prosegue ben oltre la presa di Addis Abeba, come prova la strage di Gaia Zeret, presso la Grotta del Ribelle (Amazegna Washa) nelle vicinanze di Debre Berhan, avvenuta tra i giorni 9 e 11 aprile 1939. Le truppe italiane assediarono l'ampia grotta in cui si erano nascosti ribelli e civili, e, per costringerli a uscire, utilizzarono appunto l'iprite estratta da una grossa bomba C500T e dispersa facendo esplodere contenitori calati dall'alto davanti all'imboccatura della grotta. Il bilancio dell'operazione è terribile e colpisce anche civili, donne e bambini.

*Gennaio 1941: Sconfitta italiana*

Sotto l'attacco degli inglesi, nemici dall'entrata in guerra al fianco della Germania, e con i ribelli etiopi rinfrancati dal ritorno del negus, nel gennaio 1941 l'Italia perde l'Etiopia.

## Nota bibliografica e ringraziamenti

Questo romanzo è una storia di fantasmi, tuttavia lo spazio e il tempo in cui i personaggi si muovono ha una sua esatta corrispondenza nel mondo reale, condizione che chiama in causa la Storia. Per questa, tengo a dire che ho avuto buone guide: dunque la finzione è tutta mia, così gli eventuali errori, mentre ai nomi che menzionerò si deve ciò che è verisimile e anche ciò che non lo è affatto, in ragione di una rimozione che ancora stenta a finire.

Menzionerò per primo l'apripista di ogni ricerca sul nostro passato coloniale: Angelo Del Boca, in particolare per *Italiani, brava gente?* (Neri Pozza, 2005) e *La guerra d'Etiopia, l'ultima impresa del colonialismo* (Longanesi, 2010). Devo più di una notte insonne a Ian Campbell, per *Il massacro di Addis Abeba* (Rizzoli, 2018); a Paolo Borruso, per *Debre Libanos 1937. Il più grave crimine di guerra dell'Italia* (Laterza, 2020); ad Alessandro Boaglio, che ha lasciato al figlio l'eredità amara del suo diario, per la vicenda di Gaia Zeret: *Plotone chimico. Cronache abissine di una generazione scomoda* (a cura di Giovanni Boaglio e Matteo Dominioni, Mimesis, 2010). Con riferimento all'uso dei gas sulla popolazione civile etiope unisco alla serie anche G. Francesco Milano, *Un ragazzo calabrese alla conquista dell'impero. Lettere e appunti per un diario mai scritto. 1934-36* (Istituto calabrese per la storia dell'antifascismo dell'Italia contemporanea, senza anno, curatela di Antonio Milano) – quel che racconto di Cosimo ha in questo diario e in quello di Boaglio la sua parte di verità.

Le figure di Vittorio, Nicoletta e Arturo Gargano hanno

sicuramente una fonte nella lettura di Emanuele Ertola, *L'impero immaginario. I coloni italiani in Etiopia, 1936-1941* (tesi di dottorato di ricerca in Studi storici, Università degli Studi di Firenze, XXVII ciclo, 2012-2014); quanto alle storie dei camionisti lungo le piste dell'acrocoro etiope, segnalo il giornalista Tommaso Besozzi, *Il sogno del settimo viaggio* (Fazi, 1999). Le domande sull'intersezione tra genere, etnia e colore vivono delle suggestioni di Valentina Fusari (in particolare *Eritrea 1882-1941. Una riflessione sulle voci del verbo violare*, «Altreitalie», LX, 2020, 52-75), Priscilla Manfren (*Niger alter ego: stereotipi e iconografie coloniali nell'Italia del Ventennio*, tesi di dottorato in Storia, Critica e Conservazione dei Beni Culturali, Università di Padova, XXVIII ciclo, 2016) e, più dolorosamente, Fabienne Le Houérou (in particolare *L'épopée des soldats de Mussolini en Abyssinie, 1936-1938. Les «Ensablés»*, Editions d'Harmattan, 1994, e *Gender and Sexual Abuses during the Italian Colonization of Ethiopia and Eritrea – The «Insabbiati», Thirty Years after*, «Sociology Mind», 5, 255-267). A queste letture associo, per chi volesse approfondire anche visivamente l'indagine, il Mudec, Museo delle Culture di Milano, per il ricco repertorio documentario dei depositi e della Mostra Permanente *Milano Città Mondo*. Mentre ultimavo la stesura definitiva del romanzo, ho seguito il convegno *Italiani brava gente? Angelo Del Boca e la storia del colonialismo italiano* (Milano, Museo del Risorgimento, Palazzo Moriggia, 25 maggio 2023): Valeria Deplano e Alessandro Pes mi hanno aiutato a comprendere meglio le ragioni di una memoria ferita.

La figura di Lea De Donati è stata molto liberamente ispirata dal diario dell'artista Nenne Sanguineti Poggi, *Di che colore dipingersi? Vita a colori di un'artista del Novecento attraverso segni, disegni, dipinti e parole* (a cura di Monica Brondi e Vincenzo Sanguineti, Sagep Editori, 2017).

I 366 morti del naufragio di Lampedusa, del 3 ottobre 2013, per me si legano indelebilmente al racconto di Alessandro Leogrande, *La frontiera* (Feltrinelli, 2015), Davide Enia, *Appunti per un naufragio* (Sellerio, 2017) e Cristina Cattaneo, *Naufraghi senza volto. Dare un nome alle vittime del Mediterraneo* (Raffaello Cortina Editore, 2018).

Devo ai libri anche il poco che so di una cultura plurimillenaria che avrei voluto incontrare di persona, se una pandemia mondiale prima e la guerra poi non mi avessero costretto a procrastinare: citerò Alberto Elli, per *Storia della Chiesa Ortodossa Tawāhedo d'Etiopia* (Edizioni Terra Santa, 2017), e il volume *Etiopia. Storia, arte, cristianesimo,* a cura di Walter Raunig e L. Salvarani (Jaca Book 2005). Ringrazio Alberto Elli anche per la lettura preventiva delle bozze che mi ha sollevata da qualche preoccupazione geografica.

Aggiungo senza dirette corrispondenze, che la mia scrittura è stata lungamente preparata e nutrita dalle riflessioni antropologiche di Ernesto De Martino (*La terra del rimorso. Contributo a una storia religiosa del Sud,* oggi Einaudi, 2023, e *La fine del mondo. Contributo all'analisi delle apocalissi culturali,* Einaudi, 2019), Frantz Fanon (*Pelle nera, maschere bianche,* Edizioni Ets, 2015, e *I dannati della Terra,* Einaudi, 2000) e, in tempi più recenti, grazie alla mediazione di Fabrice Olivier Dubosc, Bayo Akomolafe (*Queste terre selvagge oltre lo steccato,* Exorma, 2023). Inoltre, poiché la grande Storia è un tessuto di storie familiari, ho tratto ispirazione da Anne Ancelin Schützenberger, *La sindrome degli antenati. Psicoterapia transgenerazionale e legami nascosti nell'albero genealogico* (Di Renzo Editore, 2004), lettura di cui ringrazio l'amica Rossella Logli che me ne ha parlato per prima. Il discorso di Fatima sull'eredità epigenetica è ovviamente immaginale e poetico e non ha alcuna pretesa di veridicità scientifica, ma il suo riferimento alla memoria olfattiva del trauma viene da Brian G. Dias e Kerry J. Ressler, *Parental olfactory experience influences behavior and neural structure in subsequent generations,* «Nature Neuroscience», 17(1), 89-96, December 2013.

Segnalo infine, per chi volesse sostare ancora un po' tra le narrazioni di un passato colpevolmente dimenticato, alcuni romanzi che ho sentito per varie ragioni necessari: Ennio Flaiano, *Tempo di uccidere* (Premio Strega 1947, oggi Adelphi, 2020); Gabriella Ghermandi, *Regina di fiori e di perle* (Donzelli, 2011), Vittorio Longhi, *Il colore del nome* (Solferino, 2021) e, soprattutto, Maaza Mengiste, *Il re ombra* (Einaudi, 2021 – ma anche *Lo sguardo del leone,* Neri Pozza, 2010).

Ciò che distingue il furto dal prestito è l'omaggio: perciò confesserò di aver preso da Heinrich Böll i pendagli dell'albero di Natale sopravvissuti alla guerra e l'insegna luminosa che segna il ritmo della conversazione tra Agata e Salvo. Da Cesare Pavese so che «ogni guerra è una guerra civile» e che «ogni caduto somiglia a chi resta, e gliene chiede ragione», pensiero che anche Mira sembra aver caro.

I miei ringraziamenti personali vanno anzitutto ai primi lettori, mio marito Andrea Vergani, Maria Elisabetta Albini, Laura Ferigutti e Maria Grazia Santoro: continuo a chiedervi uno sforzo maieutico che ostacola il piacere della lettura, ma i lettori ringrazieranno chi ha strenuamente difeso i loro diritti, permettendo all'immagine magmatica, da cui il testo nasce, di farsi più nitida.

Grazie alle mie cugine Nadia e Leonilda e alle loro splendide figlie, perché un filo ci lega sin dai racconti di mio padre. E grazie a M., che non ha mai saputo di aver dato a questa storia inventata le sue ragioni più forti. Grazie ad Alessandra, che dalla sua dispensa mi ha prestato pepe, sale e scorza di limone; a Gabriella Ghermandi per essere stata da lontano una voce guida (e non sai quanto preziosa); a Kibra Sebhat per avermi condotto lungo il confine della colonia in un corso tenuto al Mudec di Milano nel 2021; a Titti per quel nostro tè fra amiche da cui è nata Fatima.

Grazie a Francesco Orio per la consulenza musicologica che mi ha portato lungo strade del tutto ignote; a Federico Magi per i consigli iconografici; a Matteo Dominioni ed Emanuele Ertola per aver accolto le mie domande, anche se a volte non avevano risposte; a Maurizio Ruggieri e a Clemente Grosso per la consulenza sul diritto minorile e sulle procedure di polizia (perdonate se poi le ho un po' forzate). Ringrazio Vito Bergamo, guida al Museo etnologico di Calimera (Le) e al Mên-an-Tol della chiesa di San Vito: credo che, se non avessi avuto abbastanza fede e se non fossi passata per la pietra forata, forse questa storia non sarebbe arrivata fin qui.

Ho visitato Lampedusa in un luglio limpido e terso che esaltava il paradiso che l'isola è. Se ho potuto intuire l'abisso sotto la superficie (dunque l'enigma che ci riguarda tutti), lo devo a Simone D'Ippolito, fra i primi soccorritori nella tragedia del 3 ottobre: a lui va il mio commosso ringraziamento per il racconto e per l'uscita in barca nel punto esatto dell'immersione che, dieci anni fa, ha cambiato per sempre la sua vita.

Indice

Questo libro è stampato col sole

GRAFICA VENETA

Fabbricato da Grafica Veneta S.p.A. con un processo di stampa e rilegatura certificato 100% carbon neutral in accordo con PAS 2060 BSI

Stampato per conto di
Neri Pozza Editore, Vicenza
da Grafica Veneta S.p.A., Trebaseleghe (PD)
nel mese di gennaio 2024
Printed in Italy